KB056145

2018한국극작워크숍 작품집

2018한국극작워크숍 작품집

김도경 · 김성진 · 이민구 · 이현 · 주수철 · 최고나 · 최세아

평민사

2018
한국극작워크숍
작품집

최세아
김도경　　이현　　주수철
김성진　최고나
이민구

차 례

한국극작워크숍의 미래를 위한 제안

김창화 (한국극작워크숍대표)

"저는 평생토록 글을 읽고, 분석하고, 쓰고(또는 손으로 글을 써보려 하고), 그리고 즐겨왔습니다. 저는 마지막 말인 즐긴다는 것이 무엇보다도 중요하다는 점을 깨달았지요. (중략) 저는 혼자 힘으로 문학을 재발견해야겠다고 느낀답니다. 그러나 과거는 저에게 아무 소용이 없습니다. (중략) 저는 제 인생의 대부분을 문학에 바쳐왔는데도, 여러분에게 의혹만을 제공할 수 있을 따름입니다."

(보르헤스, 『문학을 말하다』, 보르헤스 지음, 박거용 옮김, 도서출판 르네상스 2003년, 9~10쪽)

1899년 아르헨티나의 부에노스아이레스에서 태어나 1914년 스위스의 제네바로 이주했다가 다시 1919년 스페인으로 이주해, 1986년 스위스의 제네바에서 죽은 호르헤 루이스 보르헤스는 1938년부터 유전적인 요인과 지나치게 많은 독서량으로 시력을 읽기 시작했으며, 결국 1956년에는 시력을 완전히 상실한 아르헨티나의 시인, 수필가 그리고 단편소설 작가이다.

1967년 가을 보르헤스는 하버드에서 '노턴 강연(the Norton Lecture)'을 했고, 30년 넘게, 이 여섯 번의 강연은 출판되지 않았다. '詩라는 수수께끼'라는 제목으로 시작된 첫 강연부터, '은유', '이야기하기', '詩 번역', '사고와 詩', '한 詩人의 신조'로 구성된 여섯 번의 강연에서 보르헤스는 그가 생각하는 문학에 관해 이야기하고, 작가의 꿈과 현실에 관한 '사유'를 잘 담았다. 2000년

하버드대학 출판부에서 재판으로 출간한 보르헤스의 『This Craft of Verse』를 번역한 책이 2003년 처음으로 한국에 알려졌고, 절판된 다음, 2008년에 다시 책이 나왔다.

2017년 현 한국극작가협회 이사장이신 김수미 작가가 다시 '부활'한 '한국극작워크숍'은 이제 2019년이면 3년차를 맞이하게 된다. 초기에 한국극작워크숍을 이끌어 주셨던, 여석기, 한상철 선생님은 평론가셨고, 1970년~90년까지의 한국 연극은 평론가의 영향력이 엄청났다. 그래서 한국극작워크숍은 한국 연극의 엘리트집단으로 여겨졌고, 훌륭한 극작가를 많이 배출했다. 1991년 독일 유학을 마치고 귀국한 다음, 한상철 선생님과 이강백 선생님에게 여러 번 말씀드려, 한국극작워크숍이 다시 운영되도록 했다. 그래서 1990년~2000년까지는 작가이신 이강백 선생님의 영향으로, 지금까지 활동하고 있는 젊은 극작가들이 많이 탄생했다.

한동안 정체되어 있던 한국극작워크숍의 대표를 다시 맡으며, 1970년대와 같은 평론가의 영향력도 사라졌고, 현역 작가로서의 후광도 없는 내가 과연 참여하는 작가들을 어떻게 지도할 수 있을까 많이 고민했다.

그러다가 내린 결론이 함부로 지도하려들지 말고, '함께 생각하는' 극작 워크숍을 운영하자는 결론을 내리게 되었다. 그래서 섣부른 판단과 결론을 제시하기보다는, 참여하는 작가들의 의견을 다 같이 들어보고, 작가 스스로 판단해서, 작품을 수정해 나가는 방식으로 극작워크숍의 운영방식을 바꾸었다. 과거 일 방향적인 논리만을 강요하던, 폭압적인 워크숍의 방식에서 밑으로부터의 의견수렴이라는 민주적 체제로 전환한 것이다.

최근 한국극작워크숍의 기수를 3년간의 활동을 마친 다음에 부여하는 방식으로 변경했기 때문에, 2017년부터 활동하기 시작한 동인들이 12기로 활동을 시작했고, 이제 3년차를 맞이하게 되었다. 그래서 한국극작워크숍에서 마지막 일년을 보내게 될 4명의 동인들에게, 2019년에는 '주제가 있는 글쓰기'를 해보자고 제안했다.

평생 독서에 열중했고, 시력을 잃은 후에도 글쓰기를 멈추지 않았던 보르헤스의 문학이론 가운데 '마술적 사실주의'의 형식을 도입해 보기로 한 것이다. 1960~70년에는 제3세계 문학론으로, 1980년대에는 포스트모더니즘의 문학론으로, 그리고 최근에는 탈식민주의 문학이론으로 거론되고 있는, '마술적 사실주의'의 이론과 개념을 도입한 글쓰기를 해보자는 것이 내 제안이었고, 3년차를 맞이한 네 명의 동인들도 긍정적으로 수용했다.

2018년에는 모두 7명의 동인들이 한국극작워크숍에 참여해서, 상반기와 하반기에 각기 두 작품씩 희곡을 창작했다. 이제 하반기에 완성한 작품들로 희곡집(혹은 자료집)을 꾸미고, 무대독회의 방식으로 일반에게 희곡을 선보일 기회를 갖게 되었다.

처음 시놉시스의 방식으로 글쓰기를 시작해서, 토론을 거친 다음 새로 고쳐쓰고, 다시 작가 스스로 마무리작업을 하는 방식으로 진행해 온 극작워크숍의 방식에 관해서, 아직은 의혹만 가득할 뿐이다. 그러나 희곡의 문학적 완성을 지향하는 한국극작워크숍의 미래는 참여하는 작가의 의식과 사명감에 달려있다는 생각을 떨쳐버릴 수 없다. 그래서 2019년에 한국극작워크숍에 참여하는 동인들에게 한국극작워크숍의 미래를 위해 한마디 제안을 하자면, 오직 자기 자신만을 위해 글쓰기에 전념해 달라는 것이다. 부귀와 명예를 위한 것이 아니라, 관객을 위한 것이 아니라, 오직 자신만을 위한 글쓰기. 평생을 의혹 속에 살아온 보르헤스처럼, 즐기면서, 스스로 의혹을 풀어가는 과정으로서의 글쓰기에 전념하기를 바라는 마음 간절하다.

인오동 17번지

김도경

등장인물

인규

하섭

정화

용수

정근

노식

여울 (젊은 예술가)

인력사무소 소장

남자

의사

(인력사무소 소장, 남자, 의사는 역할을 겸해도 된다)

때

현재

장소

1. '인오동 쪽방촌'으로 불리는 서울 번화가 인근 가상의 동네
    좁은 골목 몇 곳.
    골목을 따라 쪽방들이 다닥다닥 붙어있다.
2. 인력사무소 사무실
3. 요양병원

1장

어느 날 오후, 쪽방촌 골목

인규, 하섭, 정화가 골목길 바닥에서 막걸리를 마시고 있다. 모두 맨발
이다.

빈 막걸리 병이 몇 개 정도 뒹굴고 있고, 잔은 종이컵이다.

안주로는 뜯어놓은 봉지 과자 하나가 전부다.

인규 삼십 년이야. 세어봤더니 자그마치 삼십 년이나 됐더라고.

하섭 또 시작했다, 또. 오늘은 어째 조용하나 했어. 가족들이랑 생이별
한 지 벌써 삼십 년이나 됐다고?

인규 그래, 삼십 년. 집사람이며 애들이며 놔두고 나 혼자 올라왔잖아.
곧 다시 합칠 줄 알았지.

정화 합치기는커녕… 집 없이 떠돌며 쪽방살이만 한다고?

인규 요새 몇 년이나 연락도 못 했어.

하섭 왜요, 왜. 그까짓 연락하면 되지. 왜 못 해.

인규 그냥 염치가 없더라고. 쪽방에나 살고 있는데. 무슨 염치로.

하섭 쪽방이 뭐 어때서. 살만하고만. 난 그런 가족이라도 있었으면 좋
겠다. 받던 안 받던 시도 때도 없이 전화했을 거야.

정화 난 있어, 어딘가. 내 연락은 씹어서 그렇지. 얼마 전에 전화했는
데, 글쎄 번호 바꿨더라. 언니라고 하나 있는 거.

인규 연락하면 뭐 하나 싶은데도, 하루에도 몇 번씩 고민이 되는 거야.
할까 말까. 전화기를 들었다 놨다.

하섭 노식이는 연락 와?

정화 걔 얘기는 꺼내지도 마. 여태 소식도 없어. 이참에 아예 안 돌아왔
으면 좋겠어.

인규 용수 형은 왜 안 오는 거야. 자기가 마시자고 소집해 놓곤.

정화	나 못생겼어? 나 냄새 나?
하섭	아니! 왜?
정화	그놈 자식은 왜 도망간 거야! 생각하기도 싫어.
인규	이름이 뭐였더라. 얼마 전에 새로 이사 온 애 있잖아. 여울이었나. 냇물이었나.
정화	여. 울!
인규	그 아가씨는 뭐 하는 사람이래?
하섭	다큐멘터리 찍는데.
인규	다… 뭔 터리?
하섭	어… 영화 같은 건데… 있어 그런 거. 아, 진짜, 인간적으로 너무 무식한 거 아냐?
인규	뭐 이 새끼야?
하섭	어디 무식해서 같이 놀겠어?
인규	너는 똑똑한 놈이 가출해서 집도 못 찾아 가냐?
하섭	글도 못 읽어서 사기나 당하는 형보단 똑똑하지!
인규	이젠 읽을 줄 알아! 시발 보자보자 하니까, 죽을래, 새꺄?

인규, 하섭, 서로 멱살 잡고 흔드는데,

정화	하여간 술만 마셨다 하면!
인규	이 새끼가 먼저 시비 걸었다!
하섭	형이 먼저 발끈해서 성질냈잖아!
정화	그만 좀 해. 애야? 애? 허구한 날.
하섭	(정화의 눈치 보며) 그래도 형이 먼저…
정화	야!
인규	근데 왜 온 거래?
하섭	우리 사는 거 영화로 찍고 싶다나봐.
인규	우리 맨날 이러고 치고 박고 싸우기만 할 텐데. 찍어 뭐한데.
하섭	모르지. 예술이래잖아.

인규	별게 다 예술이다.
정하	오빠 이제 임대주택 들어가면 보고 싶어도 못 보겠다.
인규	왜 가끔 놀러오면 되지. 얼마나 멀다고.
정화	외곽이라면서.
인규	지하철 한두 번 갈아타면 되지 뭐. 멀어봐야 얼마나 되겠어.
하섭	이제 겨우 가족이랑 합친다면서, 여길 왜 또 와? 매일같이 지겹게 떠들고 다녔잖아. 평생 꿈이 가족이랑 합치는 거네, 같이 살 집 하나 마련하는 거네, 어쩌네. 하도 들어서 달달 외울 지경이다.
정화	방은 커? 몇 평이야? 신축이야?
인규	시에서 새로 지었대. 그 돈에 들어갈 기회 흔히 나오는 거 아니라고 서두르라는 거야. 부랴부랴 신청했어. 이제 다른 놈이 채가기 전에 얼른 돈만 넣으면 돼. 계약되면 집사람한테 연락부터 할 거야. 이제 합치자고.
하섭	정말 오십만 원 맞아? 아무리 임대주택이라지만, 그 가격에 가능해?
인규	나도 혹시나 해서 몇 번을 되물었어. 정말 맞냐. 확실하냐. 동사무소까지 쫓아가서 물었다니까.
정화	맞겠지. 설마 그런 걸로 거짓말 하겠어?
인규	사실, 삼십 년이나 이러고 살았잖아. 이제 와서 다시 합쳐 뭐하나 생각도 했어. 근데 지난번에 잠깐 입원했었잖아, 병나서.
하섭	정말 깜짝 놀랐었어. 멀쩡하던 사람이 갑자기 픽 쓰러져.
인규	그래. 밤새 끙끙 앓는데. 이러다 죽겠다 싶은데. 문득 그런 생각이 드는 거야. 나든 집사람이든, 혹시 둘 중에 누가 먼저 가버리기라도 하면 어쩌나. 눈앞이 깜깜해지더라. 그래서 결심했다. 지금이라도 합쳐야겠구나. 지금이 아니면 영영 못하겠구나. 자칫하면 서로 죽어서나 보겠구나.

2장

다음 날 오전, 같은 장소
말끔하게 차려 입은 용수가 쪽방에서 나온다.
다른 사람들과는 달리, 깨끗한 정장차림이다. 단정하게 빗은 머리에 중절
모를 썼다.
나와서 구두도 반짝이게 닦는다.
마침 다른 쪽방에서 나오던 인규, 용수와 마주친다.

인규 어젠 왜 안 왔어요? 한참 기다렸잖아.

용수 일어났냐.

인규 어디 가요?

용수 얘기 못 들었어? 여기 재개발 주민설명회 한대잖아. 집주인들 모
아놓고, 대체 무슨 사탕발림을 하고 있을지 너무 궁금한데, 도저
히 참을 수가 있어야지. 그래서 염탐이나 하다 오려고 한다. 너도
오늘 어디 가야한다고 하지 않았냐?

인규 집 계약하러 가기로 했어요.

용수 그래, 나갈 수 있을 때 나가는 거지. 쪽방이 어디 사람 살 데냐.

여울, 다른 쪽방에서 나온다. 기지개를 켜다가,

여울 어? 안녕하세요?

용수 아. 그 영상 촬영한다는 아가씨? 굿모닝.

인규 일어났어요?

용수 쪽방은 어때요. 살만해?

여울 이제 조금씩 적응되고 있어요. 생각보다 나쁘진 않던데요.

용수 여기 너무 오래 있지 마요. 잘못하면 평생 눌러 앉아, 조심해.

여울　네?

용수　하하. 농담, 농담. 그럼, 얘기들 나누고. 우린 다음에 얘기해요.

　　용수, 서둘러 나간다.

여울　어딜 저리 급히 가세요?

인규　저 형이 원래 많이 바빠요. 어딜 그리 다니는지 보면 항상 바빠.

　　노숙자 정근, 어슬렁거리며 등장한다.
　　한동안 씻지 않아서 몹시 지저분해 보인다.
　　고철 조각 몇 개와 어디서 구했는지 용접장비를 들고 있다.
　　여울, 그가 다가오자 냄새가 나는지 코를 찡긋 인다.

인규　어이, 권 형!

정근　어이, 미스타 오.

인규　아침부터 뭐가 그리 바빠.

정근　담배 좀 있어? 담배가 다 떨어졌어.

인규　(담배를 꺼내 건넨다) 여기.

정근　몇 개비만. 자기 건 남겨야지.

인규　괜찮아. 담배야 많아. 근데 그건 뭐야? 용접해?

정근　요즘 내가 로켓을 만들고 있어.

인규　어? 로켓?

정근　응, 요 땅 밑에.

인규　허허, 농담도 참. 참, 소개를 안 해줬네. 이쪽은 다 뭔 터리?

여울　다큐멘터리요.

인규　어. 아무튼. 예술 한다는 아가씨고. 이쪽은 권 박사라고 이 근처 사는 형님.

정근　반가워요.

정근, 악수를 청하려 여울에게 다가가자,
여울, 깜짝 놀라 자기도 모르게 피한다.
정근, 멋쩍은지 멈칫한다.

여울   (그제야, 깜짝하고) 죄송해요! 저도 모르게 그만…

정근   괜찮아요. 내가 좀 냄새가 나. 미안해요. (인규에게) 그만 갈게. 담배 고마워.

정근, 나간다.
여울, 미안함에 안절부절못한다.

인규   괜찮아요. 저 형이 원래 좀 안 씻고 다녀. 아우, 나도 냄새나서 혼났네. 괜찮아. 너무 마음에 담아두지 말고요. 저 형도 아무렇지 않을 거야. 알았죠? 저 형이 저래 봬도 무슨 발명가 같아요. 못 만드는 게 없더라고. 근데 가끔 오락가락해요. 그럼, 일 봐요. 나도 얼른 가봐야 해서.

여울   아! 집 계약 하신다고.

인규   그건 또 어디서 들었데. 이따 봐요.

인규, 서둘러 나간다.
여울, 푹 한숨을 내쉬더니, 자기 머리를 때린다.

여울   바보! 바보! 다큐멘터리 찍겠다는 애가 왜 고작 그거 하나를 못 참아.

3장

늦은 오후, 같은 장소.

하섭 인규 형은 왜 안 오는 거야. 올 때가 됐는데.

정화 계약을 하루 종일 하는 것도 아니고… 올 시간이 지났지?

하섭 용수 형님은 또 어딜 가셨데.

정화 늘 바쁘잖아.

하섭 인규 형 이사 가면 심심해서 어쩌나.

정화 내가 있잖아. 난 술친구 아냐?

하섭 너는… 그래, 너만 한 술친구가 어딨어.

인기척. 용수가 등장한다. 용무를 보고 돌아왔다.

용수 어쩐 일이냐. 니들이 이 시간에 술도 안하고 있고.

정화 어디 다녀오세요?

하섭 옷이? 우와, 어디 좋은 데 갔다 오셨나본데.

용수 좋기는 개뿔. 기분만 잡치고 왔다.

정화 어디 다녀오셨는데요.

용수 니들은 술만 먹지 말고 바깥이 어떻게 돌아가는지도 좀 보고 다녀라. 소식도 못 들었냐. 여기 재개발한댄다. 주민설명회 다녀왔어. 난리도 아니더라. 땅값이 어마어마한가 봐. 하긴 옆에 기차역도 있고, 번화가에 교통도 오죽 좋아? 주변에 빌딩도 많고. 여기 다 밀어버리고 주상복합 단지 짓겠다고 하더라. 50층짜리랬나. 무슨 허브가 어쩌고, 미래가 어쩌고, 투자가치가 어쩌고, 다들 눈이 회까닥 뒤집혀가지고… 어휴. 쯧쯧.

정화 한창 그런 소문 돌더니. 정말 하긴 하나 보네요.

하섭	시발. 그럼 우리 나가야 하는 거야?
정화	우리 이제 어디로 가나.
용수	나가긴 뭘 나가. 여기 아니면 갈 데나 있고?
하섭	…
정화	…
용수	인규는? 올 때 되지 않았냐? 잘 안됐나?

인규, 술에 취해 비틀거리며 등장한다.
얼굴이며 몸 여기저기가 다쳐 피범벅이다.
사람들, 깜짝 놀라 다가간다.

하섭	인규 형!
용수	인규야!
정화	오빠! 뭐야 왜 이런 꼴로 와?

인규, 털썩 주저앉는다.

인규	섭아, 틀렸다. 다 틀렸어.
하섭	뭐야, 어디서 맞았어?
정화	무슨 소리야? 계약하러 간 거 아니었어?
인규	계약하러 갔었지.
정화	근데 왜 이 꼴이야?
인규	계약 못 했다. 오십만 원이라고 해서 갔는데. 분명 전에 오십이라고 했는데. 잔뜩 기대하게 만들어놓고선. 가니까 말이 달라. 날 뭘 믿고 오십에 주네. 벌이가 있냐 뭐가 있냐. 세 밀리면 어떡할 거냐고. 나 같은 사람은 보증금 오백만 원은 줘야 살 수 있다고 하는데. 내가 오백이 어디 있어. 당장 그 돈도 힘들게 만든 건데.
정화	얼굴은? 얼굴은 왜 이런 거야? 싸웠어?
하섭	시발새끼들! 아무리 그래도 그렇지 사람 얼굴을 이 지경으로 만들

어 놔? 거기 어디야! 어떤 새끼들이야!

인규 아니야, 아냐, 섭아! 얼굴은… 넘어졌어. 취해서 막 쏘다니다가 굴렀나, 넘어졌나. 에이 몰라.

하섭 아예 처음부터 안 된다고 하던지! 사람 꼴이 이게 뭐야! 시발새끼들 다 엎어 버린다! 다 죽여 버릴 거야! (손에 잡히는 막대기 아무거나 집어 들고, 당장이라도 뛰쳐나갈 듯) 거기 어디야! 거기 어디냐고!

용수 넌 또 왜 난리야!

하섭 성질나잖아요! 사람 꼴이 이게 뭐야. 쪽방 산다고 무시하는 거야 뭐야!

정화 가만히 좀 있어!

하섭 아우. 개새끼들아!

인규 다 틀렸어. 다. 이제야 좀 합치나 했는데. 기대고 꿈이고 나발이고 다 끝났어. 나쁜 놈들. 애초에 말이나 말지.

정화 끝나긴 뭘 끝나. 고작 그거 하나 안됐다고 세상이 끝나?

인규 다 틀렸어. 다.

하섭 개새끼들아!

용수 술에 떡이 되가지곤! 좀 들여보내 재우자.

인규 가족들 같이 살 집 하나 만들기가 뭐 이리 힘들어.

용수 누가 보면 상이라도 난 줄 알겠다!

정화 고작 집 하나 안 된 거잖아. 다시 구하면 되지.

용수 세상에 오십만 원짜리 집이 어디 있어. 어쩐지 불안불안 했어.

하섭 개새끼들아!

정화 시끄러워!

인규, 잠시 정신을 차리는 듯,

인규 돈 벌 거야. 더러워서라도 그 돈 모아서 그 집 꼭 들어간다! 두고 보라지. 그까짓 오백, 그까짓 오백!

4장

며칠 후, 인력사무소
소장, 일자리를 찾아 온 인규를 빤히 보고 있다.

소장 그러니까 일자리가 필요하시다고요?

인규 그럼요, 일자리.

소장 어떤 일이든 괜찮아요?

인규 물론이죠. 어떤 일이든 할 수 있습니다.

소장 어디 편찮으신 것 같은데.

인규 편찮… 아니요, 절대. 건강해요.

소장 그 몸으로 괜찮겠어요?

인규 내 몸이 뭐 어때서요.

소장 기술은 있어요?

인규 기술은 없지만, 시키면 뭐든지 다 합니다.

소장 사실 요새 경기가 좋지 않아서 공사장 일용직도 뜸해요.

인규 압니다. 그래도 잘 찾아보면 뭐든 있지 않겠습니까?

소장 인오동 재개발이 얼른 시작 돼야 일자리가 좀 늘 텐데요.

인규 …

소장 근데 사실 요샌 외국인 노동자들 많이 써요. 싸니까.

인규 사실 나도 그리 비싸진 않을 텐데.

소장 택배 상하차라도 하실래요?

인규 시켜만 주세요.

소장 근데 그 몸으로 버틸 수 있을까요.

인규 평생 몸만 쓰고 살았어요. 뭐든 못 하겠어요.

소장 연세도 있어 보이시는데. 그거 젊은 사람들도 힘들어 해요.

인규 나 젊어요, 쌩쌩해.

소장	일 하다가 쓰러지는 거 아닌가 몰라.
인규	참 걱정도 많다.
소장	그냥 폐지나 페트병 같은 거 모으고 다니는 게 더 낫지 않겠어요?
인규	그거 해서 얼마나 번다고. 나 돈 많이 필요합니다.
소장	아니, 일하다가 쓰러지기라도 하시면. 무슨 일이라도 나면 그 뒷감당 어떡하라고요.
인규	그럴 일 없을 거니까, 걱정 말아요.
소장	할 게 있으려나.
인규	일자리가 꼭 필요합니다. 부탁합니다.
소장	사정은 많이 딱하신 것 같은데.
인규	거 좀 제발요.
소장	좋습니다. 그럼 택배 상하차라도 일단 해보시는 걸로 하죠. 일당이야 얼마 안 되겠지만, 정 급하면 그거라도 하셔야지.
인규	정말이요? 감사합니다. 감사합니다.
소장	오늘 저녁부터 바로 가능하세요?
인규	가능하고말고요.
소장	그럼 8시까지 역으로 나오세요. 식사는 꼭 하고 오세요. 밥 먹을 시간 따로 없으니까.
인규	감사합니다. 감사합니다!

5장

오후, 쪽방촌 골목
하섭과 정화, 주거니 받거니 함께 술을 마시고 있다.
여울, 멀찍이에서 촬영 장비를 조작하며 영상 촬영을 준비하고 있다.

여울   자. 시작할게요. 먼저 하섭 씨부터.

여울, 카메라를 하섭에게 향한다.

여울   소개 부탁드려요.
하섭   어. 저는 송하섭이라고 하고요. 인오동에 살고 있습니다. 어. 이래 봬도 총각이고요. 이렇게 하면 되나?
여울   나이는요?

하섭, 주머니를 뒤적여서 주민등록증을 꺼내 보여준다.

하섭   (잠시 손가락으로 세어 본 뒤) 마흔넷?
여울   보면 항상 술 드시고 계시던데, 매일 드세요?
하섭   매일은 아니지만, 뭐 거의라고 보면 되나. 거의 매일이죠. 근데 술 안 마시면 할 게 없어요. 특별히 볼일이 있지 않으면, 그냥 술로 시간 죽이는 거지 뭐. 그리고 술이라도 마셔야 있지. 맨 정신에 어떻게 지네요.
정화   맞아. 나도 취하지 않으면 생각이 너무 많아져.
여울   술 많이 좋아 하시나 봐요.
정화   술을 좋아서 마시나요.
하섭   난 좋아서 마시는데.

정화	… 가끔 쟤 같은 예외도 있어요.
여울	소개 부탁드릴게요.
정화	저는 이정화입니다. 여기 하섭이랑 같은 건물 살아요. 옆에, 옆에 그 맞은편 방? 나이는 마흔두 살.
하섭	뭐야. 나보다 어렸어?
정화	그걸 이제 알았어? 왜? 이제라도 오빠라고 불러 줘?
하섭	아니. 이미 맞먹은 거 어쩌겠어.
정화	아직 미혼이에요.
하섭	어? 노식이랑 결혼한 줄 알았는데.
정화	안했어. 식도 안 올렸고, 혼인신고도 안했어. 그냥 같이 살았을 뿐이야. 그마저도 끝났지만. 그럼 미혼인 거지. 말하는데 자꾸 껴들래?
하섭	안 했구나.
정화	안 했으면 왜?
하섭	아니. 난 그동안 결혼한 줄 알고.
정화	결혼하고 안 하고가 중요한가.
여울	하섭 씨는 여기 사신 지 얼마나 되셨어요?
하섭	한… 십년 됐나. 그 전에는 노숙도 하고 고시원에도 있어보고, 명신동에 잠깐 있다가 없어지는 바람에 여기로 왔어요. 인규 형도 거기서 만났고요. 명신동이 나름 참 괜찮았는데 무슨 단지 만든다고 밀어버리더라고. 근데 여기도 살다 보니까 못지않더라고요. 십년을 사니까 다 이웃사촌이잖아. 윗집엔 누가 살고, 아랫집엔 누가 사는지 다 알아요. 아프면 서로 약도 사다주고 병원도 데려가고. 또 정화도 있고. 인규 형도 있고.
여울	정화 씨는요?
정화	난 일 년 조금 넘었나.
여울	왜 여기로 오신 건지 말씀해 주실 수 있으세요?
정화	음… 별 이유 없었는데. 그냥 노식이 따라 왔어요.
여울	노식이라는 분은 대체 누구예요?

정화	있어요. 나쁜 놈. 병신. 개새끼.
하섭	애 집 나간 남편?
정화	결혼한 적 없다니까. 그냥 옛 동거인이었다고 불러줄래? 나간 지 몇 달 됐어요. 한 반년? 살아는 있나 모르겠네, 망할 놈의 새끼. 근데 그놈새끼 없으니까 세상 참 편한 거 있죠. 집도 넓어지고.
여울	아… 네…
하섭	가끔 노숙이가 부럽기도 해. 기다려주는 사람도 있고.
여울	하섭 씨는 그럼, 다른 여자분 만날 생각 아예 없으신 거예요?
하섭	이 나이에 누굴 만나요. 내 상태를 봐요. 누가 좋다고 오겠어. (자기도 모르게 정화를 본다) 별걸 다 묻는다. 그냥 평생 혼자 살아야지, 뭐.
정화	나도 평생 혼자 살려나봐.
여울	참, 혹시 권 박사라는 분 아세요?
하섭	박사 형? 그 형 왜요? 그 형 참 이상해요. 괴짜야.
여울	어디 가면 볼 수 있어요?
하섭	노숙하니까 역 광장에 가면 있지 않을까요? 근데 그 형이 워낙에 홍동길 같아서.
정화	밤마다 수상한 짓을 하고 다닌다는 얘기를 들은 것 같아요. 오락가락한다는 얘기도 있고. 이 동네 저 동네 쑤시면서 뭘 찾고 다닌다는데?
여울	고철 같은 거요?
정화	아니, 그런 건 아니고. 뭐랬더라. 아무튼, 밤에 숨어서 기다리면 나타날지도 몰라요. 어두워지면 종종 보인다고 하니까.
여울	그럼, 역엘 먼저 가 봐야하나. 감사합니다. 오늘 인터뷰는 여기까지만 할게요. 다음에 이어서 해요.
정화	네, 다음에 해요.
하섭	역에 가보고 없으면 역 뒤에 공원에도 가 봐요.
여울	네, 그럴게요.

여울, 나간다.

두 사람, 잠시 말이 없다.

하섭   아직도 노식이 기다려?

정화   아니.

하섭   근데 왜 말끝마다 노식이, 노식이.

정화   궁금해 하니까 그렇지.

하섭   노식이 걔 원래 부자였다면서.

정화   몰라. 부자든 말든.

하섭   집도 있었고 차도 있었다면서.

정화   어쩌라고.

하섭   난 정말 부부인 줄 알았어.

정화   아니래도.

하섭   부부도 아닌데 같이 살아?

정화   같이 살 수도 있지.

하섭   부럽다, 노식이.

정화   아니라니까! 언제까지 그럴 거야! 언제까지 그놈새끼한테 패배감 절어 있을 건데!

하섭   아 왜 소릴 지르고 난리야!

정화   적당히 좀 해, 새끼야!

하섭, 정화에게 대뜸 키스한다

하섭   … 미안.

정화   미안한 줄은 아니!?

정화, 하섭에게 키스한다.

두 사람, 손을 잡고 둘 중 누군가의 방으로 함께 들어간다.

6장

밤, 쪽방촌 어딘가
여울, 몸을 숨기고 정근을 기다리고 있다.
잠시 후, 정근이 등장한다. 위협적인 모습으로 망치를 들고 있다.

여울, 카메라로 그를 촬영하려 한다.

정근, 사방을 돌아다니며 바닥에서 무언가를 찾고 있다.
망치로 바닥을 두들기며, 중얼거리듯 숫자를 센다.

정근　하나, 둘, 셋… (가만히 바닥에서 나는 소리를 듣고) 아니야, 여긴 아니야. 저긴가?

정근, 숫자를 세며 망치로 사방을 두들긴다.

정근　하나, 둘, 셋… 아니야, 여기도. 어디지?
하나, 둘, 셋… 아니야.
하나, 둘, 셋… 아니라고.

왔다 갔다 하며 한동안 반복하던 그, 문득 인기척을 느끼고 돌아본다.
여울, 그에게서 순간 공포를 느낀다. 무서운 표정이다.
정근, 무섭게 소리 지른다.

정근　누구야? 숨어있지 말고 나와! 누구야!

정근, 코를 킁킁거리며 여울에게로 점점 다가간다.

망치를 치켜들고 당장이라도 달려들 기세다.

여울, 촬영도 잊고 바짝 숨기 바쁘다. 입을 틀어막고 떨고 있다.

다가가던 정근, 문득 멈춰 선다.
무언가 다른 생각이 난 듯, 돌아서서 후다닥 달려간다.

바닥을 파헤치며 무언가를 찾는다.
이내 실망한 듯,

정근   여기도 아니야. 연로만, 연료만 해결하면 되는데…

힘없이 일어서 나간다.

여울, 다리에 힘이 풀려 주저앉는다.
정근이 사라진 방향을 한참이나 응시한다.

7장

다음 날, 쪽방촌 골목
쪽방 안 다친 인규의 끙끙 앓는 소리가 유난히 크게 들린다.
건물 밖에서 용수와 하섭, 정화 등이 그를 걱정하고 있다.
하섭과 정화는 꼭 붙어 있다. 다정해보인다.

하섭 형, 괜찮아?

용수 그러니까 아무 일이나 하는 거 아니랬지. 몸 생각을 해야지.

정화 오빠, 진통제라도 사올까?

인규, 겨우 기다시피하며 나온다.

인규 아니야, 괜찮아… (용수에게) 술 좀 사줘요…

용수 그만 좀 마셔. 그 몸으로 또 술타령이냐.

인규 술이라도 마셔야 덜 아프지.

정화 차라리 병원을 가.

하섭 그래, 형. 병원 가자.

인규 병원 갈 돈이 어딨어.

용수 그럼 술값은 공짜냐.

인규 그러니까 사달라고 하는 거잖아요.

용수 망할 놈의 자식. 가자, 병원. 내가 내줄게.

인규 아니야, 괜찮아요. 그냥 술 한잔하면 낫는 거, 무슨 병원이야.

용수 이 자식아, 그러다 골병들어 죽어.

인규 아무짝에도 쓸모없는 몸뚱이. 그러다 가면 그만이지.

용수 무슨 말이 그래. 너보다 더한 사람들도 꿋꿋이 살아. 동네 봐라.
아흔 넘은 노인네들도 살겠다고 아등바등이다. 이제 갓 예순 넘은 놈이 할 소리냐?

인규　답답해서요. 답답하니까.

용수　답답할 것도 쌨다.

인규　어디 받아주는 곳도 없고. 돈 나올 구멍도 없고. 답답하지 않겠어요?

용수　하루 이틀이야?

인규　혹시 형님은 어디 일자리 같은 거 알고 있는 데 없어요?

용수　나라고 있겠냐?

인규　하긴. 다 마찬가지지.

용수　일 하는 건 좋은데, 조심해라. 잘못하면 수급 끊겨. 조금이라도 수입 있으면 수급 끊긴다더라. 누군 일할 줄 몰라 이러고 있겠냐.

인규　뭐 이리 복잡해.

용수　그러게 말이다.

인규　애초에 가족과 떨어지질 말았어야 했어요. 이 무슨 난리고 생고생이야.

용수　또 그 얘기 하려고?

인규　나도 집사람도 고아였어요. 일가친척 하나 없는 맨 몸뚱이들끼리 뭐가 그리 좋다고 눈 맞아서는, 덜컥 애부터 갖고. 근데 배운 게 있어 기술이 있어. 서로 참 고생 많았지. 첫째까지는 버틸 만했어요. 어떻게든 벌어서 기저귀 대고, 분유 대고. 근데 둘째부터는 도저히 안 되겠는 거야. 맨날 같이 머리 싸매고 고민을 해도 방법이 없어요. 결국 집사람이며 어린것들이며 떼놓고 혼자 돈 벌러 올라오는 수밖에요. 그래도 처음에는 어디 취직도 하고 안 되면 막노동도 하면서 제법 돈도 보내고 했는데. 나이가 들수록 점점 일이 줄어요. 멍청하게 사기 당해서 날리기나 하고. 그렇게 삼십 년이 지났어요, 삼십 년이…

용수　그래, 참 구구절절한데. 너 같은 사람들 여기 쌔고 쌨다. 이 동네에 어디 사연 없는 사람 있냐.

인규　삼십 년이라고요. 돈 한 푼 못 보내주면서 삼십 년이나 헛살고 있었다고요.

용수	그래. 삼십 년이면 꽤 길지.
인규	삼십 년이나 그러고 살았어요!
용수	그만 좀 해! 알았다는데도 자꾸. 동생들 보기 안 부끄러워? 쟤네 들은 뭐 사연 없어서 조용한 줄 알아!?
인규	알았어요. 갑자기 왜 소리는 지르고.
하섭	우린… 괜찮은데…
용수	병원을 가든 말든 네 몸뚱이, 네 마음대로 해!
하섭	사연 없는데… 그냥 나온 건데…

용수, 자기 방으로 들어가 버린다.
남은 사람들, 어쩌지 하며 서로 눈치 보며,

하섭	형, 그 얘기 올해만 벌써 백 번째 같아.
정화	백 번이 뭐야, 넘지 아마?
인규	…

노식, 등장한다. 꽤 말끔해 보이는 옷차림새다.

노식	마침 다들 계시네요.

그제야, 다들 노식을 보고 깜짝 놀란다.
특히 정화, 깜짝 놀라 하섭에게서 떨어진다. 잡고 있던 손도 놓는다.

노식	잘들 계셨어요?
정화	노식아…

노식, 다가가 정화를 안는다.

노식	정말 보고 싶었어! 정말.

8장

며칠 후 밤, 쪽방촌 골목

노식, 인규의 방문을 두드린다.

노식   형님. 형님? 계세요?

인규   (안에서) 누구요?

노식   접니다. 노식입니다.

인규   노식이?

노식   들어가도 될까요?

인규   아니, 내가 나갈게.

인규, 나온다.

노식   주무시고 계셨어요?

인규   아니. 아직. 막 자려던 참이었지.

노식   몸은 좀 어떠세요?

인규   아직도 아프지 뭐.

노식   할 얘기가 있어서 왔는데. 잠깐 시간 괜찮으세요?

인규   뭔데, 이 밤중에?

노식   잠깐만 이쪽으로.

두 사람, 한편으로 나온다.

노식   일거리를 찾고 계시다고 들었어요. 구하셨어요?

인규   구했겠어?

노식   제가 좋은 일자리 하나 소개시켜 줄까 하는데, 어때요? 관심 있으세요?

인규 일자리? 네가 무슨 수로?

노식 요새 새로 시작한 일이 있어서요.

인규 취직했어?

노식 그런 셈이죠.

노식, 인규에게 명함을 꺼내 건넨다.

인규 (명함을 보고) 회사 이름이 뭔 죄다 한문이야. 큰 회산가? 팀…
장…?

노식 건설회사예요.

인규 아. 어디 뭐 막노동 자리라도 있는 거야?

노식 형님, 절 뭐로 보고. 고작 막노동 자리 하나 주려고 이러겠어요?
의리가 있지. 더 크고 중요한 일이에요. 이런 말씀 드려도 되나 모
르겠는데, 사실 여기 인오동 재개발 말이에요, 소식 들으셨죠? 저
희 회사가 시행사거든요. (인규가 못 알아듣는 것 같아) 저희 회사가
여기 재개발 맡은 회사라고요.

인규 뭐? 에이 시발. (명함을 집어 던진다) 못 들은 걸로 할게.

노식 (가려는 인규를 잡으며) 형님, 잠깐만요. 우리 정이 있는데 이러시면
정말 섭섭해요. 적어도 얘기는 듣고 가야지.

인규 들어 뭐해, 뻔하지.

노식 형님.

인규 그래. 알았어. 해. 해.

노식 형님 돈 필요하시잖아요. 보증금 오백? 우리한테나 큰돈이지, 사
실 다른 사람들한텐 그게 돈이에요? 그 정돈 없어져도 눈도 깜짝
안 할걸? 형님이 이번 건만 잘 해주시면 오백이 뭐야 천만 원도
더 가져 갈 수 있어요. 그 보증금 하고도 남아요. 원래 제가 다 해
야 하는 일인데 일손이 부족해서 그래요. 원하시면 더 챙겨 드릴
수도 있고. 어려운 일도 아니에요. 약간 수고스러운 정도?

인규   … 뭔데.

노식   오해하지 말고 들어요. 회사에서는 당장이라도 공사를 시작하고
      싶어 해요. 근데 문제는 여기 사는 주민들이야. 사람이 살고 있으
      니까 시작을 못하고 있는 거예요. 그렇다고 강제로 내 쫓을 수도
      없고. 강제로 해봐야 소문만 안 좋고 하니까.

인규   그래서?

노식   무슨 방법이 없을까, 내가 곰곰이 생각을 해 봤는데. 이 동네 사는
      사람들 거의가 노인네들에 알콜중독자들에 병자들이잖아요. 오늘
      내일 당장에 요양원 들어가도 이상하지 않을 사람들이거든.

인규   설마, 지금 나 보고 그 짓을 하라고? 동네 사람들 다 요양원에 보
      내라고?

노식   어차피 아무도 몰라요. 누구 찾는 사람이나 있겠어? 다들 뭐 가족
      이 있어 친척이 있어. 쪽방에서 죽어 썩느니 요양원에서 편히 죽
      는 게 낫지. 안 그래요?

인규   야 이 미친놈아. 그거 범죄야. 그걸 지금 말이라고 해?

노식   잘 생각 해봐요. 여기 주민들 모두 몇 명이야. 인당 수당은 얼마씩
      나올 것 같아요? 또 그것만 나와? 아까 내가 말한 거. 천만 원도
      덤으로 받아요. 누가 뭐라고 하지도 못해요. 어차피 회사에서 손
      써둘 거니까.

인규   못 해. 안 해, 이 새끼야. 어디 얼토당토 않는 소리를 해. 아무리
      돈이 궁해도 그렇지, 사람이 할 일이 있고 못할 일이 있어. 아주
      개새끼가 돼서 돌아 왔고만.

노식   그럼, 반 줄게요. 내가 따로 받기로 한 돈이 있거든. 그건 좀 많이
      커요. 그거 반 줄 테니까, 형님은 넓은 집 얻어서 가족들이랑 함께
      살아요. 고작 임대주택 같은 거 말고 좋은 아파트로. 난 내 와이프
      만 찾아가면 되니까.

인규   …

노식   나한테는 일생일대의 기회예요. 어쩌면 형님한테도 기회가 될 수
      도 있고. 형님 소원이 가족 찾는 거라고 하셨잖아요. 나도, 내 소

원이 내 가족 찾는 거예요. 내 가족 찾아서 행복하게 살고 싶은 것
뿐이라고요.

인규   아무리 그래도 그렇지. 난 배신 못 한다.

노식   바로 승낙할 거라고는 기대도 안 했어요. 그래도 잘 생각해봐요.
부탁드릴게요.

　노식, 오만 원 짜리 지폐 몇 장을 꺼내 인규에게 건넨다.

노식   병원비 하시고요. 우리 일은 당분간 비밀로, 아셨죠?

　노식, 돌아간다.
　인규, 노식에게 받은 지폐를 보며 생각에 잠긴다.
　그 돈을 차마 버릴 수가 없다.

9장

동네의 다른 장소

정화, 밖을 걷고 있다. 고민이 많다. 문득, 하섭을 발견한다.

하섭, 우두커니 서성이고 있다.

두 사람, 서로 어색하다.

정화 달이 밝다.

하섭 그러네.

정화 뭐하고 있었어?

하섭 그냥. 있었어.

정화 저 달 뒤엔 뭐가 있을까?

하섭 달 뒤에?

정화 어디선가 들었어. 달의 뒷면은 우리 눈으로 절대 볼 수가 없대. 항상 앞만 보고 돌고 있어서.

하섭 그래?

정화 궁금하지 않아?

하섭 그러게. 듣고 보니 그러네. 그럼 우린 계속 앞면만 보고 있었구나.

정화 그런 셈이지.

사이.

정화 요 며칠 어디 있었어? 찾았잖아.

하섭 바빴어.

정화 네가 바쁠 게 어딨어.

하섭 바쁠 수도 있지.

정화 난 또… 없어져 버린 줄 알고.

하섭   노식이는?

정화   글쎄. 잠깐 나가는 것 같았는데.

하섭   돌아오니까 어때?

정화   누구?

하섭   노식이 말야.

정화   어떻긴. 반갑기도 하고. 반년만이니까. 그간 어떻게 지냈나 궁금
      하기도 하고. 그랬지.

하섭   노식이 다시 만나서 좋았겠다.

정화   좋았나. 좋았을 수도 있고. 아닐 수도 있고.

하섭   기다렸잖아.

정화   내가?

하섭   그럼. 말은 아니라지만, 표정을 보니 딱 나오던데.

정화   그랬나?

하섭   노식이는 어때. 여전히 잘 해주는 것 같아?

정화   글쎄. 아직은 모르지. 좀 더 두고 봐야지. 어떨지.

하섭   아무튼 축하해. 행복했으면 좋겠어.

정화   다른 얘기 좀 하면 안 되나?

하섭   무슨 얘기?

정화   다른 얘기. 아무거나.

하섭   … 노식이는 그간 어떻게 지냈대? 왜 나갔던 거야?

정화   내가 노식이야?

하섭   어?

정화   내가 노식이냐고. 난 정화야. 이정화. 그런 건 윤노식 본인에게 직
      접 물어봐.

하섭   어. 그래.

      사이.

하섭   노식이가 이리 갑자기 돌아 올 줄은 생각도 못 했어.

정화	나도.
하섭	근데 보니까 많이 달라진 것 같더라. 옷 입은 것도 그렇고. 깨끗하게 머리도 깎고, 면도도 다 하고, 여기 사는 사람 같지가 않았어.
정화	…
하섭	어디서 뭘 하다 온 걸까. 돈도 좀 벌어온 것 같던데.
정화	어디서 벌었는지는 모르겠는데, 좀 생긴 것 같긴 해. 다신 떨어지지 말재. 다신 떨어지지 말고 평생 같이 살재. 바깥에 집도 구했다더라. 밖에서 남들처럼 평범하게 살자고. 곧 이사 가자고 하는데…
하섭	좋겠네. 그래, 여기보단 밖이 훨씬 낫지.
정화	밖에 나가 살면… 많이 심심하지 않을까? 주변에 친구도 없고.
하섭	왜 없어. 거기서 만들면 되지.
정화	친구 사귀기가 쉬울까.
하섭	노식이도 있잖아.
정화	…
하섭	노식이랑 둘이 잘 살면 되지. 식도 올리고. 아이도 낳고.
정화	그래. 그렇지. 보통 그렇게들 살지.
하섭	어디 가던 길이었어?
정화	아니. 그냥 걷고 있었어.
하섭	난 이만 들어가서 자야할 것 같아. 너도 너무 늦게까지 다니지 말고.
정화	응. 그래.

　　하섭, 나간다.
　　정화, 한동안 달을 보다가,

정화	가지 말라고 한 마디 하면 어디 덧나나. 이 동네 꽤나 마음에 들었는데.

10장

며칠 후 오후, 쪽방촌 골목
여울, 노식을 촬영하고 있다.

노식 저는 윤노식이라고 하고요, 나이는 마흔두 살. 아직 식은 올리지
않았고 혼인신고도 못 했지만 와이프가 있습니다. 와이프 이름은
이정화라고 하고요, 저랑 동갑내기입니다. (부른다) 정화야? 정화
야? 잠깐 나와 봐.

반응이 없다.

어디 갔나 보네요. 아무튼 곧 결혼식도 할 거고요, 혼인신고도 할
겁니다. 함께 살 신혼집도 구해 놓았어요. 여기서는 한 반년을 같
이 살았나. 그 좁은 쪽방에서 서로 부대끼면서, 참 고생 많이 시켰
죠. 그거 생각하면 많이 미안하기도 하고. 그래서 신혼집은 방이
다섯 개나 있어요. 화장실도 두 개나 있고.

여울 그럼 지금은 무슨 일 하세요?

노식 뭐 이것저것. 사실 새 일자리를 구했어요. 돈도 좀 벌었고. 그 덕
에 나가는 거죠.

여울 구체적으로 알 수 있을까요? 무슨 일인지.

노식 그건 비밀. 기회가 되면 나중에 따로 알려드릴게요.

여울 그럼, 그 전에는 무슨 일 하셨어요?

노식 그 전에는… 장사를 했어요. 차도 두 대나 있었고. 하나는 외제차
였고, 다른 하나는 용달. 그 용달 몰고 다니면서 장사했죠. 근데
사람 운에 흐름이라는 게 있잖아요. 좋을 때, 나쁠 때 그런 거. 그
땐 완전 좋은 시기였나 봐요. 뭘 하든 잘 되는 거예요. 뭘 팔던 대

박 나고. 아, 그러고 보니까 지금 와이프를 그 즈음에 만났네. 그거 있잖아요. 한 눈에 반하는 운명 같은 사랑? 그 당시 나도 장사한다고 떠돌던 때였고, 와이프도 떠돌이였으니까. 몇 년 안됐을 거예요, 아마. 근데 이 여자가 너무 야생마 같은 거야. 자꾸 어딜 가려고 해요. 결혼하자는 것도 자꾸 싫대고. 안되겠다 싶더라고요. 정착해서 잡아둬야겠다. 그래서 교외에 변두리 쪽 보면 도로가에 큰 상점들 많잖아요. 그런 건물 하나 빌려서 장사를 시작했어요. 근데 그게 실수였던 거야. 뭘 잘못했는지 일 년도 못가서 쫄딱 망했어요. 터가 별로였나. 집이고 차고 다 뺏기고, 당장 주머니에 돈 한 푼 없는 지경이 되어버리니까, 어떻게 해, 결국 여기 온 거지 뭐. 막노동이라도 하고 살아야겠다하고. 내가 그때 신용불량자가 다 됐어요.

여울　중간에 집을 나갔다고 들었어요. 왜 그러셨어요?

노식　누가 그래요? 집을 나갔다니. 그냥 잠시 비운 거지. 너무 답답하기도 하고 해서. 근데 그때 눈치 챘어야 했어. 여기 오고 나서 와이프 낌새가 이상하더라고. 난 내가 정말 거지가 된 것 같아서 하루하루 미치겠던데… 이야, 여긴 노숙자까지 다니네.

　　정근, 등장해서 그들 사이를 유유히 지나간다.
　　여울, 노식을 찍다말고 정근에게로 시선이 쏠린다.

　　정근, 무대를 가로질러 나간다.

　　여울, 장비를 챙겨 얼른 정근을 쫓아가려는데,

노식　어? 이봐요, 찍다말고 어디가려고?

여울　죄송해요! 다음에 마저 찍을게요.

　　여울, 정근을 몰래 뒤쫓아 간다.

11장

밤, 쪽방촌 어딘가
정근, 등장한다. 더러워 보이는 마대자루를 들고 있다.
무언가 담겨있다.
이어서 여울, 등장한다.
얼른 몸을 숨겨, 정근을 촬영한다.

여기저기 살피며 샅샅이 뒤지던 정근, 어느 한 곳에 자리를 잡고 앉는다.
마대자루 속의 물건들을 꺼내 늘어놓는다.
오래 되어 보이는 기계장치와 고철 조각들이다.
그것을 이리저리 돌려가며 맞추어 본다.
그러다가 주머니에서 수첩과 펜을 꺼내, 무언가를 적는다.
생각대로 되지 않는지, 고개를 갸웃거리기도 한다.

여울, 그를 자세히 찍기 위해 조금씩 접근한다.
정근, 인기척을 느끼지만 모른 체한다.
다시 장치와 고철 조각을 마대자루에 쑤셔 담고는 벌떡 일어선다.
여울, 깜짝 놀라 다시 숨는다.

정근, 나가자, 여울, 안도하는데,
갑자기 다시 나타난 정근, 쏜살같이 달려와 그녀를 붙잡는다.
비명 지르려는 여울의 입을 틀어막는다.

정근   쉿! 누군가 했더니.

인기척 들리고, 정근, 몸부림치는 여울을 끌고 가 몸을 숨긴다.

12장

같은 시간, 같은 공간
인규, 등장해서 노식을 기다리고 있다.
정근과 여울, 숨어서 몰래 지켜보고 있다.

남자(회상 속 인물), 등장한다. 입술 한쪽이 맞아서 터져있다.

남자 이봐요, 아저씨. 이제 정신 좀 들어요? 술을 마시려면 좀 적당히 마시던지. 내 얼굴 좀 봐요. 이게 뭐야, 이게. 하, 잘 생긴 얼굴이 완전 걸레짝이 됐잖아. 시발, 몇 주 나오겠는데. 아저씨, 이거 쌍방 아니야. 나는 맞았고, 아저씨는 때렸고. 남의 얼굴을 이 모양으로 만들었으면 뭔가 책임을 져야 할 거 아녜요.

인규 내가… 그랬다고요?

남자 그럼요. 아저씨가 그런 거지. 기억 안 나요?

인규 죄송합니다. 미안해요. 내가 너무 취해서…

남자 갑시다, 경찰서.

인규 안 돼요! 경찰서는… 이번에 또 가면 어떻게 될지 몰라…

남자 그럼 합의 보시던지.

인규 어… 얼마로요…

남자 최소 두 장이면 될 것 같은데.

인규 이만… 아니, 이십만 원?

남자 이 아저씨, 돌았나. 이십만 원? 이백만 원!

인규 예?

남자 이백! 이백!

인규 아니 고작 입술 조금… 이백만 원은… 좀 너무한데…

남자 싫으면 경찰서 가던가. 이참에 빵에 가서 좀 살아 보시던지.

인규	내가 없어요… 이백만 원이…
남자	에이 거지였잖아. 그럼 얼마 있는데?
인규	오… 오십만 원…
남자	아, 시발. 걸려도 거지한테. 그럼, 그거라도 내 놔요.
인규	근데… 이거… 달세도 내야하고…
남자	내가 알게 뭐야. 싫으면 빵 가던지. 거긴 방세도 안내고 좋네. 공짜로 밥도 주고. 공짜로 재워도 주고. 갑시다, 경찰서.
인규	죄송합니다… 죄송합니다…
남자	가요. 돈 어디 있어요?

남자, 퇴장한다.

| 인규 | (한숨) 이젠 정말 빈털터리네. |

노식, 등장한다.

노식	형님. 오래 기다리셨어요?
인규	아니. 나도 방금 왔어.
노식	어떻게, 생각 많이 해 보셨어요?
인규	그래, 생각해 봤는데. 할께. 뭐부터 하면 될까.
노식	고마워요, 형님. 정말 생각 잘 하셨어요. 잠깐이에요. 그 잠깐만 눈 딱 감고 참으면 되요. 후회 안 하실 거예요.
인규	그래. 나도 내가 여기까지 올 줄은 몰랐어.
노식	일단은, 제가 아래 지방에 미리 봐둔 요양원이 몇 군데 있어요. 형님이 우선 내려가서 하나씩 확인해 보는 게 좋을 것 같아요.

인규, 힘없이 고개를 끄덕인다.

| 인규 | 그래… |

노식 자세한 얘기는 내일 따로 만나서 해요. 연락드릴게요.

　　　인규와 노식, 각자 다른 방향으로 퇴장한다.
　　　정근과 여울, 앞으로 나온다.

여울 무슨 일일까요. 이 야밤에 몰래.
정근 글쎄.

　　　긴 암전.

13장

얼마 후 낮, 쪽방촌 골목.
꽤 많은 시간이 흘렀다.
용수, 인규의 집 문을 두드리며 인규를 찾는다.

용수   인규야. 인규야. 인규야.

하섭, 나온다.

하섭   인규 형 찾으세요?

용수   그래, 이놈 아직도 소식 없냐.

하섭   네. 벌써 몇 주나 지났어요. 들어오지도 않고, 연락도 없고.

용수   대체 뭘 하고 있어서 들어오질 않아.

하섭   그러니까요. 또 어디서 술 취해 헤매고 있는 건 아닌가 몰라. 혹시 무슨 사고난 건 아니겠죠?

용수   그런 불길한 소리는 하지도 마.

하섭   어디 경찰서라도 뒤져봐야 하는 거 아녜요. 예전에 취해서 행패부 리다가 잡혀간 적도 있었잖아요. 유치장에도 며칠 있다가 풀려나 고. 그땐 다행히 훈방이었지만, 이번에는 어림없을 텐데.

용수   걱정이다. 대체 어디 있는 건지. 조용할 날이 없어.

하섭   얘기 들었어요? 윗집에 영감님도 갑자기 사라졌데요. 짐은 그대 로 있는데 또 사람만 없데요. 저 아래 할머니도 갑자기 사라지고. 실종 신고라도 해야 하는 거 아녜요?

용수   그렇지? 네가 생각해도 이상하지?

하섭   인규 형 없어진 것도 그럼, 혹시…?

용수   모르지. 참, 그 돌아온 탕아 놈. 어딨냐.

하섭	탕아요?
용수	노식이 놈 말이다.
하섭	아. 노식이! 집에 있나?

하섭, 정화의 집 문을 두드린다.

하섭	노식아. 노식아. (반응이 없다) 노식이는 왜요?
용수	아니야. 됐다. 오면 묻지 뭐.
하섭	혹시 노식이랑 관련이 있다고 생각하세요?
용수	내가 해결할 거니까 넌 가만히 있어. 괜히 흥분해서 망치지 말고.
하섭	그 새끼 어쩐지 첨부터 기분 나빴어.
용수	아직 확실한 거 아니다.
하섭	뻔해요!
용수	그러니깐 내가 네 앞에선 말을 아끼는 거야!
하섭	…
노식	(소리) 정화야. 정화야.
하섭	마침 오네요.
용수	아무소리 말아라.

노식, 등장한다.
정화를 찾고 있다.

노식	혹시 정화 못 봤어요?
하섭	정화는 왜? 없어졌어?
노식	아. 아니요. 곧 오겠죠.
하섭	집 나갔어?
노식	무슨 소리 하세요. 그냥 잠깐 바람 쐬러 나갔나 보죠.
하섭	그럼 왜 찾아다녀?
노식	찾을 수도 있지. 일들 보세요.

노식, 다시 정화를 찾으러 가려는데,

하섭   들었어. 둘이 이사 갈 집이랑 구했다면서. 왜 아직 안 나가는 거야?

노식   정화가 그래요? 아직 볼일이 좀 남았어요. 곧 갈 거니까 걱정 마요.

하섭   혹시 어젯밤에 둘이 싸웠어?

노식   그건 왜요?

하섭   싸우는 소리를 들은 것 같은데.

노식   그냥, 아주 사소한 문제로 말다툼 좀 했어요. 됐죠? 그럼 가볼게요.

용수   혹시 인규 봤냐?

노식   당연히 못 봤죠. 아직 안 왔어요?

용수   아직도 소식이 없다.

노식   곧 오겠죠. 뭐 무슨 일 있겠어요?

용수   인규뿐만이 아니야. 동네에 없어진 사람들이 몇 더 있어. 혹시 뭐 아는 거 있냐?

노식   내가 그런 걸 어떻게 알겠어요.

하섭   정말 몰라?

노식   당연히 모르죠. 왜 그걸 나한테 물어요?

하섭   알아야지! 왜 몰라!?

용수   하섭아.

노식   할 얘기 더 없으시죠? 됐죠?

노식, 가려는데,
정화, 등장한다.

노식   정화야! 어디 갔었어? 없어진 줄 알고 얼마나 놀랐는지 알아!?

정화, 노식을 무시하고 하섭과 용수에게 먼저 간다.

정화   (하섭에게) 인규 오빠는? 아직도 소식 없어?

하섭	어. 아직.
정화	대체 말도 없이 어딜 간 거야.
노식	뭐야, 지금 뭐 하는 거야?
정화	뭐하긴. 소식 묻잖아.
노식	짐 싸. 지금 당장 떠나자.
정화	싫어.
노식	그래, 싸지 마. 그냥 가자. 어차피 쓰레기 될 거.
정화	몇 번을 말해. 싫다니까. 내가 왜 너랑 가야 하는데?
노식	내가 네 남편이야. 남편 말 좀 들어라.
정화	우리가 결혼을 뭘 했어? 이제 와서 무슨 남편 타령이야.
노식	시발, 가자니까!

노식, 정화를 덥석 잡고 억지로 끌고 간다.

정화	(버티며) 싫다고!
하섭	(둘 사이를 갈라놓으며) 싫다잖아!
노식	남의 가정 일에 참견 마요! 지가 뭔데.
하섭	(노식의 멱살 잡으며) 뭐 이 새끼야!
용수	하섭아!

하섭, 멱살을 놓자,

노식	어디서 멱살잡이야. 이거 폭행이에요, 알아요? 반년이나 지났는데, 변한 게 하나 없어. 그러니 여전히 쪽방에나 살지.
하섭	(당장 주먹질이라도 할 듯) 시발새끼, 죽여 버린다!
용수	(하섭을 잡으며) 성질 좀 죽여! 언제까지 그러고 살래!? (노식에게) 너도 입 조심해라. 그럴 거면 당장 나가!

하섭, 악쓰며 괜한 벽에 발길질이다.

정화	괜한 분란 일으키지 말고, 갈 거면 너 혼자 가.
노식	나한테 미안하지도 않아? 내가 누구 때문에 망했는데. 너 때문이잖아.
정화	알아. 그래서 참고 같이 살아줬잖아.
노식	너 때문에 내 인생이 망했어. 여기까지 쫓겨 들어와서 사는데, 정말 좆 같더라. 이 동네가 너무 싫어서 참다 참다 도망치기까지 했어. 그런데 더 미치겠던 게 뭔지 알아? 그 지경에서도 널 포기할 수가 없었다는 거야.
정화	이제 그만 해. 나 충분히 할 만큼 다 했어.
노식	너 위해서 우리 살 집도 구해놨어. 돈도 많이 벌었고. 같이 가자, 제발.
정화	말이 돼? 고작 반년이잖아. 반년 사이에 무슨 수로 그 돈을 벌어서 아파트를 구해? 사실이긴 해? 거짓말 아니고?
노식	내가 거짓말을 왜 해. 사실이야. 계약서라도 보여 줘?

노식, 주머니를 뒤지는데, 지갑이 없다.

정화	(노식의 지갑을 꺼내 들고) 이거 찾아?
노식	뭐야, 시발. 왜 네가 그걸 가지고 있어?
정화	참 빵빵하네. 이 돈은 대체 어디서 다 벌었어?
노식	내놔! 이젠 도둑질까지 하냐?

노식, 지갑을 낚아채서 가져간다.
정화, 따로 빼둔 명함을 꺼내 용수에게 건네준다.

정화	쟤 지갑에 있던 명함이에요. 건설회사 같은데, 혹시 아는 곳이에요?
노식	이정화!

용수, 명함을 보더니, 그제야 이해가 된다는 듯,

용수   철거용역팀 팀장, 윤노식?

하섭   (다가와 명함을 보고) 뭐예요? 혹시 여기 재개발하는 건설회사?

용수   인규 어쨌냐. 사실대로 말해라. 없어지기 전에 너랑 있는 거 본 사람이 있다.

하섭   시발, 그랬어요? 완전 개새끼였잖아!

노식   …

용수   혹시 없어진 다른 노인들도 네 짓이냐? 섭아, 내 방에 핸드폰 있다. 가서 경찰에 신고해라.

하섭   예!

노식   잠깐만요! 저 아니에요.

용수   뭐?

노식   저 아니라고요!

하섭   아니긴 뭘 아니야!

노식   아직 시작도 못했어요. 노인들 없어진 건, 저도 모르는 일이고요!

용수   알아듣게 말해.

노식   노인들 요양원에 보내려고 했는데, 아직 시작도 못 했어요. 요양원 알아보라고 보낸 인규 형은 연락도 안 되고. 저도 답답해요. 뭐 하나 내 마음대로 되는 일이 없어!

하섭   인규 형이 어쨌다고?

노식   연락이 끊겼다니까요. 처음 며칠은 연락도 오고 그랬는데, 갑자기 끊겼어요. 연락도 안 되고, 어디 있는지도 모르겠고. 나라고 이놈의 쪽방에 더 있고 싶겠어요? 하루라도 더 빨리 떠나고 싶은데, 뭐 일이 진행이 돼야 말이지!

정화   네가 그러면 그렇지.

하섭   인규 형…

14장

요양병원.
인규, 우두커니 누군가를 기다리고 있다.
의사, 시신이 실린 침대를 끌고 나온다. 하얀 천으로 덮여 있다.

의사 혹시 부인이 맞으신지, 확인 해보세요.

인규, 천을 들어 얼굴을 봐야 하는데, 차마 하지 못한다.
몇 번의 망설임 끝에 조심스레 천을 들어 얼굴을 본다.
다리가 풀려 휘청인다.

의사 유감입니다. 장례는 어떻게 하실지 결정해서 알려주세요.

의사, 나가려는데,

인규 어… 언제부터였어요? 왜… 왜 이러고 있어요?
의사 지병이 있으셨나 봐요. 갑자기 악화돼서 그러셨다네요. 그럼…

의사, 다시 가려는데,

인규 자식들이 있을 건데…
의사 저희가 백방으로 연락도 해보고 했는데, 안타깝게도 연락이 닿지
       않았습니다. 그래도 다행입니다. 남편분이라도 오셔서. 그런데 어
       떻게 알고 오셨어요? 아무도 연락이 안됐다고 하던데.
인규 아… 그게… 아내가 절 불렀나 봐요.
의사 예. 알겠습니다. 그럼 잠시 말씀 나누세요.

의사, 나간다.

인규, 아무것도 할 수가 없다.
아무런 말도, 눈물조차도 나오지 않는다.

15장

낮, 쪽방촌 골목 어딘가
정화, 짐 가방을 들고 나온다.
인오동을 떠나려 싼 짐이다.
떠나기에 앞서, 미련이라도 남은 듯 멈춰 서 주변을 본다.
하나하나 눈으로 훑다가,

정화   그래. 일 년이나 넘게 살았잖아. 그 정도면 오래 살았지.

다시 걸음을 옮기는데,
하섭, 등장한다.
급히 뒤쫓아 왔다.

하섭   정화야! 어디 가!? 말도 없이!

정화   어디 있었어? 아까 찾을 땐 보이지도 않더니. 사람들한텐 이미 다
인사했어. 떠난다고.

하섭   무효야! 난 없었어.

정화   그러게 왜 집을 비우냐.

하섭   잠깐 볼 일 있어서 나간 사이에 이러는 게 어딨어! 치사하게.

정화   네가 볼 일 있어 나간 건지 그냥 나간 건지, 내가 어떻게 알아?

하섭   대체 왜 떠나려는 거야? 노식이 때문이야?

정화   아니야. 그 새끼는 진작 도망갔어.

하섭   그럼 뭔데?

정화   사람이 오고 가는데 이유가 필요해? 여기 오는 것도 별 이유 없었
잖아. 떠나는 것도 별 이유 없는 거지.

하섭   인규 형도 지금 없잖아. 돌아와서 너 없는 거 알면 많이 섭섭해 할

	거야. 안 그래? 형 돌아올 때까지 만이라도.
정화	미안해. 그럴 수가 없어.
하섭	우리 친구잖아. 친군데 이러기야? 술친구잖아! 너 없으면 대체 누구랑 술을 마시라는 거야!?
정화	곧 돌아오겠지, 인규 오빠.
하섭	너 아니면 재미없다고, 시발!
정화	지난밤에 노식이가 도망갈 때 말야, 이를 바득바득 갈면서 가는데. 대뜸 나한테 하는 소리가, 내가 여기 식구가 다 됐데. 그 말 듣는 순간, 나도 이제 여길 떠날 때가 됐구나 싶은 거야. 난 어디 얽매여서 살지 못하는 체질이야. 돌아다니는 거 좋아하고. 그런데도 여기 일 년을 넘게 있었잖아. 이젠 정말 떠날 때가 된 거지.
하섭	시발, 왜 다 이 모양이야!
정화	…
하섭	가지 마. 네가 필요해. 널 좋아하는 것 같단 말야. 날 위해서라도 좀…
정화	거절할래. 마음은 고마워. 근데 난 혼자 살 거야.
하섭	대체 어디로 가겠다는 거야? 갈 데는 있어?
정화	어디든. 많아.
하섭	…
정화	나 너무 말이 많았다. 이만 갈게.

정화, 가려는데,

하섭	가지 마! 가지 말라고! 가지 말라고… (갑자기 운다)
정화	사내새끼가 왜 울고 난리야?
하섭	시발, 나이 먹으니까… 별일 아닌데도… 자꾸만… 눈물이 나오는 걸 어쩌라고… 시발, 쪽팔리게…! 그래, 가라 가! 가서 잘 먹고 잘 살아라…

정화, 하섭에게 작별의 키스를 하고,

정화   그동안 고마웠어.

16장

어느 밤, 쪽방촌 골목
인규, 터벅터벅 걸어 돌아온다.
이내 긴 한숨.

하섭 (소리) 미안해요, 형. 우리야 어떡해든 막아보려고 했는데… 집 주
인이 워낙에 막무가내라. 달세 그거 조금 밀렸다고 기어코 짐을
다 빼버리더라.

인규, 버려진 자신의 짐들을 챙겨 든다.
터벅터벅 다시 떠나던 그,
무슨 생각이 들었는지 문득 멈춰 선다.

그리고 골목 한편에 (무대 한쪽에) 밤새 천막을 친다.
짐을 정리하고,
어디선가 주워온 사무용 의자(사장님 의자)도 끌어다 놓는다.
그 위에 기대어 앉아, 겨우 잠을 청한다.

17장

그 밤, 쪽방촌 어딘가… 정근, 라디오처럼 생긴 전자 장치를 들고 등장한다.
여울, 뒤쫓아 등장해 정근을 촬영한다.

정근   이게 뭔지 알아? 이건 말야, 내가 발명한 유령 탐지기야. 요즘 동네에 뒤숭숭한 일들이 많잖아. 그게 다 동네에 나쁜 기운이 침투해서 그래. 이걸로 찾아내서 쫓아 내야해!

여울   (건성으로) 네… 그러시구나.

정근   가까이에 나쁜 기운이 있으면 여기 경보가 울려. 어떤 원리냐면, 원래 초자연적인 존재는 말야 우리와는 다른 자기장을 가지고 있거든. 이 안에 주변 자기장을 탐지하는 장치가 있어. 갑작스러운 변화를 감지해서 알려주는 거지. 듣고 있어?

여울   네… 듣고 있어요.

정근   뭔가 건성으로 대답하는 것 같은데.

여울   설마요… 근데, 언제 끝나요?

정근   거의 다 끝… 나야 하는데, 이상하다, 왜 작동을 안 해?

정근, 기계 장치를 툭툭 치며, 껐다 켰다를 반복하다가,
이내 포기하고 버린다.

여울   고장 났어요?

정근   그런가 봐. 근데 다른 사람들은 다 인터뷰 했으면서, 왜 난 아직까지 아무것도 안 물어본데?

여울   그랬어요? 그랬나?

정근   나는 말야, 도공이었어. 지리산에 30년을 넘게 있었지. 무려 인간 문화재 출신이야.

여울	도공인데 이런 것도 만들어요?
정근	무슨 소리야. 그럼 농사꾼들은 컴퓨터도 못 만지나?
여울	네?
정근	그럼 시인들은 자동차 경주도 못 하나?
여울	네?
정근	그럼 트럼프는 메이드 인 차이나 안 쓰는 줄 알아?
여울	네?
정근	이건 포기해. 내 새로운 발명품을 보여 줄게.
여울	네?

　　정근, 외투 품속에서 안경을 꺼내 쓴다.
　　반짝거리는 LED가 달린 야광 안경이다.

| 정근 | 이건 4차원 투시 탐지기야. 지질학적으로 보면 단층에서 에너지가 발생하곤 하잖아. 마찬가지도 차원의 경계에도 단층 같은 것이 있어. 거기서 발생하는 에너지를 찾아내는 안경이지! 계산을 해 봤는데, 이 근처가 확실해. |

　　정근, 사방을 구석구석 뒤지고 훑다가,

| 정근 | 어? 저기다! (한쪽을 향해 뛰어가서) 여기야, 여기! 여기 엄청난 양의 단층 에너지가 발생하고 있어. 보여? 보여? 마치 분수처럼 사방으로 용솟음치고 있잖아! 어마어마한 양이야! 이거라면 충분해! 로켓이 이륙할 에너지가 충분히 되고도 남아! |

　　정근, 기쁨에 겨워 사방을 뛰어 다니며 춤을 춘다.
　　여울의 주변을 빙글빙글 돌기도 하며,
　　마치 아프리카 원주민 추장처럼 춤을 춘다.
　　여울, 포기한 듯 그냥 지켜만 본다.

18장

낮, 쪽방촌 골목
인규의 천막에 사람들이 모여 있다.
인규와 하섭, 정근이 모여 막걸리를 마시고 있다.
여울은 떨어져서 이들을 촬영하고 있다.

하섭   난 연락이 안 돼서, 무슨 큰일이라도 난 줄 알았어.

정근   원래 무소식이 희소식인 거야.

인규   용수 형은 왜 또 안 와. 항상 늦어.

하섭   대체 어딜 가 있었던 거야?

인규   그냥 뭐 여기저기.

정근   여기 나름 쓸 만하다. 의자 좋네.

인규   길가에 누가 버리고 갔더라고.

　　　용수, 등장한다.

용수   이야, 이것도 집이라고 모여서 집들이 하고 있냐.

인규   왜 이제 와요? 한참 기다렸잖아.

용수   (가방에서 술과 안주들을 꺼내놓으며) 자, 집들이 선물이다.

하섭   마침 술 떨어지려던 참이었는데.

인규   다 모였으니까 하는 말인데… 내가 잠깐 나쁜 마음을 먹었던 것
　　　　같아요. 그거 다시 한 번 사과할게요.

용수   됐다. 어차피 아무 일도 없었는데 뭐. 그때 노인들 사라진 거는 야
　　　　밤에 자식들이 찾아와서 데려간 거라더라. 갈 거면 말이라도 하고
　　　　가야지, 원.

정근   언제까지 찍기만 할 거야? 와서 같이 한잔 해.

용수	그래요, 얼른 와요.
여울	전 괜찮아요. 그리고 제가 술을 잘 못해요.
정근	아아. 그럼 권하면 안 되지.
인규	노식이는? 다시 봤어?
하섭	그 망신당하고 야반도주 했는데. 설마 다시 오려고.
인규	그리 쉽게 포기할 놈이 아닐 텐데.
하섭	그 새끼 얘기는 꺼내지도 마. 생각하면 열불 나.
인규	형님, 형님은 꼭 오래 사셔야 해요.
용수	뜬금없이 그런 소리는 왜 해?
인규	그냥요.
하섭	달의 뒷면에는 뭐가 있을까요.
용수	넌 또 왜 뜬금없이 달 타령이냐. 벌건 대낮에.
하섭	그냥 갑자기 생각났어요. 누가 그랬거든요. 우린 달의 앞면만 볼 수 있다고.
정근	1986년도에 미국에 나사에서 말야, 챌린저호라는 우주선을 발사하거든. 근데 그게 발사되고 72초 만에 뻥하고 폭발해서 공중분해 돼 버려.
용수	그 얘기는 왜 또 뜬금없이.
정근	그때 내가 나사의 엔지니어였거든. 그때 충격 받아서 나사고 뭐고 다 그만뒀잖아.
여울	어? 도공이셨다면서요? 지리산에서.
하섭	언젠 파리에서 물리학 가르쳤다더니?
인규	공학박사 아니었어?
용수	그걸 믿어? 쟨 입만 열었다 하면 순 다 뻥이야. 왜? 달에도 갔다 왔다고 하지? 암스트롱이랑.
정근	어디 달뿐이겠어?
용수	(여울에게) 쟤가 하는 말 곧이듣지 말아요. 반은 거짓말이니까.
여울	그럼 적어도 반은 진실이라는 거네요?
정근	과연 무엇이 진실일까?

여울 아… 저한테는 너무 어려운 질문인 것 같아요.

　　　　모두들, 웃는다.
　　　　마침 조금씩 빗방울 떨어지는 소리 들린다.

여울 비 오나?
하섭 비다, 비!

　　　　다들, 천막 아래로 비를 피한다.
　　　　다 같이 빗방울을 보다가,

용수 인규야, 비도 오고 노래나 한 곡 뽑아라. 너 좋아하는 노래 있잖
　　　　아. 비만 내렸다하면 부르는 노래.
인규 에이, 노래는 무슨.
용수 뭐 어때. 한 잔 했겠다, 한 곡 해봐.
인규 그럴까요.

　　　　인규, 나서서 덤덤히 노래를 부른다.

　　　　〈둘다섯 – 긴 머리 소녀〉

인규 "빗소리 들리면 떠오르는 모습
　　　　달처럼 탐스런 하이얀 얼굴
　　　　우연히 만났다 말없이 가버린
　　　　긴 머리 소녀야
　　　　눈먼 아이처럼 귀먼 아이처럼
　　　　조심조심 징검다리 건너던
　　　　개울 건너 작은 집의
　　　　긴 머리 소녀야

눈감고 두 손 모아
널 위해 기도하리라"

노래가 끝나고,
잠깐의 사이가 지난다.
다들 잠깐의 여운에 잠겨 있는데,

노식, 등장한다.
건설회사 현장 작업복을 입고 있고, 다른 용역 직원을 대동했다.
휴대용 확성기의 사이렌 소리를 울려, 사람들의 이목을 끈다.
사람들, 놀란다.

노식 갑자기 비는 오고 난리야, 귀찮게. 여기 다들 계셨네요? 잘들 계
셨습니까?

다가와 서류 봉투를 던진다.

노식 (휴대용 확성기에 대고서) 아, 아, 잘 들리십니까? 그거 여러분들 퇴
거 명령서입니다. 집주인들은 이미 다 동의했고요. 곧 법적인 절
차가 진행될 예정입니다. 이제 이 동네 밀어버리는 일만 남았습니
다. 제가 특별히 한 달 드릴게요. 그 안에 다 나가셔야 합니다. 아
시겠어요?

19장

같은 장소.
여기저기 소란스럽다. 포클레인으로 건물을 부수는 소리가 요란하다.
인규와 하섭, 용수, 여울이 모여 저항하고 있다.
특히 용수, 머리에 띠를 두르고 있다. 바닥에 앉아 굳건히 버티고 있다.

인규   그만 가요. 여기 남아서 뭐 해요?

하섭   그래요. 고집 그만 부리고.

여울   이러다가 다치세요. 그만 가요, 이제.

용수   못 간다. 못 가! 여기서 몇십 년을 살았어. 여기야 말로 내 집이고 내 인생 모든 것이야. 죽으면 죽었지 절대 못 나간다!

인규   이제 아무것도 없어요. 다 부서지고 이 건물 하나 남았어요. 전기고 가스고 물이고 다 끊겼어요.

용수   나는 여기 뼈를 묻을 거다.

인규   다 떠나고 이제 우리뿐이라고요.

용수   이 나이에 여기 나가서 뭐 해. 어디 갈 데나 있냐. 요양원에 누워서 죽는 날 기다리는 거 말고 뭐 할 수 있는 게 있긴 해?

인규   그래도 어떡해요. 방법이 없잖아요. 나가면 무슨 수든 생기겠지.

용수   못 간다, 못가! (소리친다) 야 이놈들아! 차라리 날 죽여라! 죽여!

버티는 용수에 다들 어쩌지 못하고 있는데,
우주복을 입은 누군가가 등장한다.
모두들 깜짝 놀라서 응시하고 있다. 다가온 그가 헬멧을 벗자, 정근이다.

정근   갈 데가 왜 없어? 가자, 그만.

용수   어, 어딜 가자는 거야? 그 차림은 뭐고?

정근	어디긴, 우주지. 내 로켓이 드디어 완성 됐어. 여기 사람들 다 탈 수 있어.
용수	우, 우주 어디?
정근	달의 뒷면으로 갈 거다.
용수	달? 장난하는 거지?
정근	장난 아니야. 저기 내 로켓 안 보여?
하섭	달의 뒷면에는 뭐가 있는데요?
정근	모르지, 나도. 아무튼, 갈 거야 말 거야? 이러고 있을 시간 없어!
용수	그래. 가자, 가.
인규	나도.
하섭	나도요!

다들 가려는데, 여울만 움직이지 않는다.

정근	여울이 너는 안 가?
여울	저는 못 가요. 아직 여기 남아서 해야 할 일, 하고 싶은 일이 너무 많아요. 갖고 싶은 것도 너무 많고.
인규	왜? 같이 가지.
여울	아니에요.
인규	같이 가자.
정근	싫다는데 왜 자꾸 물어.
여울	잘들 가세요.

다들 떠나고, 여울 혼자 남는다.
우두커니 서 있는데, 그들의 대화 소리가 이어진다.

인규	언제 이걸 다…
정근	뭐해, 어서들 타.
하섭	날긴 날죠?

정근　날 못 믿어?

인규　우린 달로 간다!

용수　우리는 달로 갈 거니까, 남은 지구인들은 땅에나 발붙이고 평생
　　　　열심히 살라고 해!

정근　다 됐지? 준비해. 벨트하고. 좀 많이 흔들릴 거니까.

　　　이윽고 로켓의 엔진이 점화되는 소리가 이어진다.
　　　땅이 흔들릴 정도로 요란한 소리가 이어지더니,
　　　로켓이 날아가는 소리가 들린다. 소리가 점점 멀어진다.

　　　여울, 우두커니 하늘을 올려다보고 있다.
　　　소리가 더 이상 들리지 않는다.

　　　여울, 주저앉아 큰 소리로 운다.

　　　막.

조선궁녀 연모지정

김성진

등장인물

대연	20대 중반, 남자, 은평 구청 공익근무요원.
연화	20대 후반, 여자, 조선시대 궁녀, 원귀.
다련	30대 초반, 남자. 조선시대 환관. 귀신.
	살아생전의 충격으로 실성함.
현아	30대 중반, 여자. 은평구에서 근무하는 공무원 대리.
세연	18세, 여자, 인기 많은 고등학생, 대연의 동생.
향아	20대 후반, 여자, 조선시대 궁녀,
	연화의 원한을 해결해야하는 나인.
	귀신.
박상궁	30대 중반, 여자, 조선시대 일반상궁,
	연화의 원한을 해결해야하는 상궁. 귀신.
봉두	30대 초반, 남자, 조선시대 환관.
	다련과 연화의 원한을 해결해야하는 내시. 귀신.

때

2018년, 현대.

곳

은평구 봉산 이말산 묘역길, 그 외.

무대

무대의 장소는 이말산 묘역길 언덕, 인적이 드문 산 뒤쪽이다.
이름이 적혀있지 않은 묘비와 관리가 되지 않아 잡초가 무성한 무덤
들이 보인다. 이곳은 꽤 오랫동안 관리되지 않았는지 묘비엔 먼지가
가득하고 간간이 부숴진 묘비들도 보인다. 무대 앞쪽에는 묘역길을
올라올 수 있는 길이 보이고,
빨간 테이프로 입구를 둘러싸놓은 흔적이 보인다.
입구 앞에는 커다랗게 '입산금지'라는 팻말이 보인다.

1

불이 밝으면 으스스한 분위기를 풍기고 있는 이말산 묘역길 언덕이 보인다.

풀벌레 소리와 물이 떨어지는 소리가 드문드문 들린다.

연화가 무덤 한가운데 서 있고, 사연 가득한 흐느낌 소리 들린다.

연 화 흐윽… 흐윽. 흐윽… 흐윽.

무언가 억울한 사연이 있는 듯한 얼굴로 한 곳을 바라보고 있다.

곧이어 연화가 바라보는 곳에서 다련이 천천히 등장한다.

기품 있는 표정과 걸음걸이는 꼭 왕의 모습과 흡사하다.

그들은 무대의 중앙에서 서로 만나는 듯한 모습으로 서로에게 걸어간다.

그들의 걸음걸이를 시작으로 무덤 뒤에서 향아와 박상궁, 봉두가 등장하여 그들의 만남을 간절히 바라보며 춤을 춘다. 춤추는 모습이 어딘가 우스꽝스럽다.

연화와 다련은 무대 한가운데서 만나는 듯싶더니, 다련은 연화를 보지 못하고 스쳐지나간다. 자신을 스쳐지나가는 다련을 보는 연화, 무덤 한가운데서 원한 가득한 비명을 지른다.

연 화 아 – 악 !

곧이어 땅이 울리고, 돌 떨어지는 소리와 함께 하늘에서 번개가 친다.

봉두와 향아, 박상궁은 연화의 비명소리에 귀를 막으며 머리 아픈 표정을 하고 춤을 멈춘다. 세 사람 일동 큰 한숨.

박상궁, 봉두에게 해결하라는 손짓을 취하고, 봉두, 떠밀려 연화 앞에 선다.

어쩔 줄 모르는 봉두는 얼떨결에 자신이 들고 있는 부채로 연화의 머리를 친다.

'빡'. 비명 멈추고 쓰러지는 연화.

현아의 목소리가 들리고, 봉두와 향아, 박상궁은 연화를 들고 황급히 도망 간다.

현아는 다급히 누군가 통화를 하고 있고, 대연은 삽을 들고 그 뒤를 따르고 있다.

현 아 (전화 받으며) 과장님 제가 지금 이말산 묘역길 와서 둘러보고 있는데요. 아무 문제가 없다니까 그러시네. 무슨 이상한 사고가 자꾸 생긴다 그래요. 인부들 여기서 일하다 사고 나는 건… 아 그러면 안 되지만 없는 일도 아니잖아요. 귀신은 무슨 귀신 과장님 그런 소문 믿으세요? 과장님, 걷기 대회하는데 아무런 문제없다니까요. 일단은 조치 취하기 전에 조금 더 상황을 보고… 과장님!… 알겠습니다. (전화 끊고 입산금지 팻말 보며) 아니 아직 입산금지 조치가 취해지지도 않았는데 이건 누가 갖다 놓은 거야 – !

전화 끊는 현아, 짜증 가득한 얼굴이다.

대연은 의미 없이 삽으로 땅만 툭툭 치며 현아의 눈치를 본다.

현 아 김대연! – 뭐해 !
대 연 네?
현 아 여기, 저기 치우라고.
대 연 괜히 나한테 짜증… (현아 보며) 어우 여기 정리가 많이 안됐네.

무덤 앞에 걸터앉는 현아.

대 연 (삽으로 묘역길 정리하며) 여기 기운이 이상하네… 뭐래요 안 된대요?

현　아　이번 걷기 대회 내가 책임지고 성공시킨다고 했는데 이게 뭐야.

대　연　그럼 묘역길 말고 다른 코스로 걷기대회를 하면…

현　아　마땅히 코스를 짤 만한 곳이 없으니까 그렇지.

대　연　(너스레 떨며) 입산금지 조치도 안됐는데 저거 뭐예요? 참나.

현　아　공무원들이 하는 일이 다 그렇지 뭐.

대　연　대리님도 공무원이에요.

현　아　쓸데없는 소리 할 거면 내려가라.

대　연　대리님이 도와달라고 하셨잖아요.

현　아　아하 그래서? 그럼 퇴근해. (사이) 니들 공익들 퇴근 시간 30분 전부터 퇴근 준비하잖아.

대　연　에이. 그거야… 공익근무요원이 다 그렇다고 생각하면 안 되지.

　　　일어나 주변을 둘러보는 현아.

현　아　괜히 이거 내가 해볼 수 있다고 걱정 말라고 해가지고. (사이) 걷기 대회 취소되면 이거 완전히 자존심 스크래친데.

대　연　이번만 벌써 두 번째잖아요. 누나가 하겠다고 하고 말아먹은… 아니 조금 잘 안 된 것.

　　　대연을 노려보는 현아.

현　아　… 아무 문제가 없구만 대체 왜 이상한 사고가 일어난다는 거야.

　　　현아의 핸드폰이 울린다.

현　아　여보세요?… 아 네 내려갈게요. 조금만 기다리고 계세요. 정신이 없어서 깜박했지 뭐야. (전화 끊으며) 너도 퇴근해라.

　　　현아, 나가려는데.

대 연 여기서 둘이서 (횡설수설하는) 왜 이렇게 사고가 났는지 진상규명을 하고, 또 둘이 힘을 합쳐서 걷기대회를, 입산금지 저것도 내려야 하고 할 게 산더민데.

현 아 너야 시키는 일만 하면 그만이지 뭘 걱정을 해. 괜찮아 내가 알아서 할게.

　　　내려가려는 현아.

대 연 어디, 가요. 약속?

현 아 왜.

대 연 남자예요?

현 아 (어이없는) 그래. 남자다. 간다.

　　　현아, 퇴장한다. 혼자 남은 대연, 괜스레 삽을 두드려본다.

대 연 … 잘 생겼어요? 몇 살인데… 갔네. 올라오는 것도 내려가는 것도 자기 마음이네. 아니, 아무리 공익이라지만 이렇게 막 부려먹어도 되는 거야? 아니! 그리고, 27살이나 먹고 애 소리 들어야해? 우리 엄마도 이제 다 컸으니 나가살라는 판이구만.

　　　입산금지 팻말을 바라보는 대연.

대 연 저건 왜 붙여놔서 대리님을 짜증나게 만들고 난리야.

　　　어디선가 연화의 흐느낌 소리 들린다. 소리를 듣고 놀라는 대연.

대 연 뭐야!… (조용한) 뭐지 잘못 들었…

　　　다시 한번 연화의 흐느낌 소리 들린다.

대 연 아이 씨. (묘비 뒤쪽을 천천히 살피는) 아오 뭐야. 아무도 없잖아. 하
긴 입산금지 시킨 곳을 누가 올라와 이 시간에.

대연, 무덤을 보는데 무덤 위에 꽃이 하나 피어있다.

대 연 뭔, 무덤에 꽃이 있네. 어? 이 꽃…

대연, 꽃 만지려는데.
그때, 무덤 뒤에서 연화 벌떡 일어선다.
연화, 조선시대에서 볼 법한 소복을 입고 으스스한 분위기를 풍긴다.

연 화 만지지 마 – !

연화의 외침이 산 전체에 울려퍼진다.

대 연 아이씨 깜짝이야 – ! (연화를 살피는) 누구세요 –!
연 화 이 꽃 만지지 마.
대 연 아 아시는 분 무덤이에요? 죄송해요. 아무도 없는 줄 알고… 근데
여기서 뭐하세요? 길 잃어버렸어요? 이쪽으로 내려가면 구파발이
고 이쪽으로는 버스 타는, 아니 길 잃어버릴 나이는 아니고, 여기
입산금지에요 내려가세요. 여기 밤 되면 위험해요. 요 근래 사고
가 계속 나서 귀신이 떠돈다는 소문까지 난다고…

연화, 그런 대연을 신경 쓰지 않고, 처연한 표정으로 꽃을 바라본다.
연화를 천천히 쳐다보는 대연.

대 연 그런 거 아니죠?
연 화 (스윽 대연을 쳐다보는) …
대 연 저는 그, 아 퇴근시간이 지나가지고 이만. 공익근무요원도 이 퇴

근시간이 참 중요하거든요. 퇴근하고 씻고 하루 피로를 풀어야 다음 날 또 업무에 집중할 수 있는 거고.

연 화 …

대 연 아니죠?

    대연, 뒷걸음질 치는데 연화, 벌떡 일어선다.

대 연 에이 귀, 귀신이 왜 이 시간에, 귀신은 밤, 열두 시나 돼서 종소리가 열두 번은 나야 나오고 그러는 거라구요. 이 시간은요 그, (울먹) 수면시간이잖아요. 지금 안 자면 이따 피곤할 텐데… 무슨 일 있어요? 제가 도울 일이라도.

    연화, 퇴장한다.

대 연 방금, 뭐지… 저기 내려가는 길은 그쪽이 아니라 이쪽… 저기요! (사이) 뭐 이런 산이 다 있어.

    대연, 무덤 뒤로 가서 연화를 부르는데 묘비 뒤에서 손이 빠르게 나타나 대연의 발을 잡는다. 놀라 소리 지르며 엎어지는 대연.
    향아, 고개를 들며 등장한다.

향 아 (불쑥) 저, 대연 씨 요원이라고 들었사옵니다.

대 연 뭐요? 넌 또 뭔데!

향 아 요원이라면 무언가 대단한 직책을 가지고 계신 거 아닌가요?

대 연 공, 공익 근무요원이에요. 공익 근무요원!

향 아 공익 근무요원이 무엇이옵니까?

대 연 (울먹이는) 말투는 왜 이런데!

    박상궁, 등장한다.

박상궁 향아야. 그렇게 갑자기 등장하면 놀란다 하지 않았느냐.

향 아 박상궁님 송구합니다.

대 연 이제 놀랍지도 않다. 제가 살아있는 게 맞지요?

향 아 잘 모르겠사옵니다. 이승을 떠난 지 너무 오랜 세월이 흘러서 살아있는 것이 어떤 느낌인지.

박상궁 일단 진정을 하시지요. 향아야 가서 물을 좀 내오너라.

　　향아, 무덤 뒤로 들어가 편의점에서 볼 법한 생수를 가지고 나온다.

대 연 (생수를 보며) 아니 이건 어디서.

향 아 산 아래 편의점에서 슬쩍 하였사옵니다. 드시지요. 1+1이라 소인의 것은 따로 있습니다.

박상궁 정신 차리셨으면 본격적으로 이야기를 해보도록 하겠습니다. 봉두야!

　　봉두, 내시의 차림으로 등장한다.

대 연 (이젠 태연한) 오셨어요? 안녕하세요. 별일 없으시지요?

봉 두 이야기 브리핑 하겠습니다.

대 연 허, 영어도 쓰네.

봉 두 21세기 글로벌시대이지 않습니까. (사이) 각설하고 간단하게 설명해 드리겠습니다. 소인은 조선 궁에서 환관의 일을 담당했던 봉두라고 합니다.

박상궁 박상궁입니다.

향 아 수라간 나인, 향아예요.

대 연 은평구청에서 공익근무하고 있는 김대연이라고 합니… 이게 아니잖아!

봉 두 (무시하는) 아까 대연군이 마주친 여인은 연화라 하는 나인입니다. 우리 네 사람 모두 궁에서 일하던 귀신입니다. 연화라는 나인은 특히나 원한을 가지고 있는 원귀지요.

대 연   이거 실화냐 지금?

향 아   실제 있는 이야기가 맞습니다.

박상궁 향아야. 이거 실화냐는 그런 뜻이 아니다. 시대를 따라가지 못하여서 어찌할꼬.

향 아   송구합니다.

봉 두   다들 조용 지방방송 끄시고. 우리 세 사람은 아니, 세 귀신은 200여 년이 넘는 시간 동안 구천을 떠돌다가 매년 10월이 되면 연화의 부름으로 이곳에 모이고 있습니다. 모두 연화의 원한을 풀어주기 위함이지요.

대 연   대체 그게 무슨 소리에요!

　　　　사이.

봉 두   연화의 사랑을 이루어주어야 합니다.

대 연   사랑이요?

봉 두   그것이 우리가 해야 하는 일이지요. 연화를 그녀의 연인이었던 다련과 이어줘야 합니다.

대 연   다련? 아니 원래 사랑하던 사람인데 왜 헤어졌대요?

향 아   기억을 잃었습니다.

대 연   무슨 막장드라마냐?

향 아   (때리려는) 아이씨.

대 연   … 가슴 절절한 로맨스군요. (사이) 거, 세 사람이 하면 되잖아요. 굳이 내가 필요한 이유가 뭡니까.

　　　　부끄러워하는 세 사람.

향 아   소인, 사랑이란 감정 느낄 줄만 알지 서투릅니다.

박상궁 한평생 궁에서만 살아온 이들이어요.

봉 두　내시는⋯ 말 안 해도 아시죠?

　　　　괜히, 같이 부끄러워진 대연.

대 연　힘내요.
봉 두　⋯ 뭘? 염장 지르냐?
박상궁　봉두야!

　　　　세 귀신, 서로 쳐다보다 이내 고개 숙인다.

일 동　부탁드립니다!
박상궁　우리를 본 인간은 당신이 처음입니다. 언제 또 다시 이런 기회가 올지 모르옵니다.
대 연　아이고 왜 그러세요 진짜. 왜 여기들 이러고 계세요 도대체!
박상궁　이 산은 평범한 뒷산이 아닙니다. 수많은 궁녀들과 내시들의 염원이 묻혀있는 땅이지요.
대 연　대관절 뭔 소리람?
향 아　그 중에서도 연화의 염원이 가장 간절하죠.
대 연　궁녀와 내시들의 염원?
박상궁　이 산을 지나던 한 스님의 말로는 그 염원이 이 산에 이상한 기운을 불어 넣었다고. 이상한 사고가 일어나는 것도 그 때문이지요.
향 아　시간이 가지 않는 산, 염원이 만들어낸 결과물이지요.
대 연　시간이 가지 않는다니 이거 참. 아니 그럼 당신들은 왜 내 눈에만 보이는 건데요?
박상궁　⋯
대 연　거봐! 뭔가 이상하잖아!
박상궁　아까 무덤 위에 저 꽃을 알아보셨죠. 흔치 않은 일입니다. 분명 우리와 알 수 없는 인연의 끈이 이어져있다는⋯
대 연　(자르며) 끈은 개뿔. 사기 치면 잘 치시겠네.

박상궁	어찌 인연이라는 끈을 그리 가볍게 여기시는지…
대 연	(자르며) 몰라 몰라. 내가 내 앞가림하기도 바쁜데 누굴 챙겨요. 가서 연애 고수한테 부탁하라고.
향 아	요즘은 현대사회 아니어요? '연애 그 까짓 거 별거냐'라는 서적도 있다고 들었사옵니다.
박상궁	'이론으로 배우는 사랑'이라는 책도 있다고.
대 연	사람 잘못 보셨어요. 난 그런 사람이 아니에요.
봉 두	연화의 원한이 빚어낸 사고가 계속 되도 좋다는 말씀이십니까.
대 연	아니 그런 게 나랑 무슨 상관이야.

뒷걸음질 치는 대연. 다가서는 세 귀신.

대 연	가까이 오지 마. 경찰에 신고할 거야.
봉 두	게 서십시오!
대 연	안 해. 안 한다고!
향 아	평생 쫓아갈 겁니다.

도망가는 대연, 산을 허겁지겁 내려간다.
노려보는 귀신들.

봉 두	야, 갔는데?
박상궁	인연의 끈이 어찌 저런 놈에게 묶였을꼬.

박상궁 한숨 쉬면 무대가 잠시 어두워진다.
무대가 밝으면, 편의점 의자에 현아가 취해서 앉아있다.
대연, 현아를 발견하고 다가간다.
현아, 재떨이를 술인 줄 알고 마신다.

대 연	자기가 편의점으로 오래 놓고 어디로 오라는 거야! (현아, 발견하고)

대리님, 그거 재떨이에요!

현 아 (술에 취한) 이게 누구야. 쪼그맣다.

대 연 아니 나 안 쪼그맣다니까요. 저도 스물일곱이에요.

현 아 키가 작다고 키가 임마. 키가 난쟁이라고.

대 연 … 술 많이 드셨어요?

현 아 많이 먹었지 그럼. 왜 나는 술 먹으면 안 되냐?

대 연 아니 너무 많이 드셔서 걱정돼서 그렇지.

현아, 대연의 볼을 꼬집는다.

현 아 으이그. 많이 늘어나네.

대 연 아, 하지 마요. 대리님 근데 제가 지금 묘역길에서 내려오는데.

엎어지는 현아.

대 연 대리님 – !

현 아 산에서 사고가 일어날 수도 있지. 산에서 사고 나는 게 당연하잖아.

대 연 누가 대리님한테 뭐라고 했어요?

현 아 그게 내 힘으로 되냐고 내 힘으로.

대 연 알았으니까 일어나 봐요. 집에 가야지.

현 아 뭘 알아 네가 – ! 네가 내 맘을 알아?

대 연 나야 모르죠.

현 아 뭐라고? (사이) 접어야겠다.

대 연 뭘요?

현 아 공무원 말이야. 이 참에 접어야겠어.

대 연 갑자기 무슨 소리에요.

현 아 너도 알잖아 내가 맡기만 하면 망한 프로젝트가 몇 개니. 이번 거 까지 망하면 내가 창피해서 구청을 다닐 수가 없어.

대 연 술 취해서 무슨 헛소리에요. 아니, 당장 때려치우면 뭐하시게요?

할 것도 없잖아요.

현 아 … 감자 농사.

대 연 예?

현 아 우리 엄마 지방에서 감자 농사짓잖아. 꽤 커.

대 연 진심이에요?

현 아 몰라 새끼야. (벌떡 일어나는) 안 되면 감자나 지어서 삶아먹고 살
거야. 혼자 귀농하러 내려온 남자 있지 않겠어? 잘 꼬셔갖고 결혼
이나 하고…

대 연 아니 언제 때려치우게요.

퇴장하다 돌아서는 현아.

현 아 네가 무슨 상관이야?

대 연 … 감자! 나 감자 좋아하니까 좀 보내주나 해서 물어봤지!

현 아 … 집으로 꺼져라.

퇴장하는 현아.

대 연 아니 지역이 어딘데요? 지방이에요? 예? 대리님!

대연, 현아가 퇴장한 곳을 바라보는데.
불쑥 등장하는 박상궁, 현아가 먹던 소주를 천천히 음미한다.

대 연 (박상궁을 발견하는) 아이 깜짝이야!

박상궁, 대연을 조용히 바라보고, 현아가 퇴장한 곳을 보며 눈짓한다.

박상궁 인연의 끈은 그리 쉽게 끊어낼 수 있는 것이 아닙니다.

대 연 (한숨) 가시죠.

2

불이 밝으면, 이말산 묘역길 귀신들의 아지트다.

연화와 박상궁, 봉두, 향아가 모여 앉아있고, 그들 주변으로 책들이 가득하다.

'이론으로 배우는 연애', '연애 지침서', '사랑 알고 보면 별 거 아니야' 등등의 제목이 눈길을 끈다. 박상궁은 머리에 띠까지 두르고 가장 열심이다.

봉 두 … 근데 박상궁님은 왜 이렇게 열심히 공부하세요?

박상궁 (괜히 찔리는) 그야 연화의 사랑을 도와주기 위함이 아니더냐.

봉 두 그렇지 않은 거 같으니까 물어보는…

박상궁 배움에는 끝이 없는 법!

연 화 근데 썸이 무엇인가요?

박상궁 썸이라?

봉 두 (골똘히 생각하다) 섬인데 잘못 표기 된 것 아닌가요?

연 화 여자와 썸을 타고 싶은 확실한 방법…

봉 두 (확신하는) 섬을 가는 방법을 이야기하는 모양이군요.

박상궁 섬… 섬이라. 향아, 그만 졸아라!

향 아 송구합니다. (책을 보며) 카톡을 매력 있게 하는 방법.

봉 두 카톡이라.

연 화 현대에는 알 수 없는 사랑법이 가득하군요. 헌팅이라…

봉 두 여자를 사냥하다니 이상한 어법이군요.

향 아 (책을 보다 놀라는) 세상에 어찌 이런 글이.

몰리는 사람들.

박상궁   무엇이냐.

봉 두   허허, 세상이 말세인 게 분명하옵니다.

연 화   여자를 꼬시는 법이라니 어찌 이런 상스러운 말이 책에 적혀있을
        꼬.

박상궁   우리 때는 아녀자의 얼굴만 보아도 부끄러워 눈을 마주치지 못하
        였거늘.

연 화   (책을 보다 놀라는) 아니 세상에 어찌!

        몰리는 사람들.

박상궁   무엇이냐 읽어보아라.

연 화   차마 제 입에 담기 어려운 말입니다.

향 아   남자 역할과 여자 역할이 적혀져 있사옵니다.

봉 두   남자가 번호를 따는 법… 잠깐 기다리세요.

        갑자기 일어나 책을 들고 뒤쪽으로 가는 봉두.

연 화   뭐하세요?

봉 두   (책을 보며) 마치 100미터 밖에서부터 그녀에게 반해 뛰어온 것처
        럼 숨이 차고 다급해야한다…

        연화에게 뛰어오는 봉두.

봉 두   (숨 가쁜 연기하며) 헉헉. 저기요 저기요!

연 화   (상황극에 맞춰주는) … 예? 누구…

봉 두   아이고 숨차. 걸음이 너무 빠르셔서.

연 화   저는 가만히 서 있었는…

박상궁   연화야, 상황에 집중해라.

연 화   … 제가 걸음이 좀 빨라요. 어릴 때부터 남달랐죠. 그래서 어머니

께서는 커서 달리기 선수를 하라고 할 정도였으니까요.

봉 두 고개를 숙이고 있는 것이 포인트. (고개 숙이는) 물어볼 것이다 왜, 아무 말도 안하냐고?

향 아 물어 봐 물어 봐!

연 화 … 뭘?

향 아 아이씨 나와.

연화를 밀어내는 향아, 연기에 자신있는 척 연기한다.

향 아 아니 어찌 멀리서 달려오신 분께서 고개를 숙이고 가만히 있는 것이옵니까. 숨이 차서 그러하옵니까.

박상궁 어찌 현대를 살고 있는 여인이 그런 어법을 쓰더냐.

향 아 송구합니다.

향아 옆에 서는 박상궁. 의문의 표정으로 바라보는 향아.

박상궁 뭐하느냐. 비키지 않고!

박상궁, 향아의 역할을 대신한다. 기분이 좋은 박상궁, 말투가 아주 현대식이다.

박상궁 저기, 저기요? 무슨 일 있으세요? 왜 그러시죠?

봉 두 그렇게 물으면 천천히 고개를 든다. (천천히 고개를 들며) 그리곤 3초 정도 심호흡 후 멀리서 당신을 쳐다봤을 때 너무 아름다우셔서 빛이 났는데 (박상궁의 얼굴을 보고) 가까이서 보니, 어, 사람을 잘못 본 것 같습니다.

등 돌리는 봉두. 잡아 세우는 박상궁.

박상궁 야 - .

봉 두 죄송…

박상궁 (자르며) 다시.

봉 두 가까이서 보니 정말 아름다우시군요. 실례가 안 된다면 번호를 여 쮜 봐도 될까요? (책을 보며) 쓸데없는 이야기는 하지 않는 것이 좋 다… 그것은 부담일 뿐 용건만 간단하게 이야기를.

연 화 근데 우린 핸드폰이 없는 걸요.

향 아 수월한 게 하나도 없군요.

　　　연화와 향아, 한숨 쉬는데 박상궁의 상황극은 끝나지 않았다.

박상궁 제가 핸드폰을 잃어버려서… 실례가 안 된다면 메일 주소를 알려 드려도 될까요?

봉 두 실례입니다. 그럼 전 이만.

　　　'빡', 뒤돌아 가는 봉두의 뒤통수를 날리는 박상궁.

봉 두 아픕니다!

향 아 그나저나 책은 다 읽을 수 있는 건지 도통 책을 봐도 무슨 소린지 하나도 모르겠네.

　　　대연, 의욕적인 모습으로 등장한다.

대 연 아이고 죄송합니다. 퇴근하고 올라오느라 시간이.

봉 두 (울컥해서) 거 빨리 빨리 좀 다니십시오!

대 연 (의아한) 이 양반은 왜 또 화가 났어?

향 아 요원님, 당최 무슨 소린지 하나도 이해할 수 없습니다. 썸이라는 게 대체 무엇입니까. 외국 말입니까.

대 연 그건 나도 타보지 않아서 잘 몰라. 내 평생 소원이지.

향 아	요원님, 그게 무슨 말씀이시옵니까.
대 연	아니야.
연 화	이런 책은 대체 왜 가져와서, 이해도 못할 것을.
대 연	그야 다련이라는 그 사람과 다시 사랑을 하려면 사랑하는 법부터 배워야죠. 사랑하는 감정만 느낄 뿐 어찌해야 할지도 모른다는 사람들이.
연 화	제가 언제 다시 사랑을 하고 싶다고 했어요? 저는 그저… (사이) 잃어버린 기억만 되돌리면 그뿐이에요. 기억이 되돌아오면 사랑도 자연히 이뤄질 것이라고요.
대 연	기억이 돌아오지 않는다면서요. 아무리 노력해도 돌아오지 않는다면서.
연 화	그야.
대 연	대체 무슨 일이 있었던 거예요?

연화, 고개 돌린다.

대 연	어차피 기억이 안돌아온다면 다시 사랑하면 되는 거잖아요. 다시 사랑하면 기억이 돌아올 수도 있는 거고, 결국은 사랑하기 위해 기억이 돌아와야 하는 것도 맞잖아요. 그렇다고 이렇게 가만히 있을 거예요?
연 화	난 잘 모르겠어요.
대 연	기억이 안돌아온다고, 아무도 해결할 수 없다고, 이렇게 포기하고 이 묘역길에서 난동만 부릴 생각이에요? 그 일들 때문에 힘든 사람들은 생각해보셨어요?

대연, 우울한 표정으로 자리에 앉는다.
긴 침묵.

연 화	… 그럼 뭐부터 하면 되죠?

벌떡 일어나는 대연.

대 연   잘 생각하셨어요… 실전 연습.

연 화   예?

대 연   이론으로 배우는 사랑이야기가 말이나 되는 소리에요? 사랑은 이론이 아니에요. 언제까지 책만 보고 사랑을 배우실 거예요?

연 화   실전?

연화의 말을 끝으로 시간이 경과되는 템포감 있는 음악이 흐른다.
그들은 연애에 대한 실전연습을 하는 듯 마주보고 있는 의자에 앉아서
서로를 바라보며 이야기한다.
대연은 그들 가운데서 선생님처럼 그들을 코치한다.
(* 봉두, 박상궁, 향아는 모두 연화를 도와주는 다역의 인물을 연기한다)

봉 두   안녕하세요. 연화씨?

연 화   …

봉 두   오래 기다렸죠?

연 화   …

봉 두   차라도 시킬까요? 좋아하는 차가 있으면…

연 화   …

봉 두   저기요?… 여보세요? (눈을 꿈뻑이는) 벙어리세요? 차를 어떻게…

대 연   말을 해 말을 - ! 당신이 무슨 생각하고 있는지를 입 밖으로 꺼내지 않으면 아무도 모른다니까.

봉두가 자리에 일어나면 곧 박상궁과 바통 터치한다.
박상궁은 남자를 연기한다.

박상궁   김봉달이라고 하는데유.

연 화   연화예요.

박상궁 허허허 이름 참말로 이쁘구만유.

연 화 그쪽도.

박상궁 아이고 태어나서 처음으로 이름 칭찬을 다 들어보는구만유. 이 집이 국밥이 죽여요. 국밥 좋아하쥬?

연 화 저는 잔치국수 좋아하는데.

박상궁 그럼 잔치국수 먹으러 갈까유?

연 화 저 밥을 먹고 와서…

박상궁 나랑 지금 장난하나.

대 연 야 – !

박상궁, 향아와 바통 터치한다.

향 아 우리 집에서 라면 먹고 갈래?

봉두, 향아 머리 때리고 끌고 나간다.
박상궁, 자리에 앉아 아주 부산스럽고 말이 빠른 친구를 연기한다.

박상궁 오호호호 얘 만나보면 괜찮다니까. 아무튼 낯가리는데 뭐 있어 얘.

봉두, 박상궁에게 아는 척하고.

박상궁 어어 여기야 여기. 앉아. 여기는 내 친구 봉두. 여기는 연화. 너네 정말 천생연분인 것 같다 그치. 왜냐면 내가 어제 꿈을 꿨거든. 근데 내가 견우와 직녀가 만나는 오작교 역할을 하고 있지 뭐니. 아니 내가 설레발치는 게 아니라 말이 그렇단 거지.

봉 두 저…

박상궁 (자르며) 연화 어쩜 옷 입은 것도 이렇게 조숙하고 이쁘니 안 그래 봉두야?

연 화   저…

박상궁 됐어 됐어 됐어 얘. 아무튼 얘 부끄러워가지고 말 못하는데 뭐 있
        다니까. 아마 우리나라에서 제일 가는 낯가림장이일 거야. 그래서
        내가 대신 이렇게 두 사람을 이어주러 나왔다 이거지.

대 연   저, 저기 박상궁님 말씀하시면 안 되거든요! 주인공이 아니라 서
        브에요. 서브! 아니 연기를, 이보세요!

        박상궁의 부산스러운 말이 계속해서 이어지면, 대연은 인상 쓰고
        향아에게 고갯짓한다. 향아, 박상궁 머리 때리고 끌고 나간다.
        의자에 마주보고 앉은 봉두와 연화, 쑥스럽고 어색하다.

두사람 저…

        사이.

연 화   말씀하셔요.

봉 두   아닙니다. 먼저 말씀하시지요.

연 화   그래도 봉두씨가 조금 더 빨랐던 거 같은데 먼저 말씀하세요.

봉 두   레이디 퍼스트. 양보하겠습니다.

연 화   … 아니에요. 어찌 아녀자가 자신의 의견을 먼저 말할 수 있겠습
        니까.

봉 두   그래도 먼저 말을 꺼내셨으니 그 말이 궁금합니다.

연 화   먼저 하시죠!

봉 두   레이디 퍼스트!

연 화   먼저!

봉 두   레이디!

대 연   레이디 퍼스트는 개뿔. 아무나 말하면 되지 도대체 왜 이렇게 답
        답한 거야 – !

박상궁 그럼 네가 해봐!

대 연	예?
박상궁	당신이 보여 달라고요. 어떻게 하는지.
대 연	지금… 참나… 누가 하라면 못할 줄 알고.

    대연, 자리에 앉는다.
    우물쭈물 대는 대연.

대 연	식사는 하셨어요?
연 화	네.
대 연	이상형이 어떻게 되세요?
연 화	당신은 아니네요.
대 연	혹시 할 말이라도.
연 화	없어요.

    엎어지는 대연.

대 연	역시 난 안 돼.
봉 두	박상궁님, 정말 그 사람이 맞을까요?
박상궁	(쉿 모양하며) 어허 봉두야.
봉 두	제대로 할 줄도 모르면서 왜 이 방법을 집착하는 거야? 이래가지고 빚이나 갚을 수 있을는지.
박상궁	봉두야! 들리겠다.
대 연	… 다 들리거든요? (사이) 그 사람이라는 게 무슨 소리에요.
박상궁	아닙니다.
연 화	그만해요. 사실 이 방법도 결국 다련을 만나야만 하는데 어차피 다련은 나를 만나주지도 않을 텐데요. 애초에 이런 방법을 배우려 했다는 제가 미련합니다.
대 연	그건 별안간 또 무슨 소리에요?
연 화	그 사람은 여자에 관심이 없거든요.

대　연　아니 왜? 이거 달고 태어나서 여자에 관심 없는…

　　　　봉두와 눈 마주친다.

대　연　죄송합니다.
연　화　그 사람도 내시니까.
대　연　예?
연　화　아마 나를 만나주지 않을 거예요. 자신이 아주 높은 사람인 줄 알고 있죠.
대　연　무슨… 아니 그걸 왜 이제 말해요.
연　화　당신이 다른 사람과 마찬가지로 떠나버릴까 봐.
향　아　실성하고 본인이 왕인 줄 착각하고 사는 내시. 그가 다련입니다. 심지어 매년 이말산으로 돌아올 때마다 기억을 잊고 우리를 다른 사람 취급하지요.
대　연　그럼 가서 만나보면 되겠네.
연　화　… 잘 알지도 못하면서 함부로 말하지 말아요!
봉　두　연화야!
연　화　봉두씨, 원귀의 힘을 빌렸으면 응당 대가를 치러야지요. 안 그래요?

　　　　연화, 한숨 쉬고 퇴장한다.

대　연　내가 뭘 잘못했다고.
봉　두　(어깨 두드리며) 그런 게 있어요.
향　아　지금은 그냥 두세요.

　　　　사이.

대　연　저기… 그런데 봉두씨. 빚을 갚는다는 게 무슨 말이에요? 두 분

　　　　　　연화씨한테 돈 꿨어요?

향 아　…

봉 두　말하자면 깁니다.

향 아　처음에 우린 빚을 지어서 이 곳으로 오게 되었죠.

대 연　그게 무슨 소리에요.

박상궁　우리는 조선 후기에 태어난 내시와 궁녀들입니다. (연화가 퇴장한 곳을 바라보며) 생전에 원귀의 힘을 빌려 그 대가를 치루고 있지요.

대 연　원귀의 힘?

박상궁　조선 후기에는 내시와 궁녀들의 사랑이 빈번했습니다. 평생 궐 밖으로 나가는 일이 힘들었던 탓이죠. 때문에 그것이 발각돼 직책을 파면당하고 궐 밖으로 내쫓기는 일이 많이 있었죠.

향 아　다련과 연화의 구슬픈 사랑이야기.

봉 두　보름달이 뜨는 날 정수를 떠놓고, 달을 바라보며 그 이야기를 주문을 외듯 필사하고 피를 뿌리면 그들은 비밀리에 사랑할 수 있다는 소문이 떠돌았었죠.

박상궁　그 기도가 원귀의 힘을 빌린다는 것은 모른 채.

대 연　뭐야, 셋 다 그럼 사랑하기 위해서 기도를 하다가 여기 있다는 거네.

　　　　　정적.

향 아　그나저나 어떻게 하지요 이제.

봉 두　그러게 말이옵니다.

대 연　가만 보니 세 사람도 불쌍하네요.

향 아　사실 꼭 그래서 이 곳에 있는 것만은 아니에요.

대 연　또 무슨 다른 약점을 잡혔어요?

향 아　그런 건 아닌데…

대 연　그럼 내가 한번 만나볼게요.

박상궁　누굴 말입니까.

대 연 그 다련이란 사람 말이에요. 만나주지 않는다면서. (사이) 근데 다련… 나랑 이름이 비슷하네요.

박상궁 …

봉 두 굳이 만나지 않는 것이 좋을 텐데요.

대 연 왜요?

봉 두 그게… 힘들 겁니다.

대 연 왜?

봉 두 … 있어요. 그런 게. 그리고 어차피 연화를 기억하지도 못합니다.

대 연 그나저나 저 다련하고 연화씨는 도대체 무슨 일이 있었던 거예요?

향 아 그게…

봉 두 이리 와봐. (귓속말하는 봉두)

대 연 (놀라는) 예?

　　　무대 암전.

3

불이 밝으면 이말산 묘역길엔 아무도 보이지 않는다.
곧, 스산한 기운이 들어오면 다련이 기품있는 걸음걸이를 하며 등장한다.
말없이 하늘의 달을 보는 다련.

다 련   … 달이 밝구나. 나의 마음을 몰라주는 듯 한없이 밝아.

대연, 언덕 아래에서 다련을 훔쳐보다 다련을 발견하고 다가간다.

대 연   저기…
다 련   물러가거라. 명상 중인 것이 보이지 않는 게냐.

대연, 다가가 어깨를 두드린다.

다 련   (놀라는) 누구냐 !
대 연   아, (생각하는) 지나가던 행인인뎁쇼.
다 련   여기가 어느 안전이라고! 밖에 아무도 없느냐. 어찌 사전에 협의되
        지 않은 사람을 이곳에 들이느냐. 한참 명상에 빠져있었거늘.
대 연   … 중증이군.
다 련   뭐라?
대 연   아닙니다.
다 련   썩 물러가거라!
대 연   (얼떨결에) 아 예. 저는 그럼 지나가던 중이었으니까 계속 지나가
        보겠습니다요.

대연, 물러가려다.

대 연 이게 아니지. 저! 할 말이! (사이) 아니, 드릴 말씀이 있사옵니다.

다 련 이런 경우 없는 놈을 보았나.

다련, 돌아서 대연을 쳐다보자, 대연 얼떨결에 엎드린다.

대 연 통촉… 음? 통촉하여 주시옵소서?

다 련 (사이) 짐은 경우 없음에 크게 노하였으나, 네 얼굴을 보아하니 간 절한 사연이 있는 듯하여 특별히 이번 한번만 용인해주도록 하겠 다. 말해보라.

대 연 진짜요?

다 련 어허, 남아일언중천금이라고 하였거늘.

대 연 감사합니다. 감사합니다.

다 련 고개를 들라. 무엇이 그대를 이곳까지 오게 만들었느냐.

대 연 혹 연화라는 나인을 기억하시는지요.

다 련 연화? 나인이라 하였느냐.

대 연 그렇사옵니다요.

다 련 궁에서 일하는 나인이 맞느냐.

대 연 (일어나며) 그렇습니다.

다 련 어찌 짐이 한낱 나인들의 이름까지 일일이 기억하겠느냐. 또한 나 인은 자신의 이름을 내비칠 수 없는 법, 알 길이 없다.

대 연 (부끄러워하며) 마음에 두었던 궁녀라면 후궁으로 들일 수 있지 않 습니까.

다 련 짐이 한 여자를 저버리고 후궁을 들이는 가벼운 사람으로 보이 느냐.

대 연 (다련의 엉덩이를 치며) 에이 그런 뜻이 아니잖아요.

다 련 (당황하는) 이, 이! 네 이놈 – ! 어디 과인의 몸에 손을 대느냐 – !

대 연 (사이) 죽여주시옵소서 – !

다시, 엎드리는 대연.

다 련	이상한 짓을 하지 말고 용건을 말하라.
대 연	… 일어나서 해도…
다 련	일어나! 일어나!
대 연	(일어나며) 과거 살아 있을 적 사랑한 여인이 있습니까?
다 련	… 기억나지 않는다. 어떤 연유로 묻는 것이냐.
대 연	당신이 사랑하는 여인이 있었습니다.
다 련	어떻게 알고 그런 이야기를 하는 것이냐. 나는 그런 여인이 없다.
대 연	매번 그렇게 기억나지 않는다고 하니 방법이 없는 거잖아 – !
다 련	네 이놈을 진짜…
대 연	죄송합니다.
다 련	쓸데없는 소릴 하지 말고 썩 물렀거라. 밖에 누구 없느냐.

다급한 대연, 다른 방법을 찾기로 한다.

대 연	현재 사랑하는 여인이 있습니까.
다 련	누굴 사랑하는 그것은 짐의 문제다.
대 연	없잖아요. 지금 사랑하는 사람 없죠 그죠?
다 련	짐은 사랑에 관심을 두지 않는다. 어찌 나랏일을 하는 사람이 그런 하찮은 것에 마음을 쓸 수 있더냐.
대 연	당신에게 반한 여인이 있습니다!
다 련	(슬쩍 기분 좋은) 권력에 눈이 멀어 나에게 다가오는 여인은 충분히 많았다.
대 연	지금은 없잖아요.

정곡을 찔린 다련, 움찔한다.

다 련	짐은 그런 것에 관심두지 않는다. 썩 물렀거라.
대 연	그럼 왜 이승을 떠도는 것입니까.
다 련	뭐라?

대 연	왜 그럼 10월이 되면 이곳 이말산을 떠도느냐 말입니다.
다 련	… 몸이 이끄는 대로 움직이는 것일 뿐 연유는 알 길이 없다.
대 연	평생 이곳을 떠돌 생각입니까. 원한 없이 어찌 구천을 떠돈단 말입니까!
다 련	가까이 오라.

대연, 가까이 간다.

다 련	내가 이곳 이말산을 떠나지 못하는 이유를 아는 것이냐?
대 연	알려줘도 믿지 않을 테고, 기억도 안 나잖아요.
다 련	그렇다면 왜 나에게 이런 이야기를 하는 것이냐.
대 연	그저 당신에게 첫눈에 반한 여인이 있다는 것을 전해드리고 싶었을 뿐입니다. 그 여인은 부끄러움에 당신 앞에 서지도 못한단 말입니다.
다 련	…
대 연	한번이라도 만나 볼 생각이 없으십니까.
다 련	없다.
대 연	… 좋아요. 그렇다면 저는 매일 매일 이곳을 올라와서 당신의 명상을 방해할 것입니다. 그래도 상관없습니까?
다 련	만약 그러한다면 내 네놈의 죄를 물어 엄벌에 처할 것이다.
대 연	누가 엄벌에 처하는데요. 여기 누가 있는데요!
다 련	어허 내 말을 믿지 못하겠느냐.
대 연	아무튼 그런 줄만 아세요. 내가 매일 매일 당신을 괴롭힐 거라고.

움찔하는 다련, 대연은 기회임을 느낀다.
다련의 앞에 드러눕는 대연.

대 연	몰라 몰라. 배 째. 여기서 일어나지 않을 겁니다.
다 련	그만 하고 일어나거라.

대 연　몰라 몰라 통촉해주세요. 통촉해줘!
다 련　시끄럽다!

　　　다련, 엎어진 대연을 일으키려 몸싸움한다.
　　　대연, 바닥에 딱 붙어 절대 일어나지 않는다.
　　　그 모습이 우스꽝스럽다.

대 연　왕이라고 하시는 분이 체면이 말이 아니시네요 그쵸?
다 련　네 이놈.

　　　다련, 한참을 대연을 바닥에서 떼어내려 하다 지쳐 드러눕는다.

다 련　후에 네 죄를 물어 엄벌에 처할 것이야.
대 연　그러시던가. 마시던가. 오랜만에 힘썼더니 죽겠다.
다 련　그 여인의 이름이 뭐라 하였느냐.

　　　벌떡 일어서는 대연.

대 연　연화요 연화.
다 련　연화라… 연화.
대 연　만나주시는 겁니까?
다 련　그럴 일 없다. 물러가라.

　　　다련, 사라진다.

대 연　아니 갑자기 그렇게 가버리는 법이 어디 있어요. 어디 갔어. 저
　　　기요!

　　　무대 암전.

4

불이 밝으면, 이말산 묘역길에 있는 묘비들이 마치 테이블처럼 놓여져 있고, 다련과 연화는 서로 마주보고 있다. 마치 소개팅의 첫 자리를 연상케 한다.

뒤쪽 무덤 옆에선 그 둘의 만남을 지켜보고 있는 향아, 봉두, 박상궁, 대연이 보인다. 고개만 내빼고 있는 모습이다.

향 아   저것이 썸이라는 것이옵니까?

봉 두   신기하군요. 이렇게 두 남녀가 한 공간에 저리 가까이 붙어있다니, 조선시대에는 상상도 할 수 없는 일입니다.

박상궁   시끄럽다! 둘의 이야기를 방해할 셈이냐.

봉 두   박상궁님이 더 시끄러운데…

머리 때리는 박상궁.

봉 두   (울먹) 나만 미워해.

대 연   아이씨 조용히 좀 해요.

봉 두   (울먹) 너무해 – !

조용해지는 네 사람.
연화와 다련, 둘 다 한참을 말이 없다.

대 연   (가슴 두드리며) 말을 하라고 말을!

다 련   어떤 연유로 짐을 만나고자 하였느냐.

향 아   합니다 합니다. 배운 대로 잘 해야 할 터인데.

네 사람, 영화 보듯 연화와 다련의 대화를 경청한다.

연 화 매년 10월이 되면 소인은 구천을 떠돌다 이곳으로 돌아옵니다. 연유는 알 길이 없겠지요. 그렇게 이백 년이 넘는 세월이 흘렀는데 매번 보름달을 보며 명상에 빠진 남자가 있었습니다.

다 련 과인을 이야기하는 것이군.

연 화 … 무슨 생각을 그리 하는 것이옵니까.

다 련 생각을 정리하는 것이다.

연 화 아무런 기억도 없다 하지 않았습니까.

다 련 내가 무엇 때문에 이곳을 떠도는지.

다시, 대화가 없는 두 사람. 어색하다.

봉 두 아유 저 답답이! 이럴 때 남자가 대화를 리드해야 한다고 배웠습니다. '이론으로 배우는 사랑법' 27쪽 챕터2 대화를 리드하는 남자가 여자의 마음을 홀릴 수 있다.

향 아 공부를 열심히 하셨군요.

대 연 대화가 없으니 진전도 없구만.

향 아 연화야. 어찌할꼬.

연화, 도움을 요청하는 듯 뒤쪽을 쳐다본다.

향 아 봅니다. 봉두씨 봉두씨!

봉 두 (책을 보며 연화에게 외치는) 73페이지 챕터4 대화가 안 풀릴 땐 화제를 돌려라!

연 화 (사이) 풀벌레 소리가 참 좋습니다.

다 련 그렇구나.

다시 정적, 일동 한숨.

대　연　싸우러 왔냐?

봉　두　아무것도 안 되잖아.

박상궁　안 되겠사옵니다. 이러다 이 밤이 다 갈 것 같습니다.

　　　　박상궁, 무덤 뒤에서 연화 쪽으로 다가간다.

대　연　아니 박상궁님!

다　련　누구냐!

박상궁　박상궁이옵니다.

다　련　박상궁? 무슨 일이냐.

박상궁　연화가 화장실이 급하다 하옵니다.

연　화　예? 아니.

　　　　박상궁, 연화를 끌어내고 뒤로 패스하자
　　　　향아와 봉두가 연화를 받아 끌고 나간다.

박상궁　시장하진 않으신지요.

다　련　혼이 되어 시장할 것이 무엇이 있겠느냐.

연　화　왜 이래요. 아 한참 잘되고 있었구만.

　　　　대연, 봉두, 향아 일동 한숨.

박상궁　연화라는 여인은 어떠십니까 마음에 드십니까?

다　련　그것을 묻는 연유가 무엇이냐.

박상궁　저 여인은 당신을 사모하고 있사옵니다.

연　화　박상궁님-!

　　　　연화의 입을 막는 봉두.

다 련   … 익히 들어 알고 있다.

박상궁   그러니 여쭤보는 것 아닙니까.

다 련   무언가 묘하다.

박상궁   무엇이 말입니까.

다 련   내 안에 누군가 그 여인을 밀어내고 있다. 그러면 안 된다고 짐에게 외치는 것 같구나.

박상궁   연유를 물어도 되겠습니까.

다 련   나의 과거와 연관이 돼있는 듯싶구나.

박상궁   정녕 과거를 기억하지 못하신단 말입니까.

다 련   …

봉 두   박상궁님 말 잘하네.

향 아   배움의 효과인 듯하옵니다.

대 연   연화씨는 내 말 잘 들어요. 이 만남은 꽤나 어렵게 잡은 것입니다.

연 화   무엇이?

대 연   그러니까 내가… 배 째라고 눕고 땅바닥에 붙어가지고 아무튼 그런 게 있어요. 그러니까 매일 밤에 이곳에서 보자고 해요.

연 화   어찌 여인네가 그런 말을 먼저 꺼낼 수 있단 말입니까. 책에도 분명 남자가 먼저 만남을 주도해야한다 하였습니다. 선조들의 배움을 거스르는 것입니까. 옛말에 온고지신이라 하였습니다.

대 연   모르겠고, 다시 또 언제 만날지 모르잖아.

연 화   부끄럽습니다.

대 연   용기를 내야해요.

연 화   나는 두렵습니다. 얼굴을 마주하는 것도 엄청난 용기를 내고 있는 것이란 말입니다.

대 연   용기는 그냥 내면 되는 거예요. 아무런 손해 없이 그냥 내기만 하면 되는데 그걸 못 내서 이렇게 힘들어하나요?

연 화   매일 밤…

향 아   (가르치듯) 매일 밤 나와 만나주실 수 있을까요!

연 화   매일 밤 나와 만나주실 수 있을까요?

향아, 연화에게 하이파이브한다.
대연, 무덤에서 연화를 밀어낸다.

연 화 (중얼거리는) 매일 밤… 매일 밤…
박상궁 (연화를 발견하고) 그럼 저는 이만 물러가보겠습니다.
다 련 내 과거에 대해서 알고 있느냐 그런 것이냐.
박상궁 연화야.
연 화 매일 밤?
박상궁 뭐라고?
연 화 … 아, 아닙니다.
박상궁 뭐하느냐 얼른 자리에 앉지 않고.

연화, 다시 다련과 마주 앉는다.
역시나 한동안 말이 없다.

연 화 (용기를 내) 혹시 매일 이 시간이 되면 무엇을 하십니까.
다 련 달을 보며 명상에 든다.
연 화 매일 밤…

말을 꺼내지 못하는 연화.
안절부절하는 대연 무리.

연 화 (까먹은 듯) 매일 밤, 매일 밤.

대연, 향아를 밀어낸다.
향아, 연화와 다련의 옆을 스쳐지나가며.

향 아 매일 밤 나를 만나주실 수 있을까요 - !

반대쪽으로 사라지는 향아.
확신에 찬 연화.

연 화   매, 매일 밤을 나와 보내요 - !

정적.
당황스러운 다련.

다 련   그게 무슨 말…
연 화   그게 아니라…

횡설수설하는 연화.

연 화   같이 밤을 보내자는 게 그러니까 어떤 우리의 관계가…
다 련   과, 관계…?
연 화   예? 아니, 관계가 그 관계가 아니라…

연화의 말은 점점 더 부풀어 오른다.

다 련   나는 이만 가봐야겠소.

일어서는 다련, 뒤도는데.

연 화   (다급한) 제 얼굴을 똑바로 보시지요!

다련, 연화를 천천히 돌아본다.

연 화   정녕 나를 기억하지 못하시나요? 정녕 그렇단 말입니까!
다 련   … 기억하지 못하오.

연화, 무덤 위 꽃을 가리킨다.

연 화 당신이 나에게 준 이 꽃 기억나지 않습니까. 상사화, 꽃이 필 때는
      잎이 없고 잎이 자랄 때는 꽃이⋯

      목이 메이는 연화.
      다련, 표정 찡그린다.

연 화 당신이 이런 의미를 알고 주었는지, 아니면 정녕 우리의 운명이
      상사화와 같은 건지. 괜히 꽃을 전해주었던 당신을 원망하곤 했
      죠.
다 련 머리가 아파.
연 화 기억해보세요!
다 련 견딜 수 없구나. 나는 가야겠소.
연 화 기다려요 - !

      다련, 퇴장.
      연화, 사라진 다련을 보며 무너진다.
      대연 무리들, 연화 앞에 등장한다.
      침묵의 시간.

대 연 저⋯ 연화씨. 괜찮아요?
연 화 내가 잘못 생각한 것 같아요. 어쩌면 우린 처음부터 이렇게 될 운
      명이었을지도 모릅니다. 그 운명을 자꾸만 거스르려하니 뜻대로
      되지 않는 것일지도. (사이) 모두 돌아가세요.
대 연 왜 그래요. 다른 방법을 또 찾아보면 되잖아요.
향 아 이백여 년이 지난 시간입니다. 여러 수를 써 보았지만 제정신이
      아니라 모든 것을 잊고 딴소리를 내뱉지요.
대 연 아니 그러니까 더 열심히 잘해야⋯

연화, 퇴장하려는데.

대 연   연화씨 어디 가요!

연 화   … 상관하지 마세요.

대 연   또 이렇게 포기하는 거예요?

박상궁   이제 그만 하거라. 연화야.

연 화   무슨 말씀이십니까?

박상궁   여기 이말산에 묻혀진 이름 없는 묘만 해도 300여 개가 넘는다. 잘 알지 않느냐. 이들 누구 하나라도 원한 없이 죽은 사람이 있을 것이라 생각하는 것이냐. 왜 그런데 연화 너는 그를 잊지 못하고 구천을 떠돌아 사람들을 괴롭히느냐 이 말이야! 여러 방법으로 시도를 해도 금방 포기하고 넌 대체 그의 기억을 되돌릴 생각이 있는 것이냐.

연 화   그의 기억이 돌아오는 것은 내가 가장 간절해요 ─! 알지도 못하면서 함부로 이야기 하지 말아요. 매년 볼 때마다 다른 사람 취급하는 기분을 박상궁님이 알기나 하느냐구요.

박상궁   그래서 네 고집대로 이렇게 붙잡아두는 것이냐?

연 화   언제 내가 붙잡았어요? 떠나라고 했잖아요. 내가 언제 빚 갚아 달라고 했어요? 이제 괜찮다고요! (사이) 이젠 괜찮으니 그만 돌아가요.

향 아   … 널 두고 어떻게 가니. 이젠 못가. 우리가 함께한 세월이 이백여 년이 넘어. 내가 붙잡혀서 여기 있는 줄 아니? 여기 있는 사람 다 마찬가지야.

박상궁   그럼 다련이라도 보내줘 ─! 너 때문에 기억을 잃어 연유도 모른 채 구천을 떠돌지 않느냐! 네가 이렇게 보내주지 않으니 말이다!

연 화   나 때문에 기억을 잃어요? 내가, 내가 뭘 그렇게 잘못했느냐고요!

연화, 퇴장한다.

향 아   연화야 – !

    박상궁, 반대편으로 퇴장한다.

봉 두   박상궁님 – !
대 연   아니 또 어디 가요 – !
봉 두   수고했어요. 고생이 많아. 박상궁님 – !

    봉두 퇴장한다.
    혼자 남은 대연.

대 연   아니 지들끼리 싸우고 가버리면 날 더러 어떻게 하라고 – ! 이보
세요 – !

    무대 암전.

5

불이 밝으면 편의점에 앉아 혼자 술을 기울이고 있는 대연 보인다.
소주병이 여러 병 쌓여있고, 표정은 절망적이다.
대연의 앞에는 현아 앉아있다.

대 연   좋은 게 좋은 거잖아. 다 같이 잘 되면 얼마나 좋냐고. 대체 나를
　　　왜 이렇게 힘들게 하냐고. 왜 이리 나를 못살게 구냐고.

현 아   얘는 아까부터 무슨 소릴 자꾸 하는 거야.

대 연   (쳐다보는) 어? 언제 왔어요?

현 아   그 얘기 벌써 세 번째야. 너 왜 이렇게 술을 먹니?

대 연   마음이 아파서 그래요 마음이.

현 아   뭐 소개팅 했는데 잘 안 됐어?

대 연   …

현 아   맞구나?

대 연   나 소개팅 같은 거 안 해요.

현 아   그래? 의원데 여자 소개시켜달라고 끈질기게 얘기할 거 같은 스
　　　타일인데.

대 연   … 누나라고 불러도 돼요?

현 아   애 술 취했네.

대 연   술 취해서 그러는 거 아니에요.

현 아   아니긴 뭘 아니야 쪼그만 게.

대 연   아니 자꾸 뭐가 쪼그맣다는 거야 조선시대였으면 이 나이에 결혼
　　　해서 애가 셋이에요!

현 아   갑자기 조선시대 이야긴 왜 꺼내고 난리야?

대 연   제가 요즘 조선시대에서 살고 있거든요.

현 아   어후 증말. 쓸데없는 소리 할 거면 간다?

대 연　내가 누구 때문에 거기 살고 있는데.

　　　　일어나는 현아.

대 연　누나.
현 아　어허?
대 연　앉아 봐요.
현 아　애가 왜 이래?
대 연　좀만 기다려요.
현 아　뭘?
대 연　(웃는) 있어요. 그런 게.

　　　　엎어지는 대연.
　　　　현아, 당황한다.

현 아　야! 야― 여기서 이렇게 자면 안 돼. 나 너 두고 간다? (사이) 야 진짜 너 두고 간다?
대 연　(벌떡) 감자 농사하러 같이 내려갈래요?
현 아　뭐?
대 연　그 감자농사 말이에요. 저도 밭일 잘 할 자신 있거든요.
현 아　… 내가 너한테 그런 이야기도 했니?
대 연　네.
현 아　내가 너랑 왜 내려가.
대 연　네?
현 아　내가 너랑 감자 농사를 하러 왜 내려가냐고.
대 연　아니 그게 아니라 저는…
현 아　너 사람 비꼬는데 뭐 있다.
대 연　(술 깨는) 아니 그런 뜻이 아니었어요.
현 아　됐어. 마저 먹고 가라.

일어나는 현아.

대 연   누나 잠깐만요!

현 아   왜 – 이씨. 그리고 너 한번만 누나라고 부르면 뒤진다 진짜.

대 연   누나… 누나!

현아 퇴장한다. 한참동안 현아를 바라보는 대연.

대 연   대체 일이 왜 이렇게 꼬이는데 !

연화처럼 괴성 지르는 대연. 멀리서 세연, 등장한다.
한심한 표정으로 대연을 바라보는 세연, 다가가 뒤통수 때린다.

세 연   야! 시끄러!

대 연   (쳐다보곤) 이게 누구야? (사이) 너 임마. 시간이 몇 신데 여태까지 싸돌아다니고. 요즘 뉴스도 안 봐? 밤에 위험하다니까. 그러다 잡혀가 임마.

세 연   오빠나 잘해. 내가 납치범이면 오빠 잡아가겠다.

대 연   이게 이게 이게. 너도 오빠 공익이라고 무시하냐? 내가 너 어릴 적에 똥오줌 다 가리고 업어 키웠어 – !

세 연   그 얘기 두 번만 더 하면 백번이야.

대 연   그래? 그럼 두 번 더 해서 백번 채우지 뭐.

세 연   (술병 보고) 뭔 술을 이렇게 많이 먹었어. 술도 못 먹는 사람이.

대 연   우리 으린이께서 으르신들의 마음을 으뚷게 알겠니. 그럴만한 사정이 다 있다 사정이.

세 연   (앉으며) 에휴 나도 모르겠다. 나도 한잔 줘.

대 연   얘가. 애들은 이런 거 먹는 거 아니야. 스무 살 되면 이 오빠가 다 알려줄게. 요즘 것들이 이렇게 빨라요.

세 연   나도 힘든 일 있단 말이야.

대 연	학생이 임마 힘든 게 뭐가 있어. 공부나 열심히 하면 되지.
세 연	… 오빠도 학교 다닐 때 공부 못했잖아.
대 연	(말없이 소주잔 따르는) …
세 연	남자친구랑 헤어졌어.
대 연	또? 야 됐다 됐어. 뭔 놈의 남자를 갈아치우고 만나고 갈아치우고 만나고.
세 연	오빤 갈아치울 여자도 없잖아.
대 연	(말없이 소주잔 따르는) …
세 연	아이 몰라. 난 떠나는 남자 붙잡지 않고 오는 남자 막지 않는다.
대 연	얼씨구? 뭐 네가 만나고 싶으면 만나냐? 그게 니 맘대로 되게?
세 연	오빠 저 죄송한데요. 오빠랑 이런 이야기 섞고 싶지 않거든요? 연애란 말이야. 하고 싶으면 할 수 있는 거야. 세상에 어? 반이 남잔데 그중에 나 좋다는 사람 하나 없겠어?
대 연	이건 도대체 어디서 나오는 자신감이야?
세 연	자신감이라는 건요. 다 이 능력에서 나오는 겁니다. 남자 꼬시는 거? 내가 그걸로 시험 봤으면 서울대에서 모셔갔어.
대 연	요게 뭐가 이쁘다고 인기가 이렇게 많을꼬.

　　　　사이.

대 연	야.
세 연	뭐.
대 연	너 나랑 어디 좀 가자.

　　　　대연, 세연의 손 끌고 퇴장한다.

세 연	오빠 왜 이래? 오빠 – !

　　　　세연의 목소리 커지며 암전.

6

불이 밝으면 묘역길에 향아와 봉두, 박상궁, 대연이 나란히 앉아있다.
선생님처럼 왔다갔다하는 세연.

세 연 아니라고! 아니라고! 아니라고! 한번 말하면 들어 처먹지를 못하네. 그러니까 만나서 아무 말도 못하는 거 아니야.

봉 두 도대체 이런 괴팍한 인간은 어디서 데려온 겁니까.

대 연 … 제 동생이에요.

향 아 전생에 대장부였던 것…

세 연 지방방송 끄자!

일 동 … 예.

세 연 그리고! 꽃 이야기 하니까 머리가 아팠다면서! 기억이 돌아올랑말랑 했다는 거 아니야? (사이) 거기! 너!

향 아 네?

세 연 들어가서 전지랑 펜 하나 가져와봐.

향아, 무덤 뒤로 들어가서 커다란 전지와 매직 가지고 나오는데,
연화 등장한다.

향 아 연화야! 어디 갔었어!

연화, 박상궁과 마주본다. 알 수 없는 기운이 흐르는데.

세 연 뭐해! 왔으면 빨랑빨랑 앉지 않고!

연 화 누구…

세 연 네 원한 해결해주러 온 구원자시다.

연 화	네?
대 연	무덤 속에 도대체 뭘 넣고 있는 거야?
향 아	유비무환이잖습니까.
대 연	알 수 없는 귀신들이야.
세 연	자 처음부터 다시 이야기할게요. 사람과 사람이 만나는데 가장 중요한 건 뭐다?
향 아	타이밍.
세 연	자 오케이. 사랑은 타이밍이야. 그러니까 당신이 그 사람을 만나게 된 것도 다 운명이 정해놓은 타이밍이라는 게 있다 이 말이야. 그 타이밍을 놓치면 정말 좋은 사람들도 만날 수가 없어. 이미 누가 채가거든.
연 화	그럼 어찌해야 합니까. 이미 다련씨는 기억을 잃었잖아요. 이미 그렇다면 타이밍은 놓친 것이 아닙니까.
세 연	놓쳤지.
연 화	뭐라고요?
세 연	그렇게 화내지 말라고. 놓쳤으면 돌려놓으면 되는 거지.
연 화	어떻게요?

세연, 전지에 펜으로 글을 쓴다.
연화, 가만히 전지를 들여다보는데.

세 연	자 봐. 내가 이제부터 어떻게 해야 할지 계획을 쫙 짜 줄 테니까 그대로 실행하라고 알았어? 거기 봉두씨 이쪽, 향아는 처음에 이걸…
연 화	말도 안 되는 계획이에요. 이렇게 해도 다련의 기억은 돌아오지 않아요. 그는 내가 아무리 사랑한다 이야기해도 기억하지 못해요 날 사랑하지 못한다고요.
세 연	사랑하지 않는다면?
연 화	예?

세 연 당신은 그 남자가 당신을 사랑하지 않으면 사랑하지 않을 자신이 있는 거야? 혼자만 하는 사랑은 아프지. 그렇지만 그렇다고 해서 사랑하지 않을 수 없잖아. 그 사람이 당신을 사랑하지 않으면 그렇다고 말하면 당신은 그 사람에게서 멀어질 수 있는 거야? 근데 뭘 망설이고 앉아있는 거야?

　　　긴 정적.

세 연 그렇지 않은 것과 그런 것, 당신에게는 두 가지 선택뿐이야. 두 가지 선택 가운데서 이렇게 오랜 시간 어물쩍 대는 것뿐이라고. 대체 당신의 진심은 뭔데? 진심을 말하지 못해서 이러고 있는 거 아니야?
연 화 (전지를 보다가) 그럼 어떻게 하면 되는 거죠?
세 연 충격 요법!

　　　연화의 말을 끝으로 세연을 제외한 배우들 각자 상황에 맞게 자리를 잡는다.
　　　이는 세연이 계획을 설명하는 장면과 함께 간다.

세 연 가장 충격적인 일을 눈앞에서 다시 보게 해서 기억이 날 수 있도록 만드는 거지. 다련이 자주 출몰하는 지역이 어디라 그랬지?

　　　연화의 말을 끝으로 세연을 제외한 배우들 각자 상황에 맞게 자리를 잡는다.
　　　※이는 시간이 다르지만, 한 무대에 공존하는 순간이다.

대 연 근데 이게 되겠어?
향 아 그러게. 아무리 기억을 잃었다한들 현재도 모르고 행동하겠냐구.

연화와 향아, 박상궁, 대연, 봉두 각자의 자리에 숨어 있고
다련을 기다린다. 잠시 시간이 흐르면 다련이 등장한다.

세 연   안 해보는 것보다는 낫지! 이백년 동안 이런 거 안 하고 뭐했냐?
        자 다련이 등장하기 전에 준비를 다 끝내야 돼. 대사 다 외우고.
        가장 중요한 것은 아무렇지 않은 척 행동해야 된다는 거야. 처음
        에는 어색하겠지만, 어느 순간 반드시 이 상황 속에 들어올 거야.
        연화는 그 당시 니 역할을 하면 될 거고, 향아는 연화의 동료 나인
        역할을 맡아. 역할이 이리저리 바뀔 거니까. 기억 잘하고!

        다련을 확인하자, 연화, 앞으로 튀어나간다.
        다련을 못 본 척, 누군가를 기다리는 연기를 한다.

세 연   다련 역은 오빠가 해!
대 연   나도 출연이냐?
세 연   사람이 모자라잖아.
대 연   그럼 대감, 이건 누가 해 남잔데!
세 연   … 그건 내가 한다.

        세연, 대연의 엉덩이를 발로 차고, 도망간다.
        대연, 연화에게 날아간다.

대 연   무슨 일로 이곳에 왔습니까.
다 련   누구냐!
연 화   (긴장하는) 서찰을 전하려는 민상궁님의 부름에 응하여.
대 연   (자르며) 고개를 드십시오. (꽃을 내미는) 주위에 아무도 없습니다.
연 화   (웃으며) 웬 꽃이옵니까.
대 연   어제 궐 내 청소를 하다가 꺾었다.
다 련   누구냐고 묻지 않느냐! 한상궁이냐!

연 화 이쁩니다. 그런데 잎이 없습니다. 꽃뿐이… 떨어졌나봅니다.

대 연 신기하네요. 분명 아무도 건드리지 않은 꽃인데.

연 화 아무렴 어떻습니까. 다련님이 주신 선물인데.

　　　두 사람, 서로를 쳐다보다 포옹을 하려는데 향아의 목소리 들린다.

향 아 연화야!

대 연 어서 가보아라.

연 화 단이, 저 눈치 없는 것. (웃으며) 살펴 가십시오.

　　　대연과 연화는 헤어진다. 곧 연화는 퇴장하고, 세연이 등장한다.

대 연 부르셨습니까.

세 연 들라, 자네가 다련이라는 내관인가.

다 련 뭐라? 어찌 과인의 이름을 입에 올리느냐!

대 연 그렇습니다.

다 련 어찌 과인의 이름을 함부로 부르는 것이냐.

대 연 내 전할 것이 있어 자네를 따로 불렀다.

다 련 과인의 말을 못 들은 체할 셈이냐? 내가 보이지 않는…

대 연 말씀하십시오.

세 연 요 근래 들어 전하의 수라를 관리하고 수라가 나갈 때까지 책임진
　　　다 들었다 맞느냐?

대 연 그렇습니다.

세 연 내 지금 하는 말을 잘 새겨듣도록 하여라… 익일 점심 전하의 수
　　　라에 독극물이 들어갈 것이다.

다 련 뭐라?

세 연 독극물은 밥의 중간부분부터 풀어 둘 것이니 익일 점심 전하의 수
　　　라에 은수저를 꽂을 때 깊이 꽂지 않도록 하여라.

대 연 허나, 이미 수라청에서 1차로 극약 검사를 할 터인데.

세 연   그건 염려치 말거라.

대 연   아니 되옵니다. 소인 따를 수 없습니다.

세 연   지금 내가 하는 말을 거역할 셈이냐. 내 말을 듣지 않으면 궁에서
        쫓겨날 수도 있을 터인데.

대 연   설사 궁에서 쫓겨나게 되더라도 소인 따를 수 없습니다.

세 연   좋다. 물러가거라.

대 연   송구합니다.

        대연, 일어나 나가려 하는데.

세 연   연화라는 나인과 연정을 나누고 있다 들었다.

대 연   그게 무슨…

세 연   궐에 내가 모르는 비밀이 있을 것 같으냐.

대 연   죽을죄를 지었습니다.

세 연   내 너와 연화라는 나인까지 궐에서 나가 아무도 모르는 곳에서 살
        수 있도록 해주겠다. 허나 일이 잘못되면 내 너뿐만 아니라 그 나
        인의 목숨까지 보장할 수 없다.

대 연   어찌 그런…

세 연   사랑하는 사람과 너의 신념. 어떤 것이 더 중하냐. (사이) 선택은
        네가 하는 것이다. 아직 익일 점심까지는 시간이 있으니 잘 생각
        하고 결정토록 하여라. 이 모든 것이 네가 은수저를 얼마나 깊게
        꽂느냐에 달려있다.

대 연   재고해주십시오. 대감! 대감!

        세연, 퇴장하면 연화가 등장한다.

연 화   이 시간에 어쩐 일이십니까.

대 연   미안하오. 내 급히 할 말이 있어 왔소.

연 화   무슨 일이십니까.

| 대 연 | 내일 정오 전하의 수라시간에 대전 근처에는 절대로 오지 마십시오. |

대 연 내일 정오 전하의 수라시간에 대전 근처에는 절대로 오지 마십시오.

연 화 저 내일 대전에 나가는 날.

대 연 내일 대전에 나오시면 안 됩니다.

연 화 어찌 그러십니까.

대 연 내일 전하의 수라시간이 끝나는 대로 계무문으로 갈 터이니 그 곳에서 기다리고 계십시오.

연 화 그 곳은 시신이 나가는 곳인데 어찌 그런 곳에서.

대 연 내 꼭 좀 부탁합니다. 이유는 묻지 말고 그리하겠다 약조해주십시오.

연 화 알겠습니다.

대 연 시간이 늦었습니다. 어서 가보시오.

대연, 급하게 퇴장한다.
곧 향아 다급히 등장한다.

향 아 연화야!

연 화 단이야. 무슨 일이야?

향 아 민상궁님이 급히 찾으신다. 곧 전하의 수라시간인데 어디 가서 안 오느냐고.

연 화 난 오늘 대전에 가는 날이 아니야.

향 아 내가 그걸 어찌 아니. 민상궁님이 널 불러오라 하셨어.

연 화 난 오늘 대전에 가면 안 되는데.

향 아 민상궁님이 노하는 꼴을 또 봐야겠니.

연 화 아니 그게…

향 아 아무튼 가서 말씀드리고 쉬던가 그건 네 맘대로 하고, 빨리 따라와!

향아, 연화를 끌고 퇴장한다.

곧이어 대연과 박상궁이 등장한다.

세 연 (소리) 주상 전하 납시오!

봉두, 등장하여 왕을 연기한다.
다련을 제외한 다른 배우들은 신하가 되어 연기한다.
대연, 나오지 않기로 되어있던 연화를 보고 놀란다.
연화, 대연을 보며 쓴 웃음 짓는다.

봉 두 다련아 뭐하느냐. 오늘 또 어떤 자들이 과인을 죽이려 하는지 어서 확인해보아라.
다 련 (놀라며) 아아.
봉 두 민상궁은 뭐하느냐 어서 기미를 보지 않고.

박상궁은 은수저로 밥을 살짝 떠먹는다.

봉 두 (의심하는) 어허. 오늘 기미 상궁이 입맛이 없는가보구나. 어찌 밥 숟가락 하나도 가득 담지 못하는 것이냐.
박상궁 그런 것이 아니오라…
봉 두 됐다. 입맛이 없어 오늘 점심은 먹지 않겠다!

다 같이 엎드린다.

일 동 전하! 통촉하여 주시옵소서.
봉 두 통촉? 지금 과인에게 통촉하라 하였느냐. 좋다. 그대들의 뜻을 받아드리겠다.
(사이) 너 거기 너! 일어나보라.

연화, 고개를 든다.

연 화	저 말씀이시옵니까?
봉 두	앞으로 나오라.
다 련	안 돼… 나오지 말거라.

연화, 봉두에게 다가가는데, 다련이 연화의 손을 잡는다.

다 련	아니, 아니 된다. 가지 말거라.
연 화	당신은… 누구십니까.
다 련	나는… 나는…
봉 두	무엇하느냐! 밥숟가락 가득 뜨거라.
연 화	전하!
봉 두	어허 뜨지 않고 뭐하느냐. 지금 짐의 수라에 문제가 있다고 생각하는 것이냐? 그대들도 그렇게 생각하느냐?
일 동	전하! 통촉하여…
봉 두	닥치거라. 먹어보라. 꼭꼭 씹어 삼켜보아라. 민상궁이 입맛이 없어 과인의 근심을 해소하지 못하니. 다른 사람이라도 확인을 해야 할 것이 아니냐?

연화, 밥에 무엇이든지 모른 채 밥을 입 속으로 넘긴다.

다 련	안 된다 – !

연화, 쓰러진다.

대 연	연화야!
다 련	연화…!
봉 두	이것 보아라. 궐에 과인의 적이 이리도 많다. 과인은 이 나라의 임금인 것이냐 죽어 마땅한 죄인인 것이냐. 이리도 어리석다. 이리도 어리석어! 물리거라!

봉두, 자리에서 퇴장하려는데.
대연, 주변에 있던 물건을 들고 봉두를 내리치려한다.

대 연   죽어 - !

다련, 절규하며 머리부여잡고 쓰러진다.
안쓰러운 표정으로 쳐다보는 연화.
일동, 대연을 말린다.
대연은 계속하여 손을 휘두른다.

봉 두   (냉정하게) 나라가 미쳐 돌아가는구나. 나라가 미쳐 돌아가. 내시가
궁녀를 연모하여 과인을 죽이려 들다니. 통탄스럽구나 통탄스러
워!

봉두, 퇴장한다.

다 련   연화야. 미안하다. 내가 너를 살리려 그랬다.

시간이 흐르고 사람들은 대연에게 주리를 틀고 있다.
고통스러운 대연.

박상궁   어서 바른대로 고하지 못할까. 그 곳에 독이 들어간 것을 어찌 알
았느냐.
향 아   누가 사주하였느냐.
대 연   아무 것도 모릅니다. 그냥 날 죽이시오.
향 아   너와 함께 역모를 꾀한 자가 누구냐. 어서 바른대로 고하지 못할
까.
박상궁   형장은 뭐하느냐. 이 놈이 입을 열 때까지 매우 쳐라.
대 연   죽여주시오.

　　　　　　대연, 쓰러진다.
　　　　　　향아, 박상궁 퇴장한다.
　　　　　　혼자 남은 대연, 실성한다.

대 연　　으허허. 으허허… 으허허! 바른대로 말하지 못할까! 어찌 짐에게
　　　　이런 처사를… 통탄스럽다 통탄스러워!
세 연　　(소리) 다련의 모든 직책을 파면하고 궁 밖으로 내쫓아라.
향 아　　(소리) 궁녀와 궐에서 사랑을 나누다니.
박상궁　　(소리) 궐에서 내쫓아라. 수치스러운 놈.
대 연　　으허허! 어찌 짐에게 그런 이야길 하는가. 게 누구 없느냐 게 누구
　　　　없느냐!

　　　　　　대연, 쓰러진다.

대 연　　… 게 누구 없느냐… 게 누구 없느냐…

　　　　　　다련, 눈물을 흘린 채 고개를 들고 대연을 마주한다.
　　　　　　다련과 마주한 대연의 눈에 이유 모를 눈물이 흐른다.
　　　　　　당황하는 대연, 눈물을 닦는다.

대 연　　(의아한) 대체 왜…
다 련　　여기 있습니다. 나 다련 여기 있습니다.

　　　　　　뒤쪽에 있던 세연, 연화를 밀어넣는다.
　　　　　　가운데 연화와 다련을 두고 물러서는 나머지 사람들.
　　　　　　마주하는 연화와 다련. 한참을 말하지 못한다.
　　　　　　대연은 이를 한참동안 지켜본다.

연 화　　… 이젠 어떡하나. 이게 제일 걱정이었어요. 이젠 어떡하나. 이렇

게 했는데도 돌아오지 않으면 어떡하나 말이에요.

다 련   …

연 화   아니죠. 아니라고 말해요. 어서 아니라고…

    연화, 무덤에서 상사화를 꺾는다.

연 화   기억해요? 당신이 나를 처음 만났을 때 주었던 꽃이잖아요.

다 련   …

연 화   제발. 평생 간직하려고 했어요. 기억하지 못하죠? 기억하지 못한
    다 해도 상관없어요. 어차피 당신이 기억하지 못한다면 이 것은
    더 이상 아무 의미도 없으니까. 나, 나 이제껏 당신과 어찌하면 다
    시 사랑할 수 있을지 고민했어요. 미련을 버리지 못하고 어떻게든
    당신의 기억을 돌려놓으려고.

다 련   상… 사화.

대 연   상사화?

    연화, 다련에게 안긴다.
    다련, 울음을 터뜨린다.

다 련   내가 미안해. 내가 내가 미안해요.

    두 사람, 안고 오열한다.

연 화   정말 돌아온 거죠. 돌아온 게 맞는 거죠?

다 련   그래요. 나, 나 정말 잘못했어요. 내가 당신에게 씻을 수 없는 죄
    를 지었어요.

연 화   난 당신을 원망했어요. 어찌 사랑했던 여인을 기억하지 못하는지.
    아무리, 아무리 큰 충격을 받았다한들 어찌 이 연화를 기억 못하
    는지 말이에요. 나는, 소인은 이곳에서 귀신이 되어 구천을 떠돌

며 당신을 기다리는데 어찌 내 마음 모르고!… 이젠 괜찮아요. 내가 잘못했어요. 당신을 이렇게 떠나지 못하게 붙잡고만 있었죠. 당신이 비겁자라고 생각했어요. 사랑하는 사람을 죽음으로 내몰았다는 죄책감에 실성을 해 그 여인이 다시 돌아와도 알아보지 못하는 비겁요… 그런데 비겁자는 나였어요. 당신이 돌아오지 않음에도 계속해서 당신을 붙잡은 내가 비겁자예요.

다 련   그렇지 않아. 이렇게 돌아왔잖아요.

　　손에 잡힌 꽃을 바라보는 다련.

다 련   이 꽃을 여지껏 간직하고 있었어요?

연 화   평생을 소중히 간직하겠다고 약속했잖아요. 혹여나 당신이 이 꽃을 알아보는 날이 있을까하여. 무덤 위에 꽂아두었죠. 꽃을 바라보며 여러 생각을 했어요. 당신이 왜 이 꽃을 주었는지. 하필 우연히 이뻐 보였던 꽃이 왜 이 꽃이었는지 말이에요. 상사화, 꽃이 필 때 잎은 없고 잎이 자랄 때 꽃이 피지 않아 서로 볼 수 없다고. 그게 우리의 모습인가 하여. 수백 년간 우리는 결코 만날 수 없는 운명이라고 생각했어요. 이 꽃은 나에게 더 이상 기다리지 말라고 이야기하고 있다고. 그런데 이렇게라도 당신을 다시 만나게 되어 나는 나는 정말 행복합니다.

다 련   나를 놓지 못했군요.

연 화   이젠 아니에요.

　　어느 정도 마음의 정리가 된 연화.
　　다련, 연화 손을 잡고, 포옹한다.
　　하늘에서 새하얀 빛이 내려와 다련과 연화를 비춘다.

세 연   (의아한) 어, 뭐지 뭐에요.

박상궁   사라질 때가 된 것이지요.

세 연 네?

박상궁 떠날 때가 되었다 이 말입니다.

대 연 다련… 다련.

박상궁 (대연을 보며) 이제 이 산에 시간이 멈출 일은 없겠군요.

세 연 시간이 멈추다니요?

박상궁 모든 것이 제자리를 찾았으니. 대연이라 대연. 인연이란 참 재밌구나. 끊어내려 해도 끊어낼 수 없는 인연의 힘이란.

향 아 (이제 알았다는 듯) 그렇다면 인연의 끈이라는 것이.

봉 두 향아야. 쉿.

연 화 난 단 하루만이라도 당신이 나를 기억하는 날이 올 수 있을까를 고대했어요. 그런데 오늘이 그 날이군요.

다 련 내 기억이 또 지워지게 되면 어떡하죠.

연 화 괜찮아요. 설령 당신이 다시 기억이 지워지더라도 난 이제 나의 마음을, 나의 지난 아픔을 모두 지워내고… 이젠, 이젠 괜찮아요.

다 련 이제 이 곳 구천을 떠도는 것을 그만두고 나와 함께 가시지요.

연 화 다음 생에 우리가 또 만날 수 있을까요.

다 련 다음 생.

연 화 다음 생에 우리가 스쳐 지나가더라도 우리는 기억할 수 있을까요? 그땐 모든 것을 잊었을까요? 그때도 기억하지 못한다면…

다 련 (자르며) 아닙니다. 그때는 내가 기억하겠어요. 내가 잊지 않고 꼭 기억하리다.

　　다련, 연화 하늘에서 내리는 빛을 바라본다.
　　하늘로 올라가는 다련과 연화.

7

불이 아주 천천히 밝는다. 이말산 묘역길이 보이고, 햇빛이 쨍하다.
귀신들은 원래 존재하지 않았다는 듯 공간이 헛헛하다.
세연과 대연, 멀찍이 떨어져있는 무덤 두 개를 번갈아 쳐다본다.
대연, 쓰러진 묘비를 바로 세운다.

대 연   (큰 한숨) 요 며칠간 내가 무슨 일을 겪은 건지 참.
세 연   … 기억 말이야.
대 연   응?
세 연   다시 잃었을까?
대 연   글쎄.
세 연   잘 떠났겠지?
대 연   아마. 이젠 이 곳에서 일어나는 알 수 없는 사고들도 이젠 일어나
　　　　지 않겠지.
세 연   근데 궁금한 게, 왜 이 일에 그렇게 집착이야? 오빠 소집해제도
　　　　며칠 안 남았잖아? 구청에 잘 짱 박혀 있다가 나오면 되겠드만.
대 연   다 이유가 있어. 으린이들은 모르는 어른들의 일이.
세 연   나이만 먹으면 어른인 줄 알지. 연애도 한번도 못해 본 게 뭔 어
　　　　른?
대 연   뭐?
세 연   아니 근데 아까부터 그 꽃은 왜 들고 있는 거야?
대 연   꽃?

　　　　대연의 손에 상사화가 들려있다.

대 연   이게 왜 나한테 있지?

세 연　나야 모르지. 그나저나 오빠 연애 안하냐? 아니 귀신들도 연애
　　　하는 판국에… 이거 정말 안타까운 사연은 여기 있는 거 아니
　　　야?

　　　한참, 멍하니 생각하는 대연.

대 연　갈 데가 있어.
세 연　뭐?
대 연　해결해야 될 게 있어.
세 연　또? 무슨 귀신한테 빚졌냐? 돌아가면서 귀신 원한 해결해주게?
대 연　(웃으며) 가장 안타까운 사연을 해결하러 가셔야겠다.
세 연　배고파. 밥이나 먹고 가! 아니지, 내가 또 도와줄까? 밥 사주면 또
　　　해주지롱.
대 연　쓸데없는 소리 하지 말고. (시계 보다 놀라는) 야 이씨 벌써 6시잖아!

　　　대연, 허겁지겁 내려간다.

대 연　나 가야돼 - !
세 연　오빠 - !

　　　대연, 산을 내려 허겁지겁 뛰어 현아가 있는 곳으로 향한다.
　　　구청에서 일을 하고 있던 현아, 대연을 보고 깜짝 놀란다.

대 연　(헉헉대는) 아직, 아직 퇴근 안했네요.
현 아　넌 또 어디 쏘다니는 거야. 내가 과장님한테 둘러대느라 얼마나
　　　고생한 줄 알아?
대 연　저도 누나 때문에 고생 많이 했어요.
현 아　… 너 내가 누나라고 하지 말랬지. 이거 구청을 무슨 생각으로 나
　　　오는 거야? 야 됐고 얼른 보고하고 들어가라. 으이그 아무튼.

현아, 퇴장하려는데.

대 연 누나!

현 아 아이 씨. (사이) 왜 또.

대 연 저번에 미안해요.

현 아 뭘.

대 연 감자농사 따라가겠다고 한 거.

현 아 … 술 먹으면 그럴 수도 있지 뭘.

대 연 진짜예요 그거.

현 아 뭐?

대 연 누나가 감자 농사지으러 간다고 하면 갈 수 있고, 과수원 들어가서 사과 딴다고 하면 같이 가서 딸 수 있어요.

현 아 너 또…

대 연 (자르며) 소집해제 돼도 누나가 여기 있으면 맨날 나올 수 있어요.

대연, 상사화를 내민다.

현 아 웬 꽃을.

대 연 그냥 스쳐 지나가지 않을 거예요. 이젠 내가 기억할게요.

현 아 무슨 소리야. 너 내가 올해 몇 살인지 알고 하는 소리니?

대 연 누나 저도 나이 먹을 만큼 먹었어요.

현 아 전역도 못한 게 뭘. 빨리 들어가. 나도 일해야 돼. 쓸데없는 소리 하고 있어.

대 연 대답 안 해줄 거예요?

현 아 안 돼.

대 연 예?

현 아 안 된다고. 난 원래 어린이는 안 만나는 주의라.

대 연 누나 - !

현아, 퇴장한다.

대연, 절망적인 표정으로 서 있는데, 다시 등장하는 현아.

현 아 … 남자는 군대 갔다 와야 어른인 거 알지? 소집해제 며칠 남았다
고 했더라?

다시 퇴장하는 현아.

웃음 올라오는 대연, 현아를 쫓아간다.

막.

세렝게티의 가젤이
사자를 낳았을 때

이민구

등장인물

희주
철진
소은
승준
남편
호구
형사1
형사2
형사3
공무원

1

동사무소. 희주가 넥타이를 맨다. 잘 되지 않는다. TV 소리가 나온다.

TV   여기는 세렝게티입니다. 가젤이 한 마리 보이는군요. 한가로이 풀을 뜯습니다. 안타깝게도 가젤은 한가롭다는 단어가 자신에게 허용되지 않았다는 것을 모르는 눈치입니다. 여기는 세렝게티인데 말이죠. 말이 끝나기가 무섭게 저기 사자가 보이네요! 사자는 가젤에게 숨을 맞춥니다. 내쉬고, 들이쉬고. 사자는 순식간에 송곳니를 성공적으로 가젤의 모가지에 들이 박습니다. 가젤은 여전히 풀을 뜯는 줄 알고 있습니다. 저기 축 늘어진 모가지가 입을 들썩이는 모습을 보세요. 영락없이 풀을 씹는 모습입니다. 편안해 보이네요. 이게 생태계입니다.

희주   너무하지 않아요?

공무원   끌까요?

TV 꺼지는 소리가 들린다. 공무원이 등장한다. 심드렁하다.

희주   가젤이 꼭 죽어야 할까요?

공무원   그럼 사자가 죽어요?

희주   그러면 어때요.

공무원   가젤이 어떻게 사자를 죽여요.

희주   뿔이 있잖아요.

공무원   자연이 그래요. 원래 그렇다고요.

희주   생태계죠?

공무원   전 잘 모르겠네요.

희주   사자가 좋으신가 보네요.

공무원 가젤보다야.

희주 전 가젤인데.

공무원 사망진단서 나왔습니다. 성함이.

희주 소은이요. 소은. 소은이 사망 케헥, 케헥.

　　　희주가 사레가 들린 듯 기침을 심하게 한다. 공무원 그 모습도 심드렁하게
　　　본다.

공무원 가젤은 죽으려고 태어났어요.

　　　암전.

2

희주네 집.
가정집이다. 벽지가 사바나처럼 열대 초원으로 되어 있다.
주변에는 사자, 가젤, 얼룩말 등 열대초원의 동물 인형들이 있다.

소은이 힘없이 늘어져 있다. 철진은 소은에게서 등을 돌리고 있다.

소은 멀었어요?

철진 곧 도착하실 거예요. 좀 괜찮으세요?

철진은 소은을 보지 않는다.

소은 기분 나빠.

철진 죄송합니다. 제가 비위가 약해서.

소은 더 기분 나빠.

철진 죄송합니다. 제가 적응을.

소은 얼마나 걸려요.

철진 제가 원래 적응을 빨리 하는 편인데.

소은 아니요. 가면 안 돼요?

철진 이게 복잡한 일이라.

소은 저 살았잖아요.

철진 저희도 처음 있는 일이라, 여기 가만히 있으면 안전하시니까.

소은 아무것도 못하게 하니까 무섭잖아요.

철진이 가젤 인형을 소은에게 가져다준다. 여전히 소은을 보지 않는다.

철진	이런 거 안고 있으면 좀 진정이 된대요.
소은	제가 나이가 있는데.
철진	26살.
소은	스토커예요?
철진	피해자 신상정보는 당연히 형사로서.
소은	사자가 좋아요.
철진	네?
소은	풀밖에 더 뜯어요? 난 고기가 좋던데.

철진이 사자인형을 가져다준다.

소은	자, 친구 생겼다.

철진 웃는다.

소은	왜요?
철진	걔들이 어떻게 친구예요.
소은	같은 곳 살고 마주치고 그럼 친구 아니에요?
철진	종이 다르잖아요.
소은	진짜 상상력 빈곤하다.
철진	세상이 어디 상상 같이 흘러가나요.
소은	친구 좀 하면 안 되나. 이렇게 모가지를 물면 픽. 가젤이 불쌍하잖아요.
철진	사자 좋아하신다고.
소은	사자랑 가젤 하라면 누가 가젤 하겠어요. 당연히 사자 하죠. 그래도 불쌍한 건 불쌍한 거죠. 안 그래요?
철진	생태계죠.
소은	냉혈한.
철진	불쌍하고 말 게 있나요. 말도 안 통하는데.

소은	그런 말이 아니라. 그냥 불쌍하지 않느냐는 거죠.
철진	가젤이 되지 말아야죠.
소은	걔들이 되고 싶어서 되나. 그냥 그렇게 태어난 거지.
철진	소은 씨는 그럼 사자 하세요. 사자. 제가 가젤 할게요.
소은	사자가 이렇게 갇혀서 아무 데도 못 나가요?
철진	잠깐 동물원에 요양 왔다고 생각하세요. 밥도 주고 약도 주고 편하게.
소은	그게 요양인가, 감옥이지.

도어락 소리가 들리고 희주가 들어온다.

철진	오셨습니까.
희주	좀 진정했어?
철진	울고불고 난리 치다가 이제 좀. 기가 빠질 만하죠.
희주	인형.
철진	너무 불안해 하셔서. 저기 그게.
희주	내 꺼겠냐.
철진	다시 돌려놓겠습니다.
희주	됐어. 아무도 안 쓰는 거 그렇게라도 써야지.
철진	죄송합니다.
희주	박소은씨.
소은	네.
희주	여기 보세요. 사망진단서. 외상에 의한 뇌진탕으로 사망. 의사가 직접 다 본 거예요. 머리 안 아파요?
소은	깨어났을 때 빼곤.
희주	이제 믿겠어요?
소은	제가 그럼 시체예요?
희주	얘랑 나 빼곤 세상이 전부 그렇게 알고 있어요.

희주가 소은을 쳐다보지 못하는 철진을 본다.

희주   나 빼곤 세상이 전부 그렇게 생각하네요.

소은   집에 보내주면 안 돼요? 제가 잘못했어요.

철진   아니, 소은씨 피해자예요. 뭘 잘못해요.

소은   무서워요.

철진   또 울면 지쳐요. 그만 울어요.

희주   범인 잡혔고.

소은   승준이 범인 아니에요!

희주   그럼 누가 당신을 죽였어!

철진   선배, 여긴 범인이 아니라 피해자인데. 우리 무서운 사람들 아니에요.

사이.
소은이 일어난다.

철진   지금 가시는 건 곤란해요.

소은   화장실 좀 갈게요.

소은 퇴장.

희주   미치겠네.

철진   그냥 보내주면 안 됩니까?

희주   다 끝난 얘기 아니야?

철진   그냥 살아났다고 하면.

희주   누가 믿어. 덤탱이 우리가 다 덮어 쓰는 거야. 살아 있는 사람을 관 짝에 넣은 짭새 되는 거야.

철진   그래도.

희주   이거 납치야. 경찰이 피해자 납치.

철진 그거야 당황해서.

희주 근데 시체가 살아나서 범인이 자기를 안 죽였대. 씨발. 우리 같은 배 탔어.

철진 처다보질 못하겠어요. 좀비랑 같이 있는 기분이라고요.

희주 냉정하게 생각하자. 나만 절박해? 나 감봉 끝내고 너도 진급해야지. 서른넷에 경찰 돼서 언제까지 치일래? 평생 서에서 개무시 받고 살래? 성공 한 번 해봐야지. 이 성공 별로 크지도 않아. 죄책감 느낄 필요도 없어. 남들 당연히 가져가는 거 우리도 가져가보자는 거야.

철진 그럼 이제 어떡해요.

희주 앞만 보고 달려. 병신 같이 굴면 진짜 병신 되는 거야. 범인 따로 있다잖아. 찾아서 검거하고 피해자 신변 보호였다 뭐다 하면 깔끔해.

철진 전 뭘 할까요?

희주 쟤나 잘 보고 있어. 아무도 모르게. 난 승준이 다시 조져봐야지.

철진 이번엔 때리시면 안 됩니다.

희주 때려봤자 감봉이지.

철진 선배.

희주 간다.

　　희주 퇴장. 도어락 소리가 들리자 소은이 다시 들어온다.

소은 가셨어요?

철진 (황급히 고개를 돌리며) 네.

소은 저 형사님, 좀 무서워요.

철진 불쌍한 양반이에요.

소은 안 그래 보이는데.

철진 세상 불행이 다 찾아가나 봐요.

　　암전.

3

취조실. 책상을 사이에 두고 희주와 승준이 앉아 있다.

희주   대가리 너무 굴렸다.

승준   안 보여요? 납작한 거? 밀어도 안 굴러요.

희주   실수였다?

승준   몇 번을 말해요.

희주   들어야 말인 거야. 네 말 아무도 안 들어.

승준   그러니까 형사님은 들어주세요.

희주   대가리는 너만 굴리니? 사실 여자친구였어요. 엄청 신선하지? 이
        런 말이 어떻게 내 입에서 나왔나 싶어? 다 똑같이 말하더라, 스
        토커들은.

승준   스토커 아니에요!

희주   (승준의 머리를 때리며) 소리는 너만 질러! 어디라고 데시벨을 높여.

승준   제 여자친구 맞아요.

희주   네가 안 죽였어?

승준   죽인 게 아니라 실수라니까요.

희주   죽이긴 죽였다.

승준   그 말이 아니잖아요!

희주   여기선 지가 죽었다고 하고 저기선 아니라고 하고, 돌겠네.

승준   누가 그래요?

희주   있어.

승준   형사님. 제가 빵에 들어갔을 때부터 기다려준 친구예요. 영치금
        넣어주고 편지 써주고 그래도 기다려줬다고요. 한 번은 눈이 펑펑
        오는데, 교도소에서 자봤어요? 눈 오면 존나게 추워요. 씻기를 씻
        나 방을 뎁혀주나. 근데 난 그 벽이라도 있지. 소은이는 내 면회

온다고 터미널에서 밤새고 옵디다. 괜찮아, 요새 터미널은 따뜻해. 편의점에서 잠깐 잤어. 걔가 나 때문에 밖에서 감옥살이 한 앱니다. 내가 그래서 교도소에서도 사고 한 번 안쳤어요. 근데 내가 어떻게 소은이를 죽여요!

희주   지랄. 사랑? 나도 다 해봤어. 근데 그거 세상에 없더라. 세상엔 사랑보다 그런 게 있어. 가난, 편견, 계급 그런 거. 걔도 몰랐던 거지. 사랑이 없는 줄. 너 나올 때까지 그 짓거리 하다보니까 이게 깨달은 거야. 이야, 이거 못 할 짓이구나. 그러니까 헤어지자고 한 거고 넌 도저히 그 사실을 받아들이지 못한 거고.

승준   형사님이 뭘 알아요?

희주   너 뭐 숨기고 있지.

승준   (당황하며) 뭘 숨겨요.

희주   공범? 아니지, 진범?

승준   (짜증내며) 뭔 개소리에요.

희주   왜 이리 믿음이 안 갈까. 그렇게 사랑하던 여자친구를 실수로 죽음에 이르게 했다. 근데 그 여자친구 SNS에는 네가 스토킹 한다고 엄청 써놨던데. 무서워 죽겠다고. 뭔가 중간에 스토리가 빠져 있지 않니?

승준   빠지긴 뭐가 빠져요.

희주   그럼 네가 죽였어?

승준   실수라니까요!

희주   이거 봐, 지가 하긴 했네. 중간이 없잖아. 왜 스토커가 됐는지, 지가 왜 스토커가 아닌지. 왜 실수를 했는지.

승준   형사님은 아무 것도 몰라요.

희주   내가 뭘 몰라?

승준   사랑하는 사람이 죽는 걸 본 적 있어요? 나 때문에 죽는 걸 아냐고요! 형사님이 소은이에 대해 뭘 알아요!

희주   모르지! 죽었으니까!

승준   내가 죽인 게 아니라고!

희주가 승준을 때린다. 머리를 때리는 것부터 시작해 점점 강도가 강해진다.

희주 내가 뭘 몰라! 뭘 몰라! 그래 네가 죽였어, 소은이! 씨발! 가난하고 당장 내일도 안 보이니까! 그래, 걔도 뭐 너 같은 거 기다린 거 보니 도긴개긴이지. 방법이 없었잖아, 너한텐! 둘 다 죽을 순 없잖아! 어쩔 수 없었다고 해! 어쩔 수 없었잖아!

희주의 폭력에 승준은 쪼그라든다.
취조실 전등이 깜빡이 듯 조명이 깜빡이다 완전히 암전.
형광등처럼 조명이 다시 들어오자 희주가 승준처럼 쪼그리고 앉았다.
반대편에 호구가 있다.

호구 내가 잘 이해가 안 되는 건가, 그 쪽이 대가리가 안 굴러가는 건가?
희주 사건이 그렇게 간단하게 흘러가는 게 아니라서.
호구 형사님. 세상은 자연스럽게 흘러가지 않으면 물이 넘치고 쓰나미가 생겨요. 그게 사고가 생겼다고 하는 겁니다. 세상이 그래요.
희주 지금 조사를 하고.
호구 무슨 조사가 더 필요해! 그 새끼 SNS랑 전과랑 내가 다 알려줬잖아! 소은이가 매일 무섭다고 적었던 거, 그 새끼가 협박한 문자, 전과까지 전부 다! 너네 그냥 가만히 앉아서 콩고물만 먹어도 되잖아. 그거 하라는데 왜 그걸 못 해!
희주 그게 절차가.
호구 절차 씨발, 절차, 그 절차 지금 내가 만들고 있잖아. 뭔 개소리야. 이거 기자들이 진치고 기다리는 게 누구 때문이라고 생각해? 전 여자친구를 참혹하게 살해한 스토커 그 새끼? 아니면 그 새끼를 2일 만에 완벽 검거하고 포상을 받은 우리 형사님? 아니야. 나 때문이야! 내가 그 새끼를 조지고 싶어서 판을 벌리고 그 잘난 절차를 만들었다고!

희주　죄송합니다.

호구　있잖아요, 소은이는 엄청 살고 싶어 했어요. 몸이 약해서 어디 부딪히기만 해도 멍이 시퍼렇게 들어서 우는 애가 엄청 살고 싶어 했어요. 그래서 내가 뭐 하나 해주면 얼마나 좋아했다고. 근데 걔가 죽었잖아. 그렇게 악바리 같던 애가. 형사님. 인생 다 포기했어요?

희주　살아야죠. 살 겁니다. 뭐든 해서.

　사이.

호구　이름에 팔자 있긴 한가 봐. 우리 소은이도 이렇게 가버리고. 형사님도 알 거 아니야. 사랑이란 거. 가슴이 얼마나 찢어지는지. 그 새끼를 얼마나 찢어 죽이고 싶은지. 이게 다 사랑이야. 그치?

희주　사랑이요.

호구　형사님 사랑도 대단했잖아. 나도 그 정성에 감복해서 그렇게 도와드렸잖아. 그러니까 내 정성 보고 감복해 봐요. 그쪽 소은이만큼 아니지, 그래 그거 반만이라도 좀 도와줘 봐. 이게 잘 되면 도대체 형사님 나쁠 게 뭐야?

희주　열심히 하겠습니다.

호구　열심히 해요. 좀. 많이 바뀌었어요, 우리 관계도. 저번 달 이자가 밀렸던데 더는 곤란해요. 이게 몇 번째예요, 공무원이란 양반이. 약속도 못 지키고. 남편도 거 멀리 갔더만. 살아야 할 것 아니요.

　호구 퇴장. 희주 머리를 책상에 박는다.

희주　살아야지.

　암전.

희주네 집.
소은이 사자인형을 껴안고 있다.
철진이 무선 청소기로 청소를 하고 있다.

소은 능숙하시네요.

철진 혼자 사니까요.

소은 남자친구는 아무리 시켜도 답답하던데.

철진 시키니까 그렇죠. 전 제가 안 하면 아무도 안 하니까 잘 해야 돼요.

소은 둘이 사는 집이 코딱지만 한데 그걸 못해요. 답답스러워서. 고향
이 어디에요?

철진 시골이에요. 뻔한 스토리. 집이 가난했고 집이 너무 싫어서 대학
이라도 가야겠다.

소은 공부 잘 했나 봐요?

철진 필요한 정도만. 항상 그랬어요. 잘한 적 없이.

소은 그게 잘 한 거지. 전 공부 못 했어요.

철진 그게 어때서요. 저보다 잘하는 사람 엄청 많아요.

소은 못하는 사람이 더 많겠죠. 형사잖아요.

철진 형사 아니에요. 그냥 경찰.

소은 공무원이네. 부모님이 자랑스러워하시겠네.

철진 서른넷에 됐어요. 다 빚이에요.

소은 됐으면 장땡 아닌가.

철진 별명이 5분만이었어요. 집이 먼데 버스비가 아까워서 그냥 걸어
다녔거든요. 부모님 출근하시는 시간에 맞춰서 같이 밥 먹고 나오
면 딱 5분씩 늦었어요. 뛰면 안 늦는데 맨날 뛰어지나요. 그냥 지
각도 많이 했죠. 선생님이 맨날 때리면서 5분만, 5분만. 내 인생

이 그랬어요. 많이 늦진 않는데 딱 5분씩 늦어요.

소은   5분이면 뭐.

철진   5분이 엄청 커요. 교무실 가서 욕먹고 맞고 뭐 하다 들어오면 수업 진도가 저만치 나가 있고. 엉덩이는 매일 아프지. 뒤쳐져서 앞에 놈들이 안 보이는 경우는 없어요. 근데 항상 저 앞에 뒤통수만 보는 것도 참.

소은   양반이네요. 난 지각이 뭐야. 교실에 들어가질 못 했어요.

철진   거짓말 하지 마세요. 대학교도 좋은 데 나오신 거 다 알아요.

소은   아저씨가 어떻게 알아요?

철진   경찰이 모르는 건 없습니다.

소은   나 경찰한테 꼭 물어보고 싶은 게 있었는데.

철진   물어보세요.

소은   나쁜 짓 한 사람들을 어떻게 생각해요?

철진   사람마다 다르겠죠.

소은   아저씨는요? 죄는 미워하되 사람은 미워하지 말라. 이런 말도 있잖아요.

철진   그거 다 개소리에요. 세상엔 질서가 있어요. 그러니까 사자랑 가젤처럼. 사자는 가젤을 먹고 가젤은 풀을 먹고. 근데 범죄라는 건 그 질서에서 삐져나온 거예요. 예를 들어 가젤이 어느 날 너무 똑똑해져서 뿔로 사자를 죽이는 법을 알게 됐다고 칩시다. 그래서 가젤이 사자란 사자를 전부 죽이고 다녔어요. 그럼 어떻게 되겠어요?

소은   생태계가 망가지겠죠.

철진   범죄자는 그런 놈들이에요. 세상의 질서를 어지럽히는 놈들. 뭐 상황이 있고, 뭐가 있다, 전부 이해해주면 평생 죄 안 짓고 사는 대부분은 억울해서 어째요.

소은   가젤은 사자한테 죽는 거.

철진   우린 그냥 원래 있던 대로 세상이 굴러가게 하는 것뿐이에요. 원래 자리에서. 그놈들은 남들 다 사는 세상에서 남들처럼 못 사는 놈들이에요. 종이 달라요. 쓰레기들. 말이 안 통하는 놈들이에요.

소은　종이 다른.

　소은이 어두운 표정이다.
　사이.

철진　머리 좋은 사람이 머리카락이 진짜 많이 빠진다더니, 고양이 같아
　　　요. 청소기 없으면 어떻게 청소하나 몰라.

소은　그런 말이 있어요?

철진　방금 제가 했잖아요.

소은　엉터리. 수사도 그렇게 하는 거 아니죠?

철진　5분 늦게 시작해도 50분 더 남아서 합니다. 절대 실수 안 해요.

소은　나도 그거 사고 싶었어요.

철진　다이슨이요?

소은　그건 비싸고 차이슨이요.

철진　중국제 짝퉁?

소은　제 인생은 짝퉁이에요. 진퉁은 비싸서 쓸 수가 있나. 짝퉁도 요샌
　　　좋아요. 진짜보다 진짜 같아요. 굳이 진짜라고 5배나 주고 사서
　　　쓸 필요 있나. 차이슨이 다이슨보다 가벼워서 손목도 덜 아프대
　　　요. 다이슨은 안 되는 배터리 분리도 돼서 얼마나 좋은데요. 모르
　　　는 사람은 차이를 못 느낀대요.

철진　그거나 살까.

소은　없으면 차이슨으로 사세요. 괜히 다이슨 사서 몇십 만원씩 버리지
　　　말고.

철진　써봤어요?

소은　써봐야 아나요. 요새는 인터넷에 다 나와 있어요. 이건 어떻고 저
　　　건 어떻더라. 짝퉁이라고 괜히 주눅들 필요 없다니까요. 제가 나
　　　이키 짝퉁도 한 번 사봤는데 아무도 몰라요. 신어봤더니.

철진　써볼래요?

소은   그래도 돼요?

철진   청소 해주면 좋죠.

소은   써보고 싶었어요. 아무것도 못하게 하니까.

　　　철진이 청소기를 소은에게 건넨다. 처음으로 둘의 눈이 마주친다.

소은   이제 토 안 해요?

철진   제가 적응이 빠르다고 했잖아요.

　　　소은이 청소기를 건네받고 청소기를 돌린다.

소은   와! 가볍다!

철진   그렇죠?

소은   이거 다이슨이에요?

철진   몰라요. 다이슨 써본 적도 없어서.

소은   저도.

철진   사람 사는 게 다 그렇죠.

소은   비슷하죠. 언제쯤 집에 갈 수 있을까요?

철진   걱정 마세요. 다 잘 될 거예요.

　　　소은이 청소를 한다.
　　　사이.
　　　도어락 소리가 들린다.
　　　소은이 청소기를 다시 철진에게 주고 인형을 안고 앉는다.
　　　희주가 들어온다.

철진   청소 좀 하고 있었습니다.

희주   나도 안 하는 걸 네가 왜 해.

철진   일단 남에 집에 얹혀 있으니까.

사이.

철진   청소기 좋더라고요.
희주   짝퉁이야. 뭐 중국 거라던데.
소은   차이슨이요?
희주   네, 뭐. 남편이 사다놨어요. 싸다고.
철진   짝퉁이면 어때요. 힘도 세고 가볍고.
희주   진퉁만 하겠냐. 써보면 다르겠지.
소은   저도 잠깐 써봤는데 좋더라고요. 그거.
희주   안 써봐서 그래요. 돈 차이가 얼만데. 돈은 거짓말 안 합니다.

도어락 소리가 들린다.

소은   누가 또 와요?
철진   누구 부르셨어요?
희주   (다급하게) 아이씨, 숨어.
철진   네?
희주   일단 숨어!
소은   우리가 왜 숨어요.
철진   일단 자리를 피하죠.
희주   저기 화장실에 들어가 있어봐.

철진이 소은을 데리고 화장실에 숨는다. 남편이 등장한다.

희주   당신 온다는 말도 없이.
남편   잠깐 들렀어. 병원비 체납 때문에.
희주   전화라도 하지. 뭐라도 준비해 놓을걸.
남편   아니야, 당신 바쁜데. 번거롭잖아.
희주   그래도. 우리 나가서 밥이라도 먹을까?

남편　먹고 왔어.

　　　사이.

남편　당신이 소은이 방에 어쩐 일이야? 얼씬도 안 하더니.
희주　(다급하게 청소기를 들며) 청소 좀 하려고. 너무 오래 비웠더니.
남편　별일이네. 청소를 다하고.
희주　혼자잖아. 살아야지. 나도. 조선소는 어때? 할만 해?
남편　할만 해서 하나. 돈 때문에 하지.
희주　넥타이는? 하고 다녀?
남편　거기서 넥타이 할 일이 뭐가 있어.
희주　소은이가 골랐잖아. 당신 넥타이 할 때가 제일 멋있댔어.
남편　볼 일이 없어서 그렇지. 여기 있어.
희주　그래도 틈날 때마다 해. 여기 생각도 하고 거기 완전히 섞이면 감
　　　잃어.
남편　거기 넥타이 할 일 없는 사람뿐이야. 괜히 했다가 왕따나 당해. 사
　　　기 당하고 도박하고 전부 빚더미에. 배를 사람이 아니라 빚이 만
　　　드는 것…
희주　당신이 고생이야. 괜히 내가 감봉이나 당하고.
남편　인형이 왜 저기 있어?
희주　(당황하며) 정리 좀 하려고. 오랜만에 들어오니까 어지럽고 정돈이.
남편　당신 정말 너무한다.

　　　사이.

희주　뭐?
남편　우리 소은이 당신 딸 아니야?
희주　무슨 소리야.
남편　아직 1년도 안 됐어. 라면 끓이려고 가스불만 켜도 화장터 냄새가

생각나서 미쳐버리겠어! 자식 보낸 부모 심정이 개 같더라. 배 만
든다고 좁쌀만 한 통로를 기면서도 힘들면 소은이 사진을 봐. 그
걸 보면 힘이 안 나. 근데 그걸 봐야 움직이겠어.

희주　아니, 나는.

남편　힘들어. 뭐가 힘든지 모르겠는데 그냥 전부! 빚 때문인지, 소은이
　　　가 없어서인지, 일이 힘든 거지! 나만 그래? 나만 죽고 싶은 거냐
　　　고!

희주　죽긴 왜 죽어. 살아야지.

남편　당신 정말 독하다.

희주　독해? 살려고 발버둥치는 게 뭐가 독해! 우리가 죽는다고 소은이
　　　가 돌아와? 소은이 살릴 수 있었으면 백번도 더 죽었어!

남편　당신은 살만하지? 빌빌대던 사채업자한테 당신이 빌빌거리고. 그
　　　빚 이자 때문에 숨이 막혀. 근데 사람이나 쥐패다가 감봉 당하고.

희주　다 내 탓이야? 그거 끌어올 때 당신도 알았잖아. 다 소은이 살리
　　　자고 한 짓이잖아!

남편　경찰이 사채를 쓸 줄 내가 어떻게 알아!

희주　당신은 뭐 했어. 그 빌어먹을 그림, 이 그림!

　　　희주가 인형을 사바나 초원이 그려진 벽에 던진다.

희주　내가 자동차 기름 넣을 때도 이 물감 생각이 나서 이가 갈려. 당신
　　　소은이 아파서 병원에 입원했을 때, 돈 한 푼, 약봉지 하나 사다줘
　　　봤어? 당신 돈으로 소은이 밥 한 끼 먹여봤냐고!

남편　(넥타이를 집어 던지며) 그래서 지금 벌잖아!

희주　지금 와서 하면 뭐하냐고 병신새끼야! 소은이가 없는데. 다 끝났
　　　는데.

　　　오랜 사이.

희주	다 끝났잖아. 살아야지. 살아야 할 거 아니야.

사이.

희주	다들 날 불쌍하게 쳐다봐. 그럼 웃지도 못해. 미친 줄 알아. 울지도 못해. 병신처럼 보이거든. 병신은 다 밟고 싶어 하잖아. 난 살아야 되는데. 그냥 불쌍한 사람이 최선이야. 그냥 그렇게 있어야 돼. 그렇게 보는 순간 그렇게 돼버려. 지긋지긋하게 불쌍한 년이 됐어.
남편	좀 쉬어.
희주	그럼 빚은 누가 갚아. 당신은 행복했어?
남편	지금?
희주	아니.
남편	기억 나? 갤러리 텅 비었을 때. 아무도 없어서 거기서 자도 되겠더라. 당신이 싸준 샌드위치 먹는데 소은이가 내 그림을 보는 거야. 한참을 보더니 너무 재밌다는 거야. 그게 아직도 기억난다. 이 방 그릴 때도 소은이가 얼마나 웃었는데. 나 그림 그리는 거 너무 괴로웠거든. 힘들고. 소은이 때문에 너무 행복했어.
희주	부럽네.
남편	당신도 행복했잖아.
희주	모르겠어.
남편	우리 행복했잖아. 셋이 좋았잖아. 캠핑도 가고… 당신도 나 사랑했잖아. 소은이도 사랑했잖아.
희주	사랑했지, 당신도 소은이도. 근데.
남편	왜 그래.
희주	당신은 진짜 다 좋았어?
남편	뭐가?
희주	정말 숨 쉬는 모든 순간이 행복했어?
남편	왜 그래, 또.

희주 나는 소은이가 밥 빨리 먹는 것도 싫었어. 난 평생 그렇게 먹어본 적이 없다. 근데 내 배에서 나온 게 저래.

남편 희주야.

희주 영악하잖아. 내가 소시지 하나 더 먹을까봐 밥밑에 소시지를 감추더라. 그걸 보는데 마음이 어떤 줄 알아? 죄책감이야! 죄책감! 내가 쟤를 사랑하지 않나? 그랬다고!

남편 약은 먹었어?

희주 내 말 좀 들어봐! 왜 내 말을 안 들어!

남편 약 먹자. 먹고 얘기하자.

희주 저거 입 닫는 약이잖아. 오빠도 알잖아!

남편 너 지금 정상 아니야.

희주 정상이 너무 힘들어.

남편 괜히 왔다. 너까지 이러면 나 차라리 죽고 싶어.

희주 여보.

남편 약 꼭 챙겨 먹어. 진짜 병이야. 너까지 잃고 싶지 않아.

　　　　남편 퇴장.

희주 그래야지. 안 죽어.

　　　　희주가 남편이 던지고 간 넥타이를 줍는다. 희주 퇴장. 소은과 철진이 등장한다.

소은 보기 싫은 걸 봤네요.

철진 화장실 문은 왜 이렇게 얇은 거야.

　　　　암전.

5. 사무실

책상들이 있는 경찰 사무실이다.
카드결제형 음료수 자판기가 있다.
희주가 지갑에서 카드를 꺼내 음료수를 사려한다. 금액 부족으로 결제가 거부된다.

희주 하아. 다 쓸어 갔냐.

희주가 주변을 두리번거리다 저금통을 든다.
저금통엔 불우이웃돕기 문구가 쓰여 있다.
거꾸로 들고 동전을 꺼내려 한다. 한참을 그러는데 형사1,2가 등장한다.

형사1 이야, 사람을 하도 패서 깡패가 된 줄 알았더니, 감봉 돼서 도둑놈이 되었네?

희주 황급히 저금통을 내려놓는다.

형사2 야, 네 선배다.
형사1 뭐 보이는 것만 말했는데요.
형사2 새끼!

희주가 책상에 가서 앉는다.

형사1 누군 좋겠네. 똥꼬 빠지게 안 뛰고 건수 하나 물어서 승진 팍팍 해 버리고. 똥개도 족보가 따로 있나.
형사2 적당히 해라.

형사1   말이라도 안 하면 배가 아파서 죽겠는데 어떡합니까.

형사2   가서 똥이나 싸고 와.

형사1   씨팔, 그래야겠네! 이러니까 아무도 형사 안 하지.

    형사1 퇴장.

형사2   온 지 얼마 안 됐잖아. 아무것도 몰라서 저래.

희주   괜찮아.

형사2   요새 진짜 괜찮아?

희주   늘 똑같지.

형사2   그럼 안 좋은 거잖아. 아니지?

희주   하고 싶은 말이 뭐야?

형사2   아니, 요새 네 실력 모르는 새끼들이 자꾸 이상한 소리하고 다니잖아.

희주   이상한 소리?

형사2   너네 그 참고인 있지. 돈 놀이 하는 새끼. 그 새끼가 너한테 증거를 다 줬네, 기자를 불렀네 난리야. 저 위까지 먹여놔서 포상까지 두둑하다고.

희주   그걸 믿어?

형사2   맨날 불려 와서 굽실거리던 놈이 참고인이니 뭐니 해서 고개 빳빳이 들고 다니니까 다들 배알이 뒤틀렸지. 하여간 쓸데없는 소리만 떠들고 말이야. 아니지?

희주   말이 되는 소리를 해.

형사2   새끼들 헛소리 못하게 해야지. 이번 건만 잘 풀리면 숨 좀 트이겠네.

희주   그래야지.

형사2   감봉이 말이 되냐. 사람 같지도 않은 새끼들 좀 팼다고. 저 위에 양반들은 아무 것도 몰라. 사람 죽이는 놈들이 사람인가. 너는 다 끝난 사건을 왜 그렇게 질질 끌어.

희주	좀 찜찜해.
형사2	빨리 넘기고 포상이나 받지. 뭐가 찜찜해.
희주	진범이…

철진이 등장한다.

형사2	철진아!
철진	충성.
희주	너 왜 왔어?
형사2	애 3일 만에 왔다. 왜 왔냐니, 출근을 해야지.
철진	선배가 뭘 좀 시키셔서.
형사2	마무리 다 된 사건에 애를 얼마나 굴리는 거야. 아직도 기강 잡는 거야?
철진	아닙니다. 잘 해주세요.
형사2	적당히 굴려라. 애 삭은 거 봐라.

형사2가 다른 책상에 가서 앉는다.

희주	어쩌고 왔어?
철진	못 나오게 해 놓고 왔어요.
희주	우리 집에 그런 거 없는데?
철진	방문 안쪽 손잡이를 빼놨어요. 안에서 안 열려요.
희주	경찰이 별 짓을 다한다.
철진	벌써 3일째 안 나왔잖아요. 얼굴은 비춰야죠. 저 잘려요. 찾았어요?
희주	승준이 그 새끼는 모르는 것 같아. 다시 뒤져봐야지.

형사1과 형사3이 등장한다. 형사3이 커다란 박스를 들고 있다.

형사1   어, 저기 막내 있네.

형사3   에이, 아니에요.

형사1   뭐가 아니야. 막내야!

　　　　철진 뛰어간다.

철진   충성.

형사1   오랜만이다. 얼굴 까먹겠어.

철진   죄송합니다.

형사1   이거 선배가 들고 있으면 좀 빨리 와서.

철진   저 주세요.

형사3   별로 안 무거운데.

철진   (뺏듯이 들며) 저기 정리하면 되죠?

형사3   부탁 좀 해요.

　　　　철진이 구석으로 가서 상자를 정리한다.
　　　　형사3이 희주에게 다가간다.

형사3   선배. 들으셨어요?

희주   난 귀머거린가 봐. 오늘 못 듣는 얘기가 왜 그렇게 많냐.

형사3   선배네 담당 있잖아요. 스토커 새끼.

희주   걔가 왜?

형사3   담당 형사를 불러달라고 했대요. 할 말이 있다고.

　　　　희주가 벌떡 일어난다.

희주   철진아!

형사2   아니야, 아니야! 철진이 너무 굴렸어. 내가 갈게. 오랜만에 좀
　　　　쉬어.

희주   철진이 괜찮아.

철진   괜찮습니다.

형사2 애 숨 좀 쉬게 해줘라. 독해가지고.

형사2과 희주 퇴장.

형사1 누군 좋겠구만, 공짜로 진급도 하고. 으, 여기 땀 냄새 봐라. 저긴 뽀송뽀송하겠네.

형사3 사우나 가시겠습니까?

형사1 우리 막내가 저렇게 일을 열심히 하는데 어떻게 가냐. 저렇게 해야 진급하지.

형사3 박카스나 드시죠.

형사3이 자판기에서 박카스를 뽑는다.

형사3 철진씨도 드릴까요?

철진   괜찮습니다.

형사1 어제까지 철진씨, 철진씨 그럴래. 한참 막내한테.

형사3 (박카스를 건네며) 제가 불편해요.

형사1 네가 4년 늦게 태어나고 싶어서 태어났냐. 저 나이 쳐 먹고 겨우 들어온 게 빡대가리지.

형사3 에이, 선배 왜 그러세요.

형사1 아니, 그냥 있는 말만 한 거야.

형사3 전 괜찮습니다.

형사3이 컴퓨터에 앉아 작업을 한다.

형사3 아이, 씨발. 철진씨!

철진   네?

철진이 형사3에게 다가간다.

형사3 이거 근무 체크 안 했어요?
철진   죄송합니다. 제가 며칠 사무실에 못 나와서.
형사3 자랑이에요?
철진   죄송합니다.
형사3 3일치 야근 다 날아갔잖아요.
형사1 갑자기 또 배가 아프네. 적당히 해라.

형사1 퇴장.

형사3 아, 씨발. 뭐 어려운 거 시켰어요? 선배들 외근하면 일일이 찍기 힘드니까 그거나 좀 하라니까. 거기 사건 마무리 다 돼서 할 것도 없잖아요.
철진   죄송합니다.
형사3 내가 어려서 만만해요? 좆 같네.
철진   아닙니다.
형사3 야근수당 3일치 날아갔잖아요. 밖에서 빵쪼가리 먹으면서 좆뺑이 존나 쳤는데.
철진   죄송합니다.
형사3 아니, 죄송이고. 됐다. 나도 그 쪽 불편해요. 좆 같겠지만. 나도 막내야, 막내야 했으면 좋겠어요? 좀 이렇게 서로 예의를 지키면 기본은 해줘야죠. 미치겠네.
철진   제가 어떻게.
형사3 뭘 어떻게 해요. 사과하면 죽은 사람이 살아나나? 씨발. 이런 것도 못하면 어떡합니까. 이봐요. 다른 부서에서 당신 나이 너무 많아서 불편하다고, 다 거부한 거 받아준 게 우리에요. 알잖아요. 그 나이 먹었으면 눈치껏 좀 열심히 합시다. 씨발, 불편해 뒤지겠어요.

철진   죄송합니다.

형사3   내 입에서 막내야 소리 안 나오게 알아서 합시다, 네! 그러니까 이
       나이 먹고 겨우 들어왔지.

철진   열심히 하겠습니다.

    형사3 퇴장.

철진   (퇴장하는 형사3을 향해) 죄송합니다!

    사이.

철진   좆 같다.

    암전.

6. 취조실

승준이 비장하게 앉아있다.
희주가 승준을 노려본다.

희주   무슨 속셈이야.

승준   왜 내 말을 안 들어줘요.

희주   법이 누구 말 듣고 정해지는 줄 알아? 그거 빼고 다 보는 거야.

승준   내가 말하는 게 진짜인지 어떻게 알아요.

희주   세상이 그래. 누가 너 같은 놈 말 믿어.

승준   실수 한 번 하면 끝이에요?

희주   하지 말았어야지.

승준   저 징역이죠?

희주   모든 게 너보고 범인이라는데. 알지? 이 사건 시끄러운 거.

승준   거의 확정이네요.

희주   그럼 됐지? 간다.

희주가 나가려고 한다.

승준   형사님. 계획단계의 범죄는 죄에요?

희주   뭐?

승준   아직 아무한테도 피해를 안 준 계획인데, 그건 죄냐고요.

희주   아니지. 결과가 없는데.

승준   이번엔 꼭 믿어주세요.

희주   믿을 만해야 믿지.

승준   이게 다 그 호구 새끼 때문이에요.

희주   호구?

승준 아시잖아요. 사채업자 새끼요.

희주 소은이 남자친구?

승준 남자친구 아니에요!

희주 그 새끼가 죽였어?

승준 소은이가 먼저 시작했어요. 저는 그냥.

희주 알아듣게 말을 해봐.

승준 다 돈이죠. 전부 그 빌어먹을 돈. 형사님 말이 맞아요. 사랑은 없는지도 몰라요. 전과자랑 여자친구. 좁아터진 반지하 벽에 갇혀 할 수 있는 게 뭐가 있겠어요. 이력서는 내는 족족 빨간 줄에 튕겨 나오고 소은이가 마트 캐셔 해서 먹고 살았죠. 그게 먹고 산 건가. 그냥 살았죠. 근데 소은이가 어느 날 그 호구 새끼 얘기를 했어요. 돈이 엄청 많은 사람이 마트에 자주 온다. 집까지 배달해주는 서비스가 있어요. 그걸 물어보러 왔었대요. 그렇게 몇 마디 하다가 좀 친해졌다고.

  승준 일어서 소은이 보이는 듯하다.

승준 미쳤어? 그거 사기잖아. 난 반대야. 그걸 나보고 두고 보라고?

희주 사기?

승준 네가 꼬신다고 그 새끼가 넘어 온다디? 얼마나? 어디까지 해야 성공하는 건데? 내가 어디까지 참아야 되는 건데! 내가 돈을 벌게. 내가 취직해서! 씨발! 그딴 짓까지 해야 돼?

희주 반대했어?

승준 미쳤어요? 내가 하자고 하게. 근데 소은이는 날 안 믿었어요. 그건 통보였어요. 그래도 난 사랑하니까, 도와주는 게 사랑이고 생각했어요. SNS부터 전부 지웠어요. 우리가 처음 만났던 날, 여행 갔던 사진, 같이 먹던 도시락 전부 다. 요새 SNS가 무서워요. 그걸 다 지우니까 진짜 우린 사귄 적도 없는 것 같았어요. 그리고 소은이가 무섭다, 전남친이 연락한다고 몇 개 쓰니까 나는 순식간에.

희주	스토커가 됐고. 주변 사람들도 다 그렇게 알던데.
승준	그렇게 말하고 다녔으니까요. 친구, 부모님한테 전부 헤어졌다고 했어요. 처음이 어렵지 저도 나중엔 헤어졌다는 말이 너무 쉽게 나와요. 우리가 진짜 헤어진 건가. 그거 사람 미쳐버려요.
희주	근데 왜 실패한 거야?
승준	소은이가 계획했던 날짜보다 자꾸만 늦어졌어요. 하루, 이틀, 일주일, 이주일. 소은이 SNS에는 계속 그 호구 새끼랑 찍은 사진이 올라오지. 전 진짜 조금씩 미쳤어요. 어느새 약속한 시간에만 보내던 메시지도 아무 때나 막 보내고 진짜 스토커가 되어갔어요. 그러다가 전화가 왔어요.
희주	호구한테?
승준	뭐? 같이 있어? 잔말 말고 소은이 바꿔. 누가 너네 소은이야! 우리 소은이 바꿔! 네가 뭔데 연락을 하라 마라야! 소은이가 너 사랑하는 거 같지? 소은이는… 여보세요! 여보세요! 그 길로 소은이네 집에 달려갔어요. 그날 소은이는 집에 안 들어왔어요.

사이.

| 승준 | 소은이는 다음날도 그 다음날도 집에 들어오지 않았어요. 마트로 달려갔어요. 마트에는 호구가 있었어요. 소은이랑 같이 웃으면서. 난 웃어본 적이 언젠지도 모르겠는데. 3일째가 되는 날 소은이가 집에 들어왔어요. 득달같이 따라 들어갔죠. |

사이.

| 승준 | 믿어? 그래, 내가 지금 널 믿는 거 말고 뭘 하겠니? 내가 할 수 있는 게 뭐가 있어! 지금 뭐하자는 짓이야? 우리 진짜 헤어졌어? 그랬더니 뭐라고 하는 줄 알아요? |
| 희주 | 뭐라고 했는데. |

승준   모르긴 뭘 몰라! 지금 이걸 네가 아니면 누가 알아. 도대체 누가
아냐고! 나도 하나도 모르겠다. 소은아. 도대체 왜 그런 거야. 나
한테 왜 그래. 내가 미안해. 이제 돈도 벌고 나쁜 짓도 안 할게. 무
단 횡단도 안 하고 그래, 길바닥에 침도 안 뱉을게. 네가 싫다고
했잖아. 제발. 그만하자. 응? 제발! 너 왜 그래? 왜 말을 안 해. 무
슨 말이라도 해봐. 설마 잤어? 잤구나. 그 새끼랑 잤어! 그게 말이
돼요? 그 새끼랑 잔다는 게! 왜 그랬어! 왜!

희주   그래서 때렸어?

승준   아니요. 매달렸어요. 끈질기게. 소은이는 날 뿌리치다가 넘어졌어
요. 뒤에 싱크대가 있는데. 거기 부딪혔어요.

희주   그럼 왜 도망쳤어? 신고를 해야지.

승준   소은이는 바로 숨을 안 쉬었어요. 피 범벅에. 그냥 도망쳤어야 할
것 같았어요.

희주   이 얘기를 하면 되지.

승준   어떻게 그래요! 그럼 소은이가 꽃뱀이 되는 건데.

희주   그럼 지금은 왜 말하는 거야.

승준   저도 살아야죠.

희주   산다는 게 씨발. 증거 있어?

승준   네?

희주   누가 믿어? 지 여친 죽었다고 밖에서 난리난리치는 그 호구 새끼
는 어장이었고 네가 진짜였다. 진짜 스토커 얘기를 누가 믿냐고.

승준   우리끼리만 하는 텔레그램이 있어요. 전 항상 지우고 소은이는 안
지워요.

희주   핸드폰!

희주가 벌떡 일어나 나가려고 한다. 형사2가 다급하게 들어온다.

형사2   저래놓고 어디 가!

희주   핸드폰에 다 들어 있어!

형사2   재는?

희주   조금만 부탁해!

    희주 퇴장.

형사2   진짜야?

승준   전부요. 근데요. 비밀번호는 저도 몰라요.

형사2   그걸 이제 말하면 어떡해!

    암전.

7. 희주네 집

철진과 소은이 즐겁게 이야기를 하고 있다.

소은   난 그게 쉬운 줄 알았어요.

철진   남들 잘 때 일하는 게 어떻게 쉬워요. 술 취한 사람들은 또 얼마나 많은데요. 경찰이라고 말도 안 들어요.

소은   때리고 그래요?

철진   차라리 때리면 막기라도 하죠. 저번에 뉴스 못 봤어요? 취객이 경찰 문에 끼운 채로 도로를 달렸잖아요.

소은   어머! 어떡해.

철진   사회 정의를 지키는 게 이래요. 뭐 하나 쉬운 게 없어요.

도어락 소리가 들리고 희주가 들어온다.

철진   오셨어요?

희주   (핸드폰을 들이밀며) 비밀번호 뭐야.

소은   그걸 어떻게.

희주   형사가 병신이야?

철진   무슨 얘기에요?

희주   너도 참 대단하다. 별 짓을 다해.

소은   죄송해요.

희주   이거 풀라고!

소은이 비밀번호를 푼다.

철진   왜 그래요?

희주 다 진짜네.

소은 잘못했어요. 다신 안 그럴게요.

철진 소은씨.

소은 아저씨. 저 감옥 가기 싫어요. 저 그 사람한테 아무것도 안 받았어요. 다 그 사람이 선물해준 거예요. 아직 아무것도 안 했어요. 다 돌려줄게요.

희주 전부 진짜야?

소은 그냥 처음엔 장난이었어요.

    소은 승준이 보이는 듯하다.

소은 엄청 웃겨. 빨간 나이키 츄리닝에 금 목걸이는 얼마나 큰지. 시계가 주먹만 해. 난 그거 차면 팔도 못 들겠더라. 그런 거 가져서 뭐하냐. 취직이나 하세요. 난 그 나이키 츄리닝은 부럽더라. 그거나 사줘.

    사이.

소은 근데 승준이가 사고를 쳤어요. 술 먹고 시비가 붙어서. 어렸을 땐 그런 것도 다 멋있어 보였는데. 이젠 돈이 걸리니까 도움 안 되는 짓거리였어요.

    사이.

소은 그럼 어떡해! 모아둔 돈 하나도 없는데 굶어 죽을 거야? 그러기에 주먹질은 왜 해. 네가 아직도 고딩이야? 됐어! 난 결심했어. 한 방이면 돼. 딱 한 번. 그렇게 시작했어요.

희주 넌 걔가 불쌍하지도 않냐? 지금까지 죽은 네가 꽃뱀 될까봐 입 다물고 있었댄다.

소은 나는요! 난 안 불쌍해요?

철진 꽃뱀이요?

소은 그 새끼 옥바라지 하는 거. 좁아터진 방에서 둘이 비비적거리고
　　 사는 거. 치킨도 뼈 있는 걸 못 시켜요. 뼈를 휴지통에 버리면 냄
　　 새나니까 그 좁은 방에선 쓰레기통 뚜껑을 닫아도 냄새가 너무 지
　　 독하니까! 미치겠어요. 그러고 사는 건 안 불쌍해요? 2년이에요.
　　 2년을 개는 한 푼도 못 벌었어요. 나 혼자 어떻게 먹여 살려요.

희주 그럼 그냥 갈아타지! 그 새끼가 안 죽었다는 말은 왜 해? 왜 상황
　　 을 복잡하게 만들어!

소은 모르겠어요! 진짜 모르겠는데 어떡해요. 내가 걔가 싫은 건지, 호
　　 구 새끼가 뺵 사주고 잘해주니까 좋은 건지. 한 몫 잡아서 옷 가게
　　 나 열고 싶었는데. 그냥 소박하게 둘이 먹고 살면 되는 거였는데.

희주 뭘 몰라. 사기꾼이지.

소은 형사님은 알잖아요! 사람이 밑바닥에서 잡는 게 지푸라기인지 똥
　　 인지 어떻게 알아요!

희주 뭐?

소은 어떻게 지푸라기만 골라잡아요. 한치 앞도 안 보이는데. 그래서
　　 형사님도 사채까지 썼잖아요!

희주 입 조심해!

철진 죄송합니다. 저번에 화장실에서.

소은 저 살면서 길에 쓰레기 한 번 안 버렸어요. 승준이가 교도소 들어
　　 가고 할 때마다, 나는 절대 그러지 말아야지. 승준이가 나쁜 짓 하
　　 고 산만큼 내가 하얗게 살면. 그러면 균형이 맞으니까. 그럼 남들
　　 만큼 사는 거니까. 딱 한 번 그랬어요. 딱 한 번! 그냥 호구가 너무
　　 좋다고 쫓아 다니길래. 혹해서 딱 한 번. 실수였어요. 실수 한 번
　　 에 인생 끝장나는 건 너무하잖아요.

희주 실수하지 말았어야지.

철진 선배.

희주 누굴 탓 해! 그 책임 자기가 져야지! 들키질 말던가! 씨발.

소은   그게 다 내 탓이에요? 그게 전부!

희주   당연하지!

소은   그럼 소은이가 아팠던 것도 형사님 탓이에요?

　　　　희주가 소은을 때린다. 소은이 바닥에 넘어진다.

철진   소은씨!

희주   한 번만 더 말해 봐. 찢어 죽여 줄 테니까.

철진   괜찮… 우욱.

　　　　소은이 철진의 부축을 받다 눈이 마주치자 철진은 구토감에 화장실로 뛰
　　　　어간다.

소은   전 어떡하죠.

희주   평생 후회나 하면서 살아. 나도 그러니까.

　　　　희주 퇴장. 소은이 기어가 가젤 인형을 끌어안는다.
　　　　철진의 구토소리가 들린다.
　　　　암전.

8. 취조실

호구와 희주가 있다.

호구 내가 이런 개소리를 들어야겠어?

희주 죄송합니다.

호구 꽃뱀? 이봐요. 내가 여기 전문이야. 꽃뱀 몇 마리 풀면 풀었지 내가 당할 예정이야?

희주 죄송합니다.

호구 죄송이고 나발이고 일을 씨발. 이건요, 형사님. 이런 배반은 내가 견딜 수가 없어요. 내가 용서가 안 돼. 그 새끼 혓바닥에서 전체가 오르락내리락 하는 것도 이해가 안 되고 이렇게 사랑을 모르는 댁들도 이해가 안 돼.

희주 저기 사장님.

호구 이 상황에 할 말이 있소?

희주 빨간 츄리닝 있으신가요? 나이키.

호구 하아, 형사님. 내가 제일 좋아하는 옷은 또 왜 알아오셨어요. 맨날 입어서 동네사람들도 다 아는 거. 그거 알아서 뭐해요! 일 좆같이 하시네.

희주 최대한 빨리 사건 마무리…

호구 마무리가 원래 천천히 진행하다 그런 뜻인가? 됐고 재검사합시다.

희주 무슨…

호구 뭐 저 변호사 양반이 그럽디다. 유명한 의사가 다시 보면 소견서가 달라진다고. 부검 합시다. 거 해서 스토커 새끼가 때리고 죽였다는 소견 받자고요.

희주 아니요, 굳이…

호구　제발요! 형사님! 지금 내 사랑이 의심 받잖아! 내가 웃음거리가 됐잖아요! 이러면 나 앞으로 장사 못합니다. 누가 내 돈 갚겠어요. 꽃뱀한테 삥이나 뜯기는 새끼인데. 그럼요 나 형사님한테 빌려준 돈부터 받아야 돼요. 굶어 죽을 순 없잖아요.

희주　아니요, 제가 방법…

호구　언제부터 방법을 찾으셨어요. 내가 시키는 대로 다 해놓고. 내가 많이 줬잖아요. 승진에 보너스에 참 내. 눈앞에 갖다 줘도 못 먹으니 떠먹여 주겠다는데!

희주　죄송합니다.

호구　부검 다시 해서 깔끔하게 끝냈다는 소리만 들읍시다. 어차피 죽은 거. 나도 태생이 여기랑 안 맞아서 자꾸 오기 싫어. 아 맞다. 어제 법원에서 보니까 형사님 집이 경매 올라간다 하던데. 그러니까 이자 좀 제때제때 내요. 그거 얼마나 된다고.

　　　호구 퇴장.

희주　씨발!

　　　조명이 깜빡거리면 희주가 없고 형사2와 승준이 있다.

형사2　그래서?

승준　소은이가 SNS를 다시 올리기 시작했죠.

　　　희주가 등장한다.

형사2　어쩐 일이야.

희주　그냥.

형사2　밖에서 보지.

희주　해. 그냥.

형사2 이어서.

승준 그래서 소은이가 저 보고…

　　　승준의 목소리가 작아지더니 아무 소리도 들리지 않는다.

승준 소은이가, 소은이가, 소은이가, 왜, 왜, 죽었을까. 누가 죽였을까.
　　　네가!

　　　희주가 승준에게 달려들어 때린다.

희주 네가, 네가! 네가 죽였잖아! 난 아니야! 네가!

형사2 왜 이래!

　　　형사2가 희주를 뜯어말린다.

희주 소은이 이름 함부로 부르지 마.

　　　희주가 퇴장한다.
　　　암전.

9. 희주네 집

소은과 철진은 등을 돌리고 있다. 소은이 가젤 인형을, 철진은 사자인형을 안고 있다.

소은 난 이거 진짜 이상했어요. 처음에.

철진 진짜예요?

소은 근데 이제 따뜻하다.

철진 진짜로.

소은 얘가 뿔이 있어서 이렇게 얼굴을 끼우면.

철진 진짜냐고요!

소은 네.

철진 왜 그랬어요.

소은 살아야죠.

철진 살기 위해선 뭐든 해도 돼요?

소은 아저씨는 몰라요.

철진 뭘 몰라요! 내가 뭘 몰라요?

소은 아저씨가 알아요? 추잡하게 바닥을 기어 다니는 삶을? 당장 내일 점심밥 걱정하는 사람이 대한민국에 없는 줄 알죠? 보일러비 아까워서 이불 둘둘 싸매고 밥통 켜서 껴안고 있는 기분을 알아요? 너무 뜨거워서 브래지어 안에 와이어가 휘는데도 등은 얼음장 같은 그 기분을 알아요? 절대 몰라요.

철진 그게 당신들 특권이에요? 아무도 모르는 고생 내세워서 합리화하는 거? 다 그러더라. 전부 지만 못났대. 그렇게 말하면 이해해줄 것 같아요?

소은 이해해달란 적 없어요. 그냥 나랑 아저씬 다르다는 거지.

철진 우리 집도 가난했어요.

소은	진짜 가난하면 공무원 공부 못해요. 그걸 어떻게 해. 쌀통은 요정이 채워주나.
철진	그래도 소은씨는 착하잖아요.
소은	착한 사람이 어디 있어요. 돈이 착하지.
철진	그 새끼가 조금이라도 협박하지 않았어요? 때리거나, 윽박지르거나.
소은	아저씨, 날 뭐로 보는 거예요? 나 그 정도로 약하지 않아요.
철진	지금 소은씨 이해해보려고 하잖아요!
소은	그냥 그저 그런 인생, 잡은 게 지푸라기조차 아니었던 거예요. 드라마조차 안 되는.
철진	(벌떡 일어나 소은을 보며) 그렇다고 전부 범죄를 저지르진 않아요!

　　소은이 일어난 철진을 바라본다.
　　철진은 구토감이 쏠려 화장실로 도망친다.

소은	거봐요. 이해 못 한다니까. 아저씬 절대 몰라요. 우린 종이 달라요.

　　철진이 화장실에서 나온다.

철진	나갔다 올게요.

　　철진 퇴장한다.
　　소은이 가젤 인형을 던져 사자인형을 맞춘다.
　　철진의 발자국 소리가 멀어지자 일어나 주변을 두리번거린다. 탈출을 준비한다.
　　암전.

10. 세렝게티

사바나의 초원이다.
희주는 중앙에 앉아 가젤 인형에 고개를 파묻고 있다.

희주 살아야지.

남편이 등장한다.

남편 안전한 거 맞지?
희주 그럼! 이자도 얼마 안 해.
남편 조건이 좋으면 불안하던데.
희주 잘 됐지 뭐. 우리 소은이도 수술만 잘 받으면 내년에 초등학교 들어갈 수 있어.
남편 그래야 할 텐데.
희주 참. 소은이가 사자인형 가져다 달래.
남편 여기.

남편이 등 뒤에서 사자인형을 꺼낸다.

남편 그게 무슨 말이야?
희주 우리도 살아야지.
남편 그거 진심이야?
희주 집 빼고 다 팔았어. 차도 컴퓨터도 티비도 전부. 집이 휑해. 집엔 그 빌어먹을 사자들 밖에 없어.
남편 네가 그거 안전하다…
희주 그런 줄 알았지!

사이.

희주 가망 없다잖아.
남편 아니, 아무리 그래도.
희주 그냥 연명이라잖아.
남편 쉽게 말한다.
희주 사는 게 어떻게 쉬워! 끝까지 했어. 전부 다 했잖아. 방법이 없잖아.

사이.

희주 살아야지. 우리도.
남편 그렇게 살아서 뭐 해.
희주 그래도 살아야지.

남편이 사자인형을 놔두고 퇴장한다.
호구가 사자인형을 들고 등장한다.

호구 돈이 부족하시면 말을 하시지.
희주 아니요. 충분히 도와주셨어요.
호구 그래도, 에이. 자식 먼저 보낸 부모 속이 멀쩡하겠어. 돈이 문젠가. 사람 살리는 문제에.
희주 말씀이라도 감사합니다.
호구 형사님 찾아왔을 때 얼마나 놀랐는데. 잘못한 게 없는데 짭새 보면 괜히 찔끔하더라.
희주 반갑게 맞아주셔서 감사하죠. 선뜻 도와주시고.
호구 형사님 말투도 너무 스윗해. 아직도 적응이 안 된다니까. 아무튼 이자는 꼬박꼬박 내세요. 사람이 집은 있어야 돼. 엉덩이 붙일 곳이 없으면 될 것도 안 돼. 그게 근본이야.

희주	집이요?
호구	난 뭐 꽁으로 빌려줬나? 담보할 게 집밖에 없더만. 날짜 잘 챙기세요. 은행처럼 친절하지 않으니까.
희주	담보요?

호구가 사자인형을 놔두고 퇴장한다.
형사1,2가 사자인형을 들고 등장한다.

형사1	자식 잡아먹고 저래 뻔뻔하네. 이야, 대단하다.
형사2	이 새끼가 돌았나. 말을 해도.
형사1	못 들으셨어요? 사망이 아니고 치료 중단이랍니다.
형사2	불치병이라며.
형사1	뭐 그렇긴 한데, 치료도 중단했답니다.
형사2	왜?
형사1	돈이 없대나. 하여간 그게 부모가 할 짓입니까? 돈이 없어서 자식 죽게 냅두는 게?
형사2	부모 마음은 오죽하겠냐. 불쌍하다.
형사1	그게 불쌍해요? 난 소름이 돋는데.
형사2	괜히 떠들고 다니지 마. 서도 좁은데.
형사1	이미 다 압니다. 선배만 몰랐지. 독하다, 독해. 살아보겠다고.

형사1,2 사자인형을 두고 퇴장한다.
소은이 사자인형을 들고 등장한다.

소은	엄마. 나는 사자가 될 거야.
희주	사자? 왜 사자야?
소은	사자는 세렝게티에서 제알 세대. 나는 놀이터에서 제일 약한대. 그래서 사자가 될 거야.
희주	그래. 우리 소은이 사자 하자.

소은 그래서 막 뛰어다닐 거야. 놀이터에서 제일 빨리. 어흥! 가젤도 먹고 얼룩말도 먹어서 왕이 될 거야.

희주 왕이 되고 싶어?

소은 응! 왕이 돼서… 케헥 케헥.

소은이 기침을 심하게 한다.

희주 소은아 괜찮아?

소은 엄마. 나 사자야?

희주 우리 소은이가 사자네.

소은 나 살고 싶어.

희주 그래. 우리 같이 살자. 꼭 같이 살자.

소은이 사자를 두고 퇴장한다.

희주 내가 사자를 낳았네.

사이.
희주가 자신을 둘러싼 사자인형들을 때리기 시작한다. 숨을 헐떡이게 된 희주가 가젤 인형을 끌어안는다.

희주 살아야지. 어떻게든 살아야지. 케헥. 케헥.

희주는 숨이 쉬어지지 않는 듯 기침을 한다.
암전.

11. 사무실

희주가 혼자 멍하니 앉아 있다.
철진이 들어온다.

철진   선배. 재검이라뇨.

희주   그렇게 됐어.

철진   이게 말이 돼요? 그럼 소은씨는요.

사이.

철진   선배!

형사2가 들어온다.

형사2   이제 마무리 다 되니까 둘 다 사무실에 있네. 빨리 다음 사건 맡아
서 우리 손 좀 덜어줘라.

철진   그래야죠.

형사2   희주야. 그 새끼가 씨부리던 거 다 거짓말이야?

희주   어.

철진   선배.

형사2   핸드폰에 뭐 있다더니?

희주   없어.

형사2   하여간 그 새끼들은 믿으면 안 돼. 종이 다르다니까, 종이. 같이
살 수가 없어요.

희주   살아야지.

형사2   근데 너 왜 그렇게 창백해?

희주 아니야, 아무것도.

형사2 아, 내 정신 좀 봐라. 밖에 지금 마약 단속 나갔던 거, 장비 다 들어왔거든. 철진아, 와서 좀 거들어라.

철진 예, 알겠습니다.

형사2 너는 좀 쉬고. 몰골이 말이 아니다.

　　　형사2 퇴장한다.

철진 선배!

희주 왜.

철진 어쩌잔 거예요?

희주 뭘?

철진 핸드폰 있잖아요.

희주 없어, 이제.

철진 네?

희주 부쉈어.

철진 선배!

희주 왜!

철진 왜 그러셨어요.

희주 살아야지!

철진 다 그렇게 살진 않아요.

희주 그럼 어떡해! 죽어?

철진 우리 경찰이에요!

희주 그것도 살려고 하는 거야.

철진 사는 게 뭔데요!

　　　사이.

희주 죽고 싶은 거.

사이.

철진 그렇게 살고 싶어요?

희주 넌 아냐? 5년 만에 붙었다며. 이거 때려치우면 뭐 먹고 살래? 너네 부모님, 공부시킨다고 전세 빼서 월세까지 가셨다며. 고상한 척 하지 마. 경찰? 네가 경찰에 대한 의무감, 책임감이 있어? 개소리 하지 마. 책임감 가지고 사는 인간 아무도 없어! 아득바득 이 갈며 사는 거지. 네가 포기하면 네가 갉아먹은 다른 인생 휴지조각 되는 거야. 너 혼자 쓰레기 되는 게 아니라, 전부 다 같이 쓰레기 되는 거라고.

사이.

희주 부검하자.

철진 살아 있잖아요! 살아 있는 사람을 어떻게 부검해요!

희주 망치 가져와.

형사3이 등장한다.

형사3 막내야!

철진 네!

형사3 아니, 씨발. 나오라니까 뭐하는 거야!

철진 죄송합니다.

형사3 죄송 말고 그냥 좀 하자. 부르면 오고 가라면 가고 우리 집 개도 밥 제때 주면 하더라. 넌 월급 받아 뭐하니? 미안하지도 않냐. 선배님, 혹시 막내한테 뭐 시키신 건 아니죠?

철진 아닙니다! 지금 나가겠. 우욱.

철진이 구토감에 입을 막는다.

형사3   쇼 한다, 쇼를 해.

철진   죄송합니다!

형사3   아주 지랄을. 덜떨어진 새끼.

　　　철진이 뛰어나간다.

희주   철진아! 먼저 가 있을게. 끝나고 챙겨서 와.

　　　사이.

철진   네.

　　　형사3과 철진 퇴장. 희주가 기침을 심하게 한다.
　　　암전.

12. 가정집

소은이 탈출하려고 여기저기를 뒤져 집이 엉망이다. 소은은 계속 집을 뒤지고 있다.
도어락 소리가 들린다.
소은이 구석으로 도망가 가젤 인형을 안는다.
희주가 등장한다. 엉망이 된 광경에도 놀라지 않는다.

희주 열심히 했네.

희주가 사자인형을 가지고 앉는다.

희주 우리 딸이 동물을 엄청 좋아했어. 그 나이 때 애들은 전부 동물 좋아하잖아. 근데 우리 소은이는 세렝게티를 좋아했어. 다큐멘터리에서 사자랑 얼룩말이 나오면 얼마나 좋아하는지. 거기서 세렝게티란 말을 들었나봐. 여기도 세렝게티야.

소은 저 감옥 가요?

희주 애기 아빠가 인형도 만들어. 이것들도 다 만들어 준 거야. 손재주가 좋은 사람이야. 네가 안고 있는 그건 소은이가 제일 싫어하던 인형이다. 가젤. 맨날 이것만 껴안고 자고 그건 저기 서 있기만 했어. 자기는 사자가 되겠대. 그럼 먹이도 있어야 한다고 가젤도 만들어달라고 했어. 한 번은 물어봤지. 소은아, 가젤이 왜 싫어?

소은 불쌍해서.

희주 넌 네가 불쌍하니?

소은 네.

희주 나도 내가 불쌍하다. 어떡하냐, 불쌍한 사람들끼리 모여서.

사이.

소은　불쌍해도 살 수 있는 거 아니에요?

희주　전부 사자만 사나봐. 가젤은 그냥 죽는 역할이야.

소은　다시 일어설 수 있는 거잖아요.

희주　다시 일어서 봤어?

소은　아니요.

사이.

희주　한 번 삐끗하면 거기서 바로 사자가 태어나. 딱 한 번 삐끗할 때까지 숨죽이고 기다린 것처럼. 바로 모가지가 꺾여. 처음엔 뭐가 잘못된 지도 모른 채 눈만 꿈뻑꿈뻑. 이미 피가 흥건하게 눈에 들어왔을 땐 숨이 안 쉬어져. 이미 늦었어.

소은　다른 가젤들은요?

희주　혼비백산해서 달아나지. 다큐 같은 것도 안 봤어?

소은　다큐는 별로 안 좋아해요. 씁쓸해서.

희주　씁쓸한 게 몸에 좋대.

소은　씁쓸한 건 맛없는 거죠.

희주　나가서 뭐하려고 했어?

소은　자수하려고 했어요.

희주　왜? 그냥 도망가지. 네가 살아있는 건 아무도 모르는데.

소은　승준이가 감옥에 가잖아요.

희주　아직도 사랑해?

소은　모르겠어요.

희주　근데 왜? 널 죽였잖아.

소은　그건 실수잖아요. 전 사자가 아니에요.

사이.

희주　난 사자가 될 건데.

　　　　도어락 소리가 들린다.
　　　　소은이 벌떡 일어난다. 희주도 일어난다. 희주가 소은이 도망갈 수 없게
　　　　막는다.
　　　　철진이 망치를 들고 들어온다.

희주　늦었네.
철진　정리할 게 많아서.
희주　너도 이제 끝이네. 개똥같은 막내 취급. 다른 부서 가려고?
철진　모르겠어요. 좀 있어보려고요.
희주　그래. 시간 많다. 천천히 생각해. 어떻게 살지.
소은　뭘 하시려고요?
희주　원상복구. 너 있던 데 데려다 줄게.
소은　당신들 경찰이잖아요! 그래도 돼요?
희주　어차피 너 있던 데 가는 거야. 우리 일이 그래. 원래 있던 대로 세
　　　　상이 굴러가게 만드는 거.

　　　　사이.

희주　뭐해?
철진　제가요?
희주　잠깐만.

　　　　희주가 품에서 사망진단서를 꺼낸다.

희주　그러니까 이게, 일단 타박상이야. 멍이 팔이랑.

　　　　사이. 철진이 소은에게 다가간다.

희주	뭐해? 멍이라니까.
소은	아저씨.
철진	나 이제 소은씨 다시 볼 수 있는데.
소은	내가 그렇게 잘못했어요?
철진	그럼 나는요? 이제 알겠어요. 우리 되게 비슷해요.

철진이 망치를 높이 들지만 그대로 내린다.
사이.
희주가 철진을 밀치고 망치를 뺏는다.

희주	병신새끼. 보자, 왼팔이 이쪽이지.

희주가 소은의 왼팔을 망치로 친다.

소은	으악!
희주	여기 다리도 삐어야 되네.

희주가 소은의 다리를 밟는다.

소은	아악!
희주	소은아. 머리가 왼쪽으로 깨졌니, 오른쪽으로 깨졌니? 기억 나?
소은	비겁한 새끼들.
희주	(망치를 뒤로 던지며) 소은아. 밥 좀 잘 챙겨 먹고. 애가 비쩍 말라서. 똥차는 좀 걸러라. 똥차는 고쳐도 똥차야. 폐차 시켜야지. 아! 그리고 장사장 같은 새끼는 만나지 마. 하고 싶은 거 하고 살아. 막 짜증나도 자꾸 웃음이 새는 거. 그런 거 있잖아. 그러면 친구도 생겨.

철진이 희주가 던진 망치로 다가간다.

희주　　그리고 소은아.

소은　　평생 그렇게 도망치고 살아요.

희주　　너무 착하게 살지 마.

　　　　철진이 망치를 들고 희주의 머리를 때린다.
　　　　희주가 쓰러진다.

소은　　꺄악!

철진　　빨리 나와요!

　　　　소은과 철진이 퇴장한다.
　　　　사이.
　　　　희주가 머리를 부여잡으며 일어난다.

희주　　하아, 새끼. 제대로 좀 치지.

　　　　희주가 주머니에서 남편의 넥타이를 꺼낸다. 자신의 목에 멘다.

희주　　쉽네, 이건.

　　　　천장에서 넥타이로 된 목줄이 희주의 머리 위로 떨어진다.
　　　　암전.

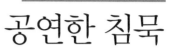

공연한 침묵

이 현

등장인물

자인　　사진학과 대학원생 박사과정
소윤　　사진학과 학부생
진규　　사진학과 대학원생, 자인의 남자친구이자 사진학과 조교
권교수　Q대학 사진학과 교수
선주　　사진학과 조교.
은아　　소윤의 친구
경찰, 학생

때
현재

장소
Q대학교 사진학과

1장. 경찰서

경찰서 데스크.
사복의 형사와 마주앉아 있는 자인.

경찰 자, 여기 조사서에 사인만 해주시고 가시면 됩니다.

다소 긴장한 듯하면서도 매우 지쳐있는 자인은 피로감이 가득한 팔을 들어 힘겹게 조사서에 사인을 옮긴다.

경찰 이런 일이야 워낙 자주 일어나는 일이라서 우리도 절차대로 하는 게 피곤할 정도라니까요. 소매치기 잡범이 깔끔하지, 이런 일은 증거가 모호해서 늘 피해자 진술에만 의존할 수밖에 없으니 말입니다. 어쨌든 오랜 시간 고생하셨습니다. 다행히 그놈이 관련 전과가 좀 있는 편이라 바로 처벌진행될 거 같지만 혹시 한번 더 서에 방문하시게 될 수도 있습니다.

자인 한두 번도 아니고 여러 번이라는데, 어떻게 버젓이 전자발찌도 없이 돌아다니나요?

경찰 요즘은 그나마 성추행에 관련한 법규가 강화되어 처벌이 많이 되는 거지, 그동안 이런 녀석들에게 성추행은 범죄행위에도 못 들어요. 살인미수, 강간, 폭행, 강도. 아가씨 같은 학생들이 보면 아주 기절해요. 이런 류의 인간들에게 지하철 성추행은 취미활동이죠. 하하하.

자인은 경찰의 발언에 매우 불쾌하다.
그녀의 표정을 눈치 챈 듯 경찰은 자세를 고쳐하고 좀 더 점잖게 말한다.

경찰 어쨌든 아침부터 험한 일 당해 여러 가지로 힘드실 텐데, 부디 조심히 돌아가시고, 혹여 추가 조사로 인해 연락갈 수 있으니 잘 받아주세요. 아참, 여기 민원처리에 대한 설문도 한 장 써주실 수 있으면 써주시고… 뭐 안 쓰셔도 되시고요…

서류를 정리하더니, 은근 슬쩍 자리를 비키는 경찰. 이내 오지도 않은 것 같은 전화를 급하게 받으며 시선을 피한다.
자인은 한참을 설문지를 내려다본다.
그 모습을 보고 설마하니 설문지에 무언가를 쓸까봐 신경 쓰는 경찰.

2장. 휴게실

강의실에 앉아있는 소윤과 은아.

평범한 대화를 나누는 듯 간혹 깔깔거리기도 한다.

은아 대박이다. 결국 해냈네.

소윤 레알 피 마르는 줄 알았어. 퇴근하는 차쌤 집까지 따라갈 뻔. 나도 졸업반까지 돼서 취업준비 때문에 바쁜데 이렇게 리포트로 개고 생할 줄 누가 알았냐? 진짜, 전공이라 쨀 수도 없고.

은아 어쨌든 축하해. 너 진짜 대단하다. 리포트 제출시간 지키는 거, 차쌤 엄청 깐깐하잖아. 지가 교수도 아니면서 맨날 인상 팍팍 쓰고는, 겁내 FM이잖아. 좀 재수 없지 않냐?

소윤 왜에~ 그래도 잘생겼잖아.

은아 (정색하듯) 야! 넌 어떻게… (장난스럽게) 당연한 걸 말해.

소윤 게다가 은근 귀여워 하는 짓이.

은아 야… 그건 좀 소름 돋는다.

소윤 아냐. 어제 내가 막 하트를 날려줬더니 되게 당황해하더라.

은아 하트? 너 뭐야? 너 차쌤이랑 뭐 있어?

소윤 에이. 별거 아냐. 그냥 어제 리포트 밀어 넣느라 애교 좀 부린 거야.

은아 와! 그게 먹혀?

소윤 야! 당연하지. 내가 좀 큐트하잖냐.

은아 뭐래~

소윤 (다소 장난스럽게) 근데 난 차쌤 진짜 귀엽던데.

은아 아우~~야. 그만해. (주변을 슬쩍 살피고는) 그리고 너 조심해. 차쌤 여친 있잖아. 것도 우리학교 박사과정이래.

소윤 나도 알아. 누군지.

은아	괜히 걸려서 피 보지 말고.
소윤	내가 뭘 했니? 그리고 유부남도 아닌데 걸릴 게 어딨어. 오히려 내가 더 경쟁력 있을지도 모르지. 나이로 보나 외모로 보나.
은아	(비웃으며) 이 근거 없는 외모 자신감은 뭐냐?
소윤	왜에~ 어린 게 이쁜 거래잖니. (갑자기 한숨을 내쉬더니) 하긴 우리도 늙었다. 스물넷이 뭐니? 낼 모레면 우리도 꺾어진 오십이야. 게다가 졸업하고 나면 더 똥값 되겠지? 학생 때가 좋은데.
은아	그러게 말야. 괜히 휴학 안하고 스트레이트로 졸업하는 건가 싶어. 취업도 막막한데.
소윤	그냥 대학원이나 갈까봐.
은아	아빠가 보내준다고 하면 아묻따 가는 거지 뭐.
소윤	레알 등골브레이커다. 그지? (웃는다)
은아	난 뽑아 먹을 것도 없어. 지금 학자금 깔린 거만 해도 숨이 막힌다. 얼른 취업해야하는데…
소윤	저번에 스튜디오 면접 봤잖아.
은아	전문대 나온 애들이 벌써 2년 넘게 어시로 있는 틈에서 카메라 나르고 어떻게 하냐. 월급도 개작아. 완전 열정페이.
소윤	난 딱 잡지사 들어 가고픈데. 연줄이 없어. 티오 뜨는 데도 없고.
은아	왜, 우리 선배들 좀 있지 않아?
소윤	선배라고 해도 아는 이름 하나 없는 데 무슨 수로 뚫어. 졸업하기 전에 교수님 작업 어시라도 지원 돼야 할까봐.
은아	넌 어쨌든 사진 쪽으로 나가고 싶은 거지?
소윤	당연하지. 넌 아냐?
은아	난 솔직히 사진 재미없어. 그냥 공부로 대학 가긴 글렀으니까 실기로 대학 오려고 고3때 학원 다녀서 들어온 거야. 게다가 경쟁률도 너무 높은 거 같고. 졸업해도 다른 쪽으로 취업할까봐.
소윤	경쟁률은 어딜 가나 높아. 무엇보다 난 영어공부가 싫어서 취업시험 준비도 못하겠어. 아… 생각하니 진짜 답 안 나온다. 대학원 가야하나. 아님 결혼이나 할까?

은아	남친도 없으면서.
소윤	이왕 하려면 조금이라도 어릴 때 해야 이득 아냐?
은아	그러고 싶냐? 그래도 사회생활도 좀 해보고 싶지 않아? 혜란이 꼴 나고 싶어?
소윤	무슨 말을 해도 혜란이한테 비유하냐. 하긴… 가난한 취준생보다는 남편이 벌어다 주는 돈으로 걱정 없이 사는 유부녀가 더 편할 거 같아. 애는 늦게 낳고. (웃는다) 근데 혜란이 걔도 진짜 미쳤어. 인턴 나가서 임신이라니.
은아	야, 그래도 대기업 인턴이라 다행이지. 인턴도 어디 허접한 데서 했다가 남자 만났어봐라. 꽃다운 나이에 웬 족쇄냐.
소윤	하긴 그래. 혜란이는 취직할 걱정은 없어 좋겠다. 그래도 임신은 좀 싫다.
은아	나도.
소윤	애 생겨서 결혼하는 거 말고 제대로 능력 있는 남자 만나 일찍 결혼이나 할까봐.
은아	남자 있음 맘대로 해라.
소윤	농담이다. 남자가 어딨냐? 그리고 나도 우리 아빠가 등골 휘어지게 등록금 대준 게 있는데, 냉큼 시집가버리기엔 좀 아깝지.
은아	웬일로 보은할 생각을?
소윤	보은까지는 아니고, (농담으로) 또 시집보내느라 울 아빠 허리 휠까봐 쉴 틈 좀 드리려고.
은아	효녀 소윤났네.

두 사람 같이 웃다가 금세 웃음이 잦아든다. 뭔가 멀뚱하게 서로를 바라보다가 피식거린다.

소윤	우리 진짜 웃프다.
은아	왜?
소윤	사실 겁나 슬픈 이야기잖아. 낼 모레 졸업인데, 취직도 안 돼. 남

친구도 없어. 완전 암담해.

은아   하긴 그러네. 잠시만요. 저 좀 울고 가실게요.

　　　코등을 잡고 과장되게 우는 연기를 하는 은아를 보고 또 웃음이 터진 소
　　　윤.

은아   지금 몇 시야?

소윤   두시 반.

은아   아, 나 알바 가야 하는데 이거 일찍 끝나겠지?

소윤   너 알바 6시부터 아냐?

은아   오늘부터 수, 금은 4시부터 하기로 했어.

소윤   수업은?

은아   실습수업 하나 있는데 중간고사를 말아먹어서 진작에 포기했어.
　　　　필수도 아니고 졸업 이수학점 딱 맞을 거 같아서 괜찮아.

소윤   그래도 졸전도 준비하려면 시간 없지 않겠어?

은아   어차피 사진 쪽으로 취업할 생각 별로 없으니까… 졸전은 대충 하
　　　　려고.

소윤   그렇구나…

은아   어쨌든 이런 거… (미리 나눠준 듯한 유인물을 보며) ‘교내 성폭력 피
　　　　해 방지 교육’ 같은 거 꼭 들어야해? 교육은 잠재적 가해대상자들
　　　　에게 해야지, 이건 뭐 어쩔 수 없으니 너희가 알아서 조심하라는
　　　　거야? 은근 기분 나쁘네.

소윤   맞아. 마치 우리가 조심하지 않아서 당하는 거라는 느낌이야. 지
　　　　금이 어떤 시대인데 이런 꼰대 같은 발상을 하지?

은아   그러게 말야. 진짜 짜증난다.

　　　잠시 침묵 사이에 은아는 핸드폰을 들여다보며 웹서핑 중이다.

은아   소윤아, 이것 봐. 권교수님 기사 떴다.

소윤　정말?

은아　국내 최고의 사진작가 권순주 교수가 8월 영국 W.hall에서 열리
　　　는 〈서프러제트 100주년 기념사진전〉 참여작가로 선정되었다. 작
　　　년에 발표한 한국여성의 해방사를 주제로 한 〈억압의 꽃〉이 국내
　　　외에서 큰 이슈를 불러일으켰던 것이 이번 선정의 이유로 추측된
　　　다. 〈서프러제트 100주년 기념사진전〉 역시 그의 프로젝트의 연
　　　장선으로 작업될 것이 예상되는 바, 사진계에서는 그의 이번 작품
　　　에 주목하고 있다.

소윤　권교수님 되게 멋진 거 같아.

은아　그치? 나도 꼰대랑 아저씨 극혐주의지만, 그래도 권교수님은 인
　　　정! 엄청 젠틀하고, 중년의 멋도 있고, 사진도 너무 잘 찍으시잖
　　　아.

소윤　동감. 권교수님은 꼰대 같지 않잖아. 다른 교수님들은 자기들 전
　　　시회 과제로 보고 오게 시키고. 치사하지 않냐?

은아　그러니까! 권교수님은 전혀 안 그러잖아.

소윤　하긴 우리가 안 보러 가도 워낙 유명하시니까 전시회장 썰렁할 일
　　　은 없잖아.

은아　그렇겠지?

소윤　나 담주에 권교수님 실습지도 있잖아. 그거 완전 기대 중인데. 이
　　　전 조 애들이 교수님 작업실도 다녀왔다는데 진짜 좋대.

　　　소윤과 은아는 함께 웃는다.
　　　그때 강의실로 자인이가 들어와 한쪽 구석에 앉는다.

은아　(자인을 슬쩍 보더니 소윤의 옆구리를 슬쩍 찌르며 작은 소리로) 야, 저 언
　　　니, 그 언니…! (입모양으로 '차.쌤.애.인' 이라고 말한다)

소윤　(자인을 보더니) 어 그러네?

은아　이거 학부생만 듣는 거 아닌가보네.

소윤　저 언니도 짜증나겠다.

은아	저 나이가 되어도 이런 교육을 들어야 하는 거야? 그건 진짜 싫다.
소윤	왠지 씁쓸하지 않아? 여자는 평생 잠재적 피해자로 살아야 하는 거잖아.
은아	그런가? 근데 난 아마 당해도 가만있지 않을 거 같아.
소윤	그래? 어떻게 할 건데?
은아	신고해야지. 그걸 가만 둬?
소윤	그래! 우리는 꼭 신고하자!
은아	(함께 웃다가) 그래도 그런 일은 당하진 말자.
소윤	그건 당연하고.

소윤과 은아의 수다는 끝없이 이어진다.
구석에 앉은 자인은 뭔가 찝찝하고 착잡한 표정으로 멍하니 앉아있다.

3장. 권교수 사무실

느긋한 걸음으로 무대에 등장하는 권교수.
자기의 사무실에서 편안하게 겉옷을 벗어 의자에 걸어 둔 다음 커피 머신에서 커피를 내린다. 그때 다급하게 들어오는 자인.

자인 교수님, 늦어서 죄송합니다.
권교수 아, 아니야. 나도 교수회의가 늦게 끝나서 이제 들어왔어. 자 앉지. 커피 한잔 마실래?
자인 아… 아닙니다.
권교수 (에스프레소 머신에서 커피를 내리며) 커피 원래 안 좋아했나?
자인 그런 건 아니고… (잠시 생각하다) 한잔 주세요.
권교수 지난 번 딸애가 잠시 다녀갈 때 유럽에서 사다준 건데, 향이 아주 좋더라고. (먼저 내린 커피 한잔을 자인에게 건넨다)
자인 (커피를 받아들며) 감사합니다. 따님은 유럽 어디에 있댔죠?
권교수 독일. 음악 한다는 애 뒷바라지 하는 게 참 일이야. 교수 봉급이 쥐꼬리라고 애 재능 썩힐 수도 없고. 그게 다 돈인데 말야.
자인 따님 보고 싶진 않으세요?
권교수 다 큰 딸 이제 시집갈 나이인데 뭘. 난 돈만 댔지, 걘 지 엄마 딸이야.

두 사람은 커피를 마신다.
잠시간의 침묵이 흐른다.

권교수 그래, 마음은 좀 추스렸고?
자인 네?
권교수 공모전 말야.

자인 아… 괜찮습니다.

권교수 신진작가전이라는 게 등용문이나 마찬가지니까 신경 많이 쓰고 있다는 거 알아. 자네야 실력은 어느 정도 갖췄으니까 포기하지 말고 계속 도전해보라고.

자인 네, 그래야죠.

사이.

권교수 아참, 얘기는 들었지?

자인 네? 무슨…

권교수 이번 영국 전시건.

자인 아… 네…

권교수 현지 작업기간 포함해서 최소 두 달은 체류하게 될 거 같은데, 어시스트를 이번에는 대학원에서 뽑아가려고 생각중이거든.

자인 소문은 들었어요.

권교수 벌써 소문이 났어? 아니 내가 어디 발표한 것도 아닌데 다들 어떻게 알고 말하고 다닐까? 허허허. 입 조심 해야겠어.

자인 …

권교수 농담이네. 어쨌든 이번 어시스트는 일단 석사, 박사 섞어서 데려가려고. 현지 작업 어시도 있지만 갤러리 관계자들도 많이 만나게 될 거 같으니 학생들에게 좋은 기회가 될 거야. 박작가도 프랑스 데뷔 그렇게 한 거 알지?

자인 네. 잘 알죠. 혹시 예정하고 있는 친구라도…?

권교수 염두해 둔 사람이 없다고는 할 순 없지만, 괜한 소문으로 학교 분위기 뒤숭숭해지면 안 되지.

자인 차라리 빨리 정해주시는 게 학교 분위기에 더 좋지 않을까요? 요즘 다들 모이면 그 얘기 뿐이라서요.

권교수 (마치 금시초문이라는 듯) 그래? 괜히 배려해 준다고 쉬쉬했는데 오히려 역효과가 난 건가? 어쨌든 나도 고민 중이라 아직은 말하기 이르고…

자인   네…

무언가 말을 돌리듯 또 다시 커피를 마시며 침묵의 시간이 이어지다.

권교수   어떻게 보면 실력도 실력이지만 타이밍이나 기회 같은 것도 정말
중요한 거야. 기회가 많이 생길수록 성공의 확률도 높아지거든.

자인   그렇긴 하죠.

권교수   그러니 앉아서 기회를 기다리는 건 바보 같은 일이지.

자인   네?

권교수   자네도 이제 마지막 학기고 하니 적당히 시간만 버리지 말고 적극
적으로 기회를 잡아보려고 애써봐. 이건 지도교수로서의 조언이
라고.

자인   네. 그렇죠.

권교수   (커피를 한 모금 하더니 조금 뜸들이고는) 나도 자네가 적극적으로 야망
을 보여줘야 영국을 데리고 가던 교수자리를 추천하던 정할 거 아
닌가.

자인   아… 네…

권교수   설마 심심해서 박사까지 밟아 온건 아니지?

자인   물론이죠.

권교수   (농담조로) 그럼 나한테 잘 좀 보여 봐.

자인   (농담을 받으며) 저, 얼마나 더 잘 해야 하죠?

권교수   아직 멀었어.

두 사람은 함께 웃는다. 그러나 조금은 어색하고, 금세 웃음이 잦아들어
침묵이 흐른다.

권교수   지나는 농담으로 한 말이지만, 사람은 출세에 대한 야망이 어느
정도는 있어야해. 남자든 여자든. 요즘은 여자들이 그런 건 더 잘

알잖아. 교직도 좋고, 데뷔도 좋네. 지도교수로서 도울 수 있는 것이라면 적극적으로 도와주지. 난 야망 있는 젊은 작가들과 함께 작업하는 게 참 좋더라구. 뭔가 교직자로서의 보람이라고 할까?

자인 네, 명심할게요.

권교수 혹시 내일 저녁에 시간 되나?

자인 네?

권교수 연희동 작업실에서 시청 전시회 건으로 매뉴얼 작업 좀 할 게 있는데, 시간 되면 와서 구경해봐. 박 작가랑 윤경식이도 온다고 하니까 오랜만에 선배들 만나서 인사 좀 하고.

자인 아… 제가 내일 오후에 인천에서 강의가 하나 있어서요.

권교수 (가볍게 던지듯) 기회가 아무 때나 오는 게 아니란 거 알지?

자인 아, 네… 그럼 강의 끝나고 연락드리겠습니다.

　　자인은 가볍게 목례하고 권교수의 방을 나간다.
　　권교수는 자인이 나가고 나서 자리에 일어나 창밖을 응시하다가 오디오의 버튼을 눌러 음악을 켠다. 오디오에서는 장중한 클래식 곡이 흐른다.
　　무대 천천히 어두워진다.

4장. 학과사무실

책상을 앞에 두고 진규가 앉아 업무를 보고 있다.

이때 주변을 눈치 보며 슬며시 들어오는 소윤의 손에는 캔커피가 들려져 있다.

소윤 (커피를 건네며) 쌤~

진규 (슬쩍 보더니 다시 고개를 숙이고) 안 돼.

소윤 어머! 밑도 끝도 없이 뭐가 안 돼요?

진규 (고개를 들어 소윤을 본다) 그럼 왜?

소윤 팍팍하기는. 그냥 어젠 감사했다구요.

진규 됐다.

소윤 그래도 성의인데, 넘 매몰찬 거 아니에요?

진규 (보지도 않고) 그럼 두고 가던지.

소윤 치이… 쌤, 제가 진짜 진짜 감사해서요. 그 리포트 못 냈으면 저 졸업 못할 수도 있었거든요. 쌤이 완전 은인이에요.

진규 (대답이 없다)

소윤 쌤. 사람이 말하면 그냥 들어주는 척만이라도 하면 어디 덧나요?

진규 (건조하게) 조용히 해. 여기 사무실이야.

소윤 알아요… (시무룩해져서 나가려다) 근데 쌤~ 제가 원래 은혜를 입으면 갚아야 맘이 편한 성격이라서요. 제가 밥 한 번 사면 안 될까요?

진규 응, 안 돼.

소윤 진짜 치사하네.

진규 먹은 걸로 할게.

소윤 아이참! 원래 성격이 그래요? 아님 여친 있어서 경계하시는 거예요?

진규　(어이없다는 표정으로 고개를 들어) 뭐라고?

소윤　(쭈뼛거리며) 아니… 그렇잖아요. 사람이 로봇도 아니고 어쩜 그렇게 무미건조하게 대답하나 해서요.

진규　(짧은 한숨을 내뱉으며) 너 같은 애들이 하도 많아서 그래.

소윤　이거 좀 자뻑 멘트?

진규　(한심하다) 맘대로 생각해라.

소윤　뭐, 잘생겼으니깐 인정.

진규　(머리 아프다) 헛소리 그만하고 이제 가봐.

소윤　와, 쌤 진짜 못되게 말한다. 고맙다고 밥 한번 쏜다는 사람한테 헛소리라뇨. 됐어요. 저 엄청 상처받았거든요. 저 이래 뵈도 종이심장에 유리 멘탈인데… 진짜 너무해요!!

　　　소윤은 삐쳐서 휙 나가버린다. 그렇게 나가는 소윤의 모습을 쓰윽 보더니 이내 고개를 절레절레 내젓는다.
　　　잠시 후 선주가 커피를 양손에 들고 들어온다.

선주　진규야, 여기. (커피 하나를 건네다) 뭐야, 마시고 있었네.

진규　아… 네…

선주　난 또 계속 혼자 일하는 줄 알고 사왔더니.

진규　감사해요. 그것도 잘 마실게요.

선주　오늘 못 자는 거 아냐?

진규　할 일도 많은 데 잘 됐죠.

선주　(자기 책상에 앉으며) 휴우. 너도 할 일 많지?

진규　그래도 어제 좀 해놔서 내일이면 끝날 거 같아요.

선주　말이 조교지 완전 노예야 노예. 논문준비도 해야 하는데. 넌 논문 주제 패스됐어?

진규　…

선주　너도 걱정이겠다. 사진가가 사진만 잘 찍으면 됐지… 논문은 뭐래.

진규　전 사진도 잘 못 찍어요.

선주   야, 니가 못 찍으면 난 뭐냐?

진규   누나가 더 감각 있잖아요. 그래도 누난 전시도 했구요.

선주   아… 그거 (잠시 주춤하며) 다 운빨이지 뭐.

진규   운도 실력이라잖아요.

선주   뭐, 너도 충분히 할 수 있어. 어쩌면 니가 더 쉬울 수도 있어. 전시야 적당히 돈 좀 대고, 교수님들 추천 좀 넣으면 다 하는 거지 뭐.

진규   둘 다… 쉽지 않네요.

선주   무슨 소리야. 넌 권교수가 잘 봐주잖아.

진규   그렇지도 않아요. 부려먹기 편해서 그런 거죠.

선주   그래도, 네이티브 영어 되지, 권교수님 세미나 때마다 어시스트도 해왔고 혹시 알아? 이번 영국 전시 때 너 데려갈지. 잘해봐.

진규   …

선주   (떠보며) 설마, 관심 없는 건 아니지?

진규   … 뭐 그야…

선주   가기 싫은 사람이 어딨겠어. 그치? 기회가 안와서 그렇지. 넌 그래도 권교수한테 잘 보인 게 많아서 가능성 좀 있지 않아?

진규   그럴까요?

선주   (장난스럽게) 너도 은근 기대 중이지?

진규   아… 아니에요.

선주   아니긴. 귀가 말하는데? 완전 빨개져서.

진규   (귀를 잡으며) 저 원래 귀에 열이 좀 많아요.

선주   (웃는다) 어머, 너 진짜 웃긴다. 농담한 건데 덥석 무네.

진규   …

선주   우리끼린데 어때. 가고 싶은 게 당연하지. 나도 가고 싶지만… 기대도 안 하련다.

진규   왜요?

선주   (뜸들이다) 그런 게 있어. (곧바로 주제를 전환한다) 근데 자인이도 가는 거 아냐? 둘이 같이 가면 진짜 대박이겠다.

진규   …

선주	자인이랑 가면 너도 좋지 않아?
진규	좋죠.
선주	근데, 권교수가 너희 둘 사귀는 거 다 아는데… 왠지 둘 중에 하나만 데려갈 거 같다. 같이 가면 서로 더 불편할 수도 있고. 교수님도 신경 쓰일 거 같고.

진규는 말이 없어진다.
선주는 그의 눈치를 슬쩍 살핀다.

선주	꼭 그렇진 않을 거야. 걱정 마.
진규	근데 누나는 안 가고 싶어요?
선주	안 가. 난 그냥 여기서나 잘 할래.
진규	누난 석사 끝나면 박사도 갈 거예요?
선주	… 아마도 아닐 듯.
진규	왜요?
선주	(말을 돌리며) 여자가 가방끈 길어지면 시집가기 힘들대서.
진규	그럼 뭐할 건데요?
선주	시집가야지.
진규	…
선주	농담이야. 나 아는 선배가 스튜디오 오픈했거든. 거기에서 같이 작업하기로 했어.
진규	잘됐네요.
선주	잘되긴. 그래봤자 비정규직이다.
진규	예술가는 다 비정규직인 거예요.
선주	열정을 담보로 한 극한 신체적 노동행위지.
진규	그래도 이젠 진짜 작가 타이틀 달고 나가는 거잖아요. 부럽다.
선주	부러우면 지는 거다. 너도 열심히 해. 나보다 가능성이 많잖아.

선주는 업무를 보는 듯 대화를 멈추고 일에 집중한다.

진규는 뭔가 멍하니 딴 생각을 하고 있다.

선주가 그 모습을 슬쩍 보더니 무심코 던지듯 말을 이어간다.

선주   이런 말 한다고 오해해서 듣진 말고… (조심스럽다) 자인이가 여친이지만 너무 믿지 마. 둘이 같이 승승장구하면 좋겠지만 기회가 모두에게 공평하진 않거든. 게다가 이 바닥에 설 자리도 뻔한데, 결국 모두가 다 경쟁자인 거야. 괜히 여친이라고 다 양보해주다 병신같이 니 꺼 놓쳐서 후회하지 말고. (한번 더 주변을 살피고) 그리고, 자인이 잘 지켜봐. 권교수랑 너무 붙어있지 않게.

선주의 말에 진규는 무척 신경 쓰이지만 이유를 묻지 못한다.

선주는 말을 끝내고는 커피를 들고 슬쩍 밖으로 나가버린다.

5장. 연희동 작업실

무대는 삼각대 위의 카메라, 촬영을 위한 조명 등이 있는 연희동의 권교수 작업실이다. 중앙에 테이블에는 먹다 남은 듯한 와인병이 올려져 있다. 잠시 후 권교수와 함께 자인이 뒤따라 들어온다.

자인   선배님들은 가셨나 봐요?

권교수 한참 기다리다가 약속이 있다고 먼저들 가더라고. 조금만 더 일찍 오지.

자인   수업 끝나고 질문이 길어져서 늦어졌어요… 죄송해요. 교수님도 작업 다 끝나셨으면 그냥 들어가시지 그러셨어요.

권교수 나야 뭐 집에서 기다리는 사람도 없고. 괜히 사람 불러놓고 중간에 그냥 가기에 미안해서.

자인   아니에요. 그냥 중간에 전화주시지…

권교수 왔으니 잠깐 앉았다 가. 내가 데려다 줄게.

자인   전 괜찮아요. 그런데 교수님, 술 드시지 않으셨어요?

권교수 아니. 안 마셨는데.

자인   여기 와인은?

권교수 아까 박작가가 자네 기다리면서 마시던 거야. 좀 남은 거 같은데 한잔?

자인   아…괜찮습니다.

권교수 그럼 어쩌나? (병을 들더니) 에이, 아까우니 내가 한잔 마셔야겠다.

잔에 와인을 따른다. 두 잔을 채운다.

권교수 (자인에게 권하며) 혼자 마시긴 좀 그런데?

자인   (마지못해) 아… 네.

권교수   늦었으니 얼른 비우고 갈까? (먼저 마신다)

자인   아… 네… (따라 잔을 비운다)

     권교수는 빈 잔을 다시 채운다.

권교수   논문 준비에다 강의까지 뛰려면 정신없겠어.

자인   뭐 괜찮습니다. 거리가 좀 멀어 오가는 데 시간이 많이 들어 그렇지, 할 만해요.

권교수   그룹전 준비도 하고 있다면서.

자인   아 네… 뭐 동호회에서 소소하게 하는 전시예요…

권교수   뭘 동호회까지 시간을 쓰고 그래. 작품이면 작품활동, 논문이면 논문. 집중을 해야지. 진짜 욕심 많은 친굴세.

자인   제가 좀 거칠게 자라서 그런지 일복도 많고, 욕심도 많아요. 그래도 아직까진 감당할 만큼이라 괜찮습니다.

권교수   (농담조로) 자인이 너는 그냥 고분고분 네 하는 법이 없어. 그렇게 쓸데없는 데 쫓아다니면서 시간 쓰니까, 정작 중요한 데 시간을 못 내는 거야.

자인   어디요?

권교수   영국은 관심 없는 거야?

자인   그야. 기회 주시면 전 가고 싶죠.

권교수   기회가 그냥 생기나! 어느 정도 자기 희생이 있어야지.

자인   네…

권교수   이번에 영국에서 신진여성작가도 추천 달라고 메일이 왔더라구. 전시 성격이 서프러제트다 보니까, 신진여성작가전도 따로 기획 중인가봐.

자인   아…

권교수   그럼 뭐해. 맘은 콩밭에 있는데.

자인   저요?

권교수   라인 관리도 좀 해야지. 선배들 작업도 좀 돕고, 모임에도 얼굴 좀 비추고. 내가 그래서 일부러 마련한 자린데. 이번에 박작가가 현대미술관 기획전에 참여하는 거 알지? 어째 똑똑한데 이런 거에선 맹해.

자인   아… 죄송해요.

권교수   이거 원 하나에서 열까지 다 지도교수 책임일세. 내가 자길 이뻐하니 망정이지, 딴 사람 같으면 이런 자리도 안 만들어.

자인   알지요. 감사합니다.

권교수는 다시금 잔을 들어 자인과 잔을 맞춘다. 그리고 와인을 비운다. 자인도 따라 잔을 비운다.

권교수   에이, 이왕 마신 거 다 비우는 게 낫지?

자인   아… 네.

권교수   와인 좋아해?

자인   저요? 즐겨 마시지는 않지만 싫어하진 않아요.

권교수   저기 한 병 더 있을 텐데.

자인   아… 아니에요. 전 이제 그만 마셔도 될 거 같아요.

권교수   내가 더 마시려고.

자인   차 가지고 오셨으면 대리 부를까요?

권교수   그냥 택시 타고 가면 되지. 내가 가는 길에 내려줄게.

자인   아… 그게…

권교수   뭐 빨리 가야해?

자인   그런 건 아니고요.

권교수   그럼 먼저 가. 난 혼자 더 마시지 뭐. 내가 백날 얘기하면 뭐하나. 바쁘면 얼른 가봐.

자인   아… 니에요. 제가 모셔다 드리고 갈게요. 대신 전 천천히 마셔도 되죠?

권교수   강요 안 했어. 천천히 마셔.

자인   네.

권교수	예술엔 술이 5할이야. 예.술. (웃는다)
자인	(어색하게 따라 웃는다)
권교수	한잔 더 할 거지?

권교수는 와인을 찾으러 안으로 들어갔다 나오는데 조명이 한층 어두워진다.

권교수	(와인을 들고 나오며) 사방으로 불 켜놓으면 전기 아까우니까.
자인	…
권교수	그리고 와인 마실 때는 이런 게 분위기가 좋거든. 이게 원래 분위기로 마시는 술이잖아.
자인	네… 그렇죠. 어디 초라도 찾아볼까요?
권교수	초! 그거 괜찮은데. 이젠 죽이 좀 맞으려나?
자인	어디 두신 데 있을까요?
권교수	글쎄. 나도 여기 정리는 내가 안하니까.
자인	제가 한번 찾아볼게요. (자리에서 일어난다)

일어나는 자인의 손목을 잡는 권교수.
자인이 흠칫 놀라 그대로 멈춰있다.

권교수	그건 이따가 찾고, 이리와 봐. (자인을 무릎에 앉힌다)
자인	하아… 교수님 좀 취하셨나 봐요.
권교수	나? 취했지 그럼. 이렇게 아름다운 여인이 내 앞에 있는데 안 취하고 배겨?
자인	(어색한 웃음) 하하하. 농담이라도 녹음해 두고 싶네요.
권교수	농담 아닌데. 근데 녹음은 안 되지. (자인의 손을 끌어 자신의 가슴 위에 대며) 심장 뛰는 거 느껴져?

권교수는 테이블 위에 있던 자인의 핸드폰의 전원을 끈다.

자인   저 교수님. 많이 취하신 거 같으니까 저희 일어날까요? 제가 댁까지 모셔다 드릴게요.

권교수   우리 연애할까?

자인   네?

권교수   왜? 싫어? 차조교 때문에?

자인   그것도 그렇지만…

권교수   이번 영국 작업에는 새로운 뮤즈가 필요해. 철옹성 같은 너의 갑옷 속에 숨겨진 열정이 내 심장을 뛰게 하거든. 베일이 두꺼울수록 벗기고픈 욕망은 예술가의 숙명인 거지.

자인   저… 이러시면 좀… (권교수의 손에서 슬쩍 벗어나려고 하지만 이내 더 강하게 잡힌다)

권교수   싫다면 말해.

자인   저… 좀 갑작스러워서…

권교수   싫은 거야? 좋은 거야?

자인   저… 교수님…

권교수   싫다면 뭐 어쩔 수 없지.

　　자인을 놓아준다.
　　자인은 조심스레 권교수의 무릎에서 일어나서 그와 조금 떨어진다.
　　권교수도 일어선다.

권교수   평양감사도 지가 싫음 그만이지. 억지춘향도 아니고…

자인   (권교수의 시니컬한 태도가 신경 쓰인다) 그런 게 아니라… 많이 늦어서요. (눈치 보다가) 네. 제가 안쪽 불 끄고 올게요. 먼저 나가 계세요.

권교수   알았어.

　　권교수 나가는 듯하고, 자인은 안으로 들어가 작업실의 불을 끄고 나오는데 현관 앞에서 권교수가 갑자기 껴안고 키스를 한다.

권교수 그런 게 아니면…? 한번 생각해 보겠단 거야?

자인은 잔뜩 긴장해 몸을 움직이지 못한다.
대답을 듣기도 전에 권교수는 다시 자인에게 키스한다. 거부하려는 듯 자인이 몸을 뒤로 뺄수록 권교수는 자인을 더욱 강하게 끌어안는다. 그렇게 힘으로 몰아붙이듯 키스를 이어가는 권교수에게 몰려 벽에 닿고, 테이블에 부딪히다 도망칠 틈을 찾을 수 없는 자인. 권교수의 손이 자인의 블라우스 앞섶을 더듬자 자인은 그의 손을 강하게 움켜쥐지만 힘에 부친다.
테이블에서 와인병 떨어지는 소리와 함께 무대는 어두워진다.

6장. 실습실

사진과 실습실.
물건을 두고 간 것이 있는지 빈 실습실 문을 열고 자인이 들어온다. 걸음
이 조심스럽고 무겁다. 다소 떨리는 손으로 테이블 위에 있던 카메라 가방
을 정리해 들고 나가려는데 카메라 가방이 미처 닫히지 않은 상태라 카메
라가 바닥에 떨어진다. 그 바람에 카메라 캡이 떨어져 테이블 뒤로 굴러간
다. 그걸 주우러 웅크려 앉은 사이에 소윤이 통화하며 실습실로 들어온다.

소윤   (전화를 받으며) 나 실습실. 오늘 권교수님 실습 있는 날이잖아. 어
제부터 설레서 잠을 못 잤거든. (웃는다) 농담이지. 설마 그랬겠냐?
근데 지난 조는 교수님 작업실 가서 했다는데… 우리 조는 왜 학
교래? 완전 실망. 차쌤한테 따질까? (사이) 뭐 그 핑계로 얼굴 보러
가려는 거지. 차쌤 볼 때마다 졸귀탱. 심장 터질 거 같아. 간지 너
무하지 않냐? 오늘 옷 입은 거 봤어? 졸라 섹시해. (사이) 야, 원래
몸매 좋은 남자는 셔츠 하나 딱 걸치고 단추 하나 풀고, 소매 팔뚝
까지 딱 접고! 이게 섹시야. 뭘 몰라요. (사이) 그럼, 난 잘 알지. 난
차쌤 모델로 황금비율 연구하고파. (키득거리며 웃는다) 풉. 이러다
나 차쌤 애인한테 걸리면 죽는 거 아냐? 이번에 한번 뺏어봐?

통화를 하다 자연스럽게 뒤돌아보는데 거기에 서 있는 자인을 발견하고
식겁하는 소윤.

소윤   꺅! 여기서 뭐하세요?
자인   (차갑게) 여기서 수업 있나봐?
소윤   … 네… 좀 있다가.

자인은 한참을 차가운 시선으로 소윤을 노려보듯 본다.

소윤은 적당히 시선을 피하며 서 있다.

자인 너 4학년이지?

소윤 그건 왜요?

자인 그때 본 거 같아서. 성폭력 예방교육 때.

소윤 …

자인 (비웃으며) 그런 교육 백날하면 뭐해.

소윤 네?

자인 어차피 너희 같은 애들한테 필요도 없겠네.

소윤 무슨 말이에요?

자인 (혼잣말하듯) 쉽게 넘어 오는 애들이 있으니, 다 쉬운 줄 알지.

소윤 지금 저한테 한 말씀이세요?

자인 처신 똑바로 해.

소윤 (어이없다) 네? 뭐라구요?

자인 그렇게 세상이 호락호락하지가 않다.

소윤 지금 뭐라는 거예요!

자인 모르는 게 죄야. 몰라서 당하는 거라고. 너처럼 헤프게 구는 애들이 넘쳐나니, 그런 새끼들이 정신을 못 차리고 들이대는 거야.

소윤 (매우 기분이 나쁘다) 왜 나한테 뭐라고 해요? 짜증나게.

자인 너 나 알지?

소윤 … 네.

자인 알면서 되게 용감하다. 너.

소윤 내가… 뭐요!

자인 그냥, 니가 하는 얘기 들으니 뻔해서. 너 같은 애들이 딱 두 부류거든. 남자 잘 만나 팔자피고 싶어 하거나 남자 때문에 팔자 구겼다고 하는 애들. 자기 스스로의 주체성이라고는 전혀 없는.

소윤 (어이없다) 허… 언니가 뭐 그렇게 잘났어요?

자인 넌 권교수가 그렇게 대단하니?

소윤	그럼 호구겠어요?
자인	너 같은 애들이 권교수한테 잘 보여서 뭐하게?
소윤	교수님한테 잘 보이는 게 잘못이에요? 왜요? 학점 잘 받으려고 그래요! 됐어요? 진짜 재수 없어.
자인	실력으로 승부해. 흘리고 다니지 말고.
소윤	흘리긴 누가 흘려요!
자인	교수도 모자라서 조교한테까지… 알만하다. 내가 선배이자 여자로써 얘기하는 데 처신 제대로 해. 괜히 나중에 딴말하지 말고.
소윤	언니가 뭔데 충고예요? 선배면 다야?

자인이 무언가 말하려는 찰나 실습실로 학생들 무리가 들어온다.
자인은 다시 한번 소윤을 노려보고, 이번엔 소윤도 그에 질 새라 자인을 노려본다.

7장. 자인의 원룸

자인은 책상에서 논문작업이다. 그런데 쉽게 집중이 되지 않는지 자꾸 머
리를 쥐어짜며 짜증을 낸다. 어제의 일이 신경 쓰인다. 기분이 안 좋다.
냉장고에서 캔맥주 하나를 꺼내온다. 그러는 사이 현관의 비밀번호 누르
는 소리가 들리더니 진규가 피곤한 듯 들어온다.
그 소리에 깜짝 놀란 자인.

자인 누구세요?

진규 나야… 왜 그래?

자인 웬일이야? 아깐 집으로 바로 간다며.

진규 그냥… 무슨 일 있어? 왜 이렇게 까칠해?

자인 …

진규 뭐해?

자인 논문.

진규 으응…

자인은 진규와 눈을 마주치지 못한 채 노트북 화면을 멍하니 바라본다.
진규는 자인을 쓱 한번 보더니 냉장고에서 맥주 하나를 꺼내온다. 진규
는 TV를 켠다.

자인 미안한데, TV 안 보면 안 돼?

진규 (자인을 한번 쳐다보더니 이내 TV를 끈다)

자인 고마워.

다시 두 사람 사이엔 침묵이 흐른다.
진규는 핸드폰을 보는 사이사이에 자인을 보지만 여전히 멍하게 모니터만

들여다보며 머리를 쥐어뜯는 자인.

진규 뭔데?

자인 응?

진규 잘 안 되면 술이나 한잔 해.

자인 하아…

진규 집중도 못하는 거 같은데 쉬었다 해. 붙잡고 있는다고 해결되는 것도 아닌데.

자인 … 그럴까?

자인은 마시던 캔맥주를 들고 진규와 조금 떨어진 자리에 앉는다.

진규 뭐야?

자인 응?

진규 이상해서.

자인 뭐가?

진규 … 아냐.

잠시 침묵 사이에 캔맥주 한 모금을 마시던 자인은 뭔가를 떨쳐내려는 듯 도리질을 한 번 해낸다.

자인 넌 요즘 안 바빠?

진규 괜찮아.

자인 학기말이라 정신없지? 일하랴, 공부하랴… 아참, 논문 주제는 아직도야?

진규 … 내가 알아서 할게.

자인 그래도 제때 끝내는 게 좋아. 질질 끌면 더 힘들잖아.

진규 넌 학위 마치면 교직으로 나갈 거야?

자인 글쎄.

진규	내년에 교수임용 있을 거 같은데. 왜 저번에 최교수 징계건으로 자리 하나 비잖아.
자인	…
진규	잘해봐.
자인	뭘?
진규	너야 실력도 어느 정도 있고, 강사 경력도 있고, 내년엔 학위도 딸 테니까. 조건이 부족하진 않잖아.
자인	기회가 되면 도전은 해봐야지.
진규	권교수가 얘기 안 해?
자인	응?
진규	모르는 척하기는…
자인	(기분 나쁘다) 내가 뭘 알아야 하는데?
진규	모르면 됐고.
자인	뭐야?
진규	뭐?
자인	그 반응.
진규	(모른 척) 뭘. 아무 말도 안했는데.
자인	기분 나쁜 일 있어?
진규	아니. 없어.
자인	있는데 뭘. 뭔데?
진규	없어.
자인	말도 안 해줄 거면서 왜 말을 꼬아?
진규	내가?
자인	지금 그러고 있잖아.
진규	넌 다 잘하니까 부러워서 그래.
자인	아닌 것 같은데?
진규	됐다. 길게 말해봤자 싸울 거 같다.
자인	싸울 일이면 싸워서라도 풀어야지. 그렇게 꽁꽁 감추고는 지 기분 나쁜 티만 팍팍 내고. 지금 뭐하자는 거야?

진규	(슬쩍 짜증이 올라온다) 너 학교에서 애들 하는 얘기 잘 안 듣지?
자인	무슨 얘기?
진규	순진한 거야, 아님 연기하는 거야?
자인	(점점 흥분해서) 뭔지 제대로 알려주지도 않고 왜 자꾸 트집인데?
진규	하긴⋯ 너에게 화낼 게 아니지. 뭣도 안 되는 내 주제에⋯
자인	야! 차진규!
진규	나 솔직히 이번에 영국 가고 싶다.
자인	⋯ 그게 뭐! 가고 싶음 가면 되지.
진규	(콧방귀를 끼며) 진짜 짜증나게 하네.
자인	내가 뭘 어쨌다는 건데? 내가 못 가게 막았니?
진규	(욱해서) 그럼 잘 되라고 밀어주고 있어?
자인	(기가 막히다) 뭐라는 거야?
진규	넌 영국 아니어도 교직기회도 있잖아.
자인	그래서, 난 도전도 하면 안 되니?
진규	그래, 다 해봐. 그렇게 다 하고 싶어서 권교수에게 꼬리나 치고 있냐?
자인	너 지금 뭐라고 했어?
진규	(다 마신 맥주캔을 기분 나쁜 듯 거칠게 구기며 중얼거린다) 시⋯ 발⋯
자인	그게 무슨 말이냐고!
진규	너 어제 권교수 작업실 다녀왔다며.
자인	⋯ 그게 뭐 어때서?
진규	어젠 왜 전화기 꺼났어?
자인	꺼진 줄 집에 와서 알았어.
진규	(할 말이 있는 듯하다 속이 타는 듯 술 한 모금 마시고는) 너 권교수랑 그렇고 그런 사이라고 소문이 파다해!
자인	(무척 당황스럽다) 뭐라고?
진규	애들이 나 피해서 숙덕거리고 있지만 나도 귀가 있다고. 다 들려. 개새끼들⋯ 너 권교수 작업실 드나드는 거 시도 때도 없고, 권교수 이혼도 다 너 때문이라고. 제자 애인 건드는 교수보다 지 애인

빼기는 내가 더 호구라고. 다들 그런다고!

자인 (어이없다) 미.친.새.끼… 지금 그 말을 믿니?

진규 …

자인 지금 그 말을 믿냐고! (쿠션을 진규를 향해 던지며) 지금. 그 말을. 믿냐고!!

진규 안 믿으면? 나만 안 믿으면 다 돼?

자인 당연히 믿지 말아야지. 니가 어떻게 그런 말을 할 수가 있어!

진규 나라고 그 말을 믿고 싶겠냐? 니가 깨끗하면 그런 소문이 왜 나겠어. 어젠 왜 전화기 꺼놨어!

자인 꺼진 줄 몰랐다고! 내가 너한테 왜 이런 변명을 해야 해? 니가 뭔데?

진규 내가 뭐냐고? 니 애인이다 시발! 넌 니 애인 발목잡고 있는 게 좋냐!

자인 무슨 개소리야. 내가 니 발목을 왜 잡아.

진규 졸라 내가 호구지! 시발. 여친은 뒤로 호박씨 다 까고 다니면서 지 살겠다고 바둥거리는 줄도 모르고.

자인 니가 그딴 식으로 얘기하면 안 되지! 니가! 다른 사람이 뭐라고 해도 니가 그러면 안 되는 거야!

진규 깨끗하면 증명해봐. 내가 어제 어디 간 줄 알아? 한석이 그 개새끼가 너 연희동에서 봤다고… 아니라고 둘러댄 내가 병신이지. 그러고는 전화하는데 니 전화기는 계속 꺼져있고. 내가 제 정신이겠냐고! 갔더니, 불은 꺼진 지 한참이 되는 데도 니들은 안 나오더라! 그런데 내가 뭘 더 알아야해?

자인 (머리가 아득하다) 너랑 얘기하기 싫어. 당장 나가! 내 집에서 당장 나가라고!

진규 이번에 신진작가전 떨어진 것도 일부러 떨어뜨린 거 아냐? 너무 너만 밀어주면 티 날까봐. 왜, 권교수가 내년엔 자리하나 내주겠으니 올해는 참으라던?

자인 (발악을 한다) 당장 나가라고! 니가 뭘 안다고 그딴 소릴 해? 내가 무슨 꼴을 당하고 다니는 지 니가 알기나 해!

진규   내가 알게 뭐야? 불 꺼지고 뭐했는지 말해봐. 입이 있으면 아니라고 해봐. 왜? 니가 당했다고 그러지! 남들 잘하는 미투, 그거 너도 해봐. 소문이 더러운지 니가 더러운지!

자인   (진규를 향해 따귀를 내리친다) 닥쳐. 개자식!

진규   왜? 피해자 코스프레라도 하시게? 시발… 세상이 졸라 엿 같네! 누군 열심히 뺑이 쳐서 버티고 있는데, 누군 몸뚱이 하나 믿고 편하네.

자인   병.신.새.끼. 너도 똑같애!!!!! 우리 끝내자. 당장 내 눈 앞에서 꺼져.

진규   끝내! 나도 원하던 바야! 시발!

진규는 거친 숨을 몰아쉬며 화를 참을 수 없는지 맨 바닥을 걷어찬다. 그리고 옷을 집어 들고 나간다.
그가 나간 뒤 자인은 한참을 씩씩거리다 어느 새 그 화가 울음으로 변해 울고 만다.

8장. 캠퍼스

무대 위에 산재해서 서 있는 사람들.

모두 휴대폰을 뚫어져라 바라보고 있는데 그 표정이 빅뉴스를 접한 듯 당황스럽다.

여기저기 웅성거리는 소리. 여럿이 서 있지만 서로 대화하는 건 아니다.

학생   대박… 이거 뭐야. 제대론데?

은아   … 뭐야. 뭐야… 이거 뭐야…

학생   (어디론가 전화를 걸며) 너 학교 게시판 봤냐? 봐봐. 완전 대박사건이야. 사진학과에 미투 떴잖아. 이거 K교수 권교수 말하는 거 같은데. 일단 봐봐. 얼른!

은아   설마… 설마…

학생   봤지? 실습수업 때 성추행 했다잖아. 예술대학 사진학과 K교수면 딱 권교수 아냐? (사이) 김경식 교수님? 에이 설마. 그분은 완전 독실한 크리스천이잖아. 내 촉엔 딱 권교수야! 작업한다고 불러놓고 가슴 만지고 장난도 아니다. 얼마 전에 권교수 스튜디오 촬영 실습수업 했잖아. 펙트가 딱딱 떨어져. 완전 빼박켄트. 근데 이거 쓴 애는 학교 어떻게 다니냐? 아무리 익명이어도 교수님들은 누군지 딱 알 거고, 소문도 금방 날 텐데. 간도 크다.

은아   (어디론가 전화를 건다) 소윤아. 혹시 이거 너야?

무대 잠시 암전되었다 밝아지면 중앙에 진규가 앉아있다. 그리고 에스프레소 머신에서 커피를 내리고 있는 권교수.

권교수   커피 좋아하지?

진규   네…

권교수	우리 딸애가 유럽에서 사다준 건데 향이 참 좋아. (커피잔을 건넨다)
진규	감사합니다.
권교수	논문준비는 잘 되가?
진규	네. 교수님 덕분에요.
권교수	내가 여러 가지 작업이랑 영국전시 준비 때문에 석사과정은 신경을 못 써준 거 같아 미안해. 차조교가 고생 많이 하는 거 아는데, 언제 밥이나 한번 샀어야 했는데. 시간도 못 냈네.
진규	아닙니다.
권교수	어서 들게.
진규	네… (커피를 마신다)

　　잠시 침묵이 흐른다.

권교수	아침에 학교 게시판에 이상한 글이 하나 오른 거 읽어봤어?
진규	…
권교수	솔직히 말해도 돼.
진규	네…
권교수	다행히 지금은 글을 삭제하긴 했는데, 뭐 이미 학생들 중에는 캡쳐해서 퍼트리는 애들이 있는 거 같기도 하고. 요즘 젊은 애들은 휴대폰으로 못하는 게 없다니까. 그게 제대로 된 내용인지를 확인하기도 전에 일단 가십거리가 된다 싶으면 퍼트리기 바쁘지. 주관이 없고 유행처럼 여기서 이런다 하면 우르르 몰려다니기 바쁘지. SNS 그것도 참 문제야.
진규	…
권교수	혹시 글 쓴 학생이 누군지 아나?
진규	글쎄요.
권교수	뭐, 애들이 장난삼아 쓴 글에 내가 신경 쓸 일은 아니지만, 그래도 우리 대학에서 일어난 일이고 하니 가만있기는 그렇고. 차조교가 좀 아는 게 있나? 그래도 학부생들하고는 자주 만나니까.

진규 저도 학생들은 잘 몰라서요.

권교수 그렇군… 응, 커피 마셔. 식겠어.

진규 네…

권교수 사실, 나도 100프로 확신할 수는 없지만, 학부에 김… 소윤… 이라는 학생이 있지 않나? 아무래도 그 학생이 글을 쓴 거 같은데. 차조교는 그 학생 알고 있나?

진규 아… 네, 조금.

권교수 그래? 어떤 친구지?

진규 저도 오가며 잠깐씩 본 애라, 잘은 모릅니다. 다만,

권교수 다만?

진규 리포트 제출이 종종 늦는 학생이라… 얼굴이랑 이름은 알고 있어요.

권교수 그렇군. 내 수업도 듣고 있는 거지?

진규 (다소 놀라며) 네? 그때 실습 때 제일 늦게 남았던 친구가… 아… 아닙니다.

권교수 나도 아까 긴급회의 들어가서 이름만 슬쩍 들었는데, 아무래도 우리과 일이다 보니 가만히 있긴 그렇고…

진규 네…

권교수 학기말이라 학교 분위기도 둥둥 떠 있는 데다 나도 곧 영국전시 때문에 신경 쓸 게 많은데 학과장으로서 걱정이 되는구만.

진규 정말… 그러시겠어요…

두 사람 다시 말이 없다. 어색한 침묵 중에 커피를 마신다.

권교수 그나저나 영국 전시 이야기가 나와서 그런데. 아무래도 이번 영국행 때는 영어도 좀 되고 내 어시스트를 좀 해봤던 친구로 뽑아 데려갈까 고민 중이야. 다음 주까지 항공권 예약해야하니까 금주 내로 명단이 나와야 하는데, 차조교는 시간 되나?

진규 네? 저요?

권교수	물론 이번 전시가 단순 어시스트로 따라가긴 해도 영국 사진계 관계자들도 많이 만날 수 있고, 현지 갤러리에 자리를 연결해 볼 수도 있는 기회가 될 거야. 박작가 알지? 그 친구도 그렇게 프랑스에서 데뷔한 거잖아.
진규	알고 있습니다.
권교수	혹시 방학 중에 뭐 따로 준비하고 있는 건 있고?
진규	논문이…
권교수	아, 논문.
진규	그거 빼고는 다른 일정은 없습니다.
권교수	그렇군.

슬쩍 뜸을 들이는 권교수와 그의 눈치를 살피는 진규.

권교수	진로는? 졸업하고 나면 계속 공부를 할 생각인가? 아니면…?
진규	아직은… 확실하게 정한 건 없습니다.
권교수	음. 적은 나이도 아닌데, 이젠 진로를 결정해야지. 그냥 어영부영 시간만 보내기엔 아깝잖나. 기회가 있으면 적극적으로 매달려 보라고. 이 바닥에선 그 수밖에 없어. 열정이 중요하거든.
진규	네…
권교수	나야, 가능하면 가능성 있고, 열정 있는 친구를 데리고 가고 싶네. 그래야 기회가 아깝지 않을 테니까. 그편이 나도 편하고. 차조교가 그동안 내 옆에서 궂은 일 많이 봐줬으니 차조교에게도 기회를 주는 게 옳은 거 같아서 얘기해 본 거네.
진규	네, 감사합니다.
권교수	아직 감사는 이르고. 정말 가고 싶은 마음과 열정이 있다면 보여줘야지 나도 결정을 하지.

사이.

권교수	어쨌든 영국 전시건은 나도 조만간 결정해야하니 차조교 입장도 분명히 알려주면 나한테 도움이 많이 될 걸세.
진규	네. 알겠습니다.
권교수	그런데, 혹시 그 소윤이라는 학생은 어떤 친구일까?
진규	그냥. 좀 생각 없고, 좀 나서는 스타일이에요.
권교수	역시… 그랬군.
진규	… 제가 좀 얘기해 볼까요?
권교수	아, 아냐. 자네가 왜?
진규	아… 혹시나 신경 쓰이신다면.
권교수	내가 뭐 걸릴 게 하나 없는데 신경은 무슨. 그냥 궁금해서 그래. 이따 총장님께 이 일에 대해 보고도 해야 하고 하는데… 어쩌나 싶기도 하고. 우리 과에서 이런 일이 생기니까 찝찝해서. 자네도 알듯이 우리 과 교수님들이 얼마나 점잖은가. 혹시나 오해가 있거나 악의를 가지고 쓴 글이라면 명확한 해명을 해야할 테고. 어쨌든 알았네.
진규	네…

사이.

권교수	혹시 학생들 사이에서 그게 나라고 소문이 난 건 아니겠지?
진규	… 설마…요.
권교수	어쨌든 이번 일이 커지면 영국 출발 일정에도 문제가 생길 것 같아서 말야.
진규	… 네.
권교수	뭐, 피해자도 익명으로 쓴 글이니 진위여부 확인도 어렵고. 글은 좀 전에 학교 측에서 삭제한 것 같으니 글 쓴 당사자만 찾아 오해만 풀면 조용히 끝날 수도 있으니까. 요즘 워낙 학교에서 이런 일에 신경을 많이 쓰고 있으니 자네도 조심하고. (시계를 본다) 난 수업이 있어 일어나네. 커피 다 마시고 천천히 나가도 돼.

권교수는 나가고, 혼자 남은 진규는 불안한 듯 찻잔을 매만지다가 점점 표
정이 굳어간다.

잠시 후 핸드폰을 꺼내 한참을 고민하다 전화를 건다.

진규   어, 나 차조교인데. 혹시 바쁘니?

9장. 학과사무실

학과사무실에 일이 있어 들른 자인.

아무도 없는 사무실을 둘러보는데 선주가 들어온다.

선주　오랜만이네.

자인　어… 안녕.

선주　학과 사무실은 통 오가질 않으면서 웬일이래?

자인　볼일이 좀 있어서.

선주　응… 그래. (애써 모른 척 자리에 앉는다) 뭐, 도와줄까?

자인　어… 기자재 사용 요청서 좀 쓰려고.

선주　기다려.

서류를 꺼내서 자인에게 넘겨준다.

자인은 서류의 칸을 채우며 서 있다.

선주　요즘은 어때?

자인　뭐가?

선주　준비하는 건 잘 되가?

자인　나?

선주　응.

자인　내가 뭐 준비하고 있나?

선주　뭐든 준비하겠지. 마지막 학긴데.

자인　응… 논문은 잘 쓰고 있어.

선주　그렇구나.

자인　(서류를 건네며) 이렇게 쓰면 되지?

선주　응. 맞아.

자인	고마워. (나가려는데)
선주	아참, 그 얘기 들었어?
자인	응? 무슨…
선주	당분간 학생들한테 작업실 대여 안 되는데.
자인	그래?
선주	응. 며칠 전에 학교 게시판에 미투 뜬 거 때문에 지금 좀 예민해서. 원래는 학부생만 금지였는데, 당분간은 대학원생들도 이용중단이야.
자인	으응…
선주	넌 아니지?
자인	뭐?
선주	글 쓴 거.
자인	그건 학부생이라며.
선주	아니…그냥. 혹시나 해서.
자인	왜?
선주	아냐. 그냥 말해본 거야. 신경 쓰지 마.
자인	떠보는 거야?
선주	무슨 말이 그러니. 아냐. (슬쩍 자인의 눈치를 살피다) 어쨌든 갑자기 학교 분위기 뒤숭숭해져서 너도 타격이 좀 크겠다.
자인	내가 왜?
선주	아직, 소문 못 들었나보구나. 권교수님 괜찮아?
자인	…
선주	뭐 이번 일… 이니셜이어도 워낙 폭이 좁잖아. 권교수 아님 김교수님이니까.
자인	그래서?
선주	그래서는… 지도교수니까 걱정돼서.
자인	내 걱정이면 고마워.
선주	니 걱정일 수도 있고, 내 걱정일 수도 있고.
자인	그럼 수고해.

선주   요즘도 연희동 자주 가고 그래?

자인   너 무슨 말 하고 싶은 건데?

선주   그냥 물어보는 거야. 당분간은 교수님들 작업실 드나드는 거 신경 쓰라고. 시끄러울 때잖니. 괜히 학기 얼마 안 남았는데… 너도 안 됐다.

자인   뭘 아는 것처럼 넘겨짚지 마. 기분 나빠. 내 일은 내가 알아서 할 테니 넌 니 일이나 신경 써.

선주   (나가려는 자인 뒤에) 진규는 안 보고 가?

　　　　자인은 걸음도 안 멈추고 그대로 사무실을 나간다.

10장. 술집

무대는 어두운 술집의 한 구석자리.

울고 있는 듯한 소윤과 그 옆에 앉은 진규. 한참을 울었는지 이제는 눈물이 잦아들고 훌쩍거리며 고개를 드는 소윤.

진규 (휴지를 건네며) 이제 괜찮아?

소윤 네… 죄송해요. 오자마자 울어서.

진규 아냐… 이해해.

소윤 그래도 뭔가 시원하네요. 사실 오늘 내내 무서웠어요. 사람들 전화 안 받고 그냥 방에만 있었거든요. 막상 게시판에 올리고 나서는 괜히 해코지 당할까봐 무섭기도 하고, 난 줄 알면 어떡하나 걱정도 되고. 근데 난 줄 어떻게 알았어요?

진규 모… 몰랐어. 그냥 저번에 니가 밥 한번 먹자고 했던 게 생각나서 연락한 거야.

소윤 그럼 내가 알아서 분 거네요? 어뜩해… 챙피해… 다른 데 소문내면 안 돼요.

진규 그런 큰일을 저질러 놓고 창피하면 어떻게. 대담한 줄 알았는데, 생각보다 소심하네.

소윤 근데 저도 진짜 너무너무 황당하고 무서워서. 어디에 말할 데도 없고, 복수는 해주고 싶은데 자신은 없고. 익명이긴 해도 학교게시판에 쓰면 속이라도 시원할 거 같아서.

진규 그래서 속은 시원해?

소윤 그게… 꼭 그렇지는 않네요. 사실 아직도 무서워요. 저 짤리진 않겠죠?

진규 어차피 마지막 학기인데, 좀 참았다가 터트리지 그랬어.

소윤 그럴 걸 그랬나?

진규 요즘 애들 너도나도 미투미투 하는데, 그것도 막 생각 없이 쓰면 오히려 명예훼손으로 걸릴 수가 있어.

소윤 생각 없이 쓰다니요. 제가 진짜 당했다니까요. 쌤! 저 못 믿으세요?

진규 아니, 믿지. 그래도 한쪽 얘기만 듣고는 알 수 없는 거잖아.

소윤 진짜 너무해요.

진규 어쨌든 이미 일은 터졌잖아. 게시판에 니가 쓴 글은 삭제된 거 같은데, 이미 몇몇 학생들이 캡쳐해서 sns에 퍼트리는 거 같아.

소윤 진짜요?

진규 어떻게 당사자가 모르고 있냐?

소윤 이렇게까지 일이 커질 줄은 몰랐어요.

진규 졸업작품 제대로 크게 한건 했어.

소윤 저 어떻게 학교 다녀요? 진짜 이제 곧 졸업인데… 졸업 못하면 어떡하죠?

진규 그야… 모르지.

소윤 쌤! 그렇게 말하면 진짜 무섭잖아요.

진규 미안… 근데, 진짜로 누군지 말해주면 안 돼?

소윤 안 돼요.

진규 이니셜은 다 써놓고…

소윤 그래도 안 돼요.

진규 K는 너무 뻔하잖아.

소윤 그래도 안 돼요…

진규 그래… 말하기 힘들 수 있어. (사이) 어쨌든 이미 일은 터진 거니까 뒷수습을 천천히 생각해보자. 또 알아? 생각보다 조용히 지나갈 수도 있고.

소윤 근데. 사실 이게 조용히 지나가면 안 되는 거잖아요. 그 인간 처벌 받아야 하는 건데. 어떻게 제자한테 그럴 수가 있어요? 나만한 딸이 있으면서 말이에요. 정말 지금 생각해도 소름 돋아요.

진규 이런 거 물어봐도 되는지 모르겠는데… 어떤 상황이었는지 알려

줄 수 있어?

소윤   싫어요. 떠올리는 것도.

진규   그래도 내가 뭔가를 도와주려면…

소윤   아니, 괜찮아요. 그리고… 쌤도 남자인데… 말할 수 없어요.

진규   그래?

한동안 두 사람 사이에 어색한 침묵이 감돈다.

소윤   이해해 주세요.

진규   응?

소윤   엄마 아빠한테도 말 못하는 거라.

진규   말하기 싫으면 말하지 마.

소윤   … 고마워요. 쌤.

진규   그래.

다시 침묵.

진규   (술 한잔을 들이키며) 하여튼 세상에 쓰레기 같은 인간들이 많아. 나도 남자지만 어떻게 원치도 않는 여자를 함부로 건들지? 병신 같은 새끼들.

소윤   …

진규   니가 내 동생이었다면 그런 새끼는 진짜 반쯤 죽여놨어.

갑자기 울음을 터뜨리는 소윤.
가만히 바라보던 진규는 소윤을 안아준다.
한참을 울고 나서 눈물을 닦으며 진정한 듯하다.

소윤   근데, 전 밥 사드린다고 했는데. 왜 술이에요?

진규   그야, 니가 술 마시고 싶을 거 같아서.

소윤	이건 반칙인데. 난 밥만 사드리려고 했는데.
진규	그럼 술값은 내가 계산할게.
소윤	농담이에요. 사실 술이든 밥이든 연락주신 것만으로도 너무 좋아요.
진규	그래? 내 연락 기다렸어?
소윤	쌤~ 장난해요? 당연하죠.
진규	왜?
소윤	뭐래. 이런 분위기에서. 치이. 그것도 몰라요?
진규	글쎄…내가 좀 둔해서 그런지 잘 몰라.
소윤	오늘 같은 날 하고 싶은 말은 아니지만, 제가 쌤 좋아하잖아요. 아이 진짜 끝까지 못됐어. 왜 하필 이런 날 고백하게 만드냐구요. 없었던 걸로 해요. 다른 날 할래요.
진규	그래 못 들은 걸로 할게.
소윤	그렇다고 못 들은 건 또 뭐예요.
진규	참, 이랬다저랬다 하긴. 나 어느 장단에 맞춰야해?
소윤	좀 맞춰주면 안 돼요? 이런 날…
진규	너 좀 전까지 걱정된다고 울던 애 아니니?
소윤	쌤!
진규	알았어. 그만 좀 해. (술을 권하며) 마시자. 오늘은 내가 쏠게. 다음에 니가 밥 사면서 다시 정식으로 고백해. 됐지?
소윤	… 네. 좋아요. (술을 마신다)

비워진 소윤의 잔이 마르지 않게 곧바로 술을 채우는 진규. 그리고 금세 술을 권하며 또 다시 비워지는 그들의 잔.
중간 암전.
잠시 후 무척 취한 소윤은 제대로 걷지도 못한 채 진규에게 부축을 받고 있다.

진규	소윤아. 집이 어디야? 소윤아~

소윤은 대답을 하지 못한다.

중간 암전.

잠시 후 무대 반대편 침대 위의 두 사람.

진규는 슬며시 일어나 소윤이 잠들었는지 확인하고는 그녀의 핸드폰을 꺼내 무언가 문자를 적는다. 그리고 자기 핸드폰으로 문자가 잘 전송되어 왔는지 확인하고는 다시 소윤의 핸드폰을 내려놓고 일어선다.

11장. 캠퍼스

무대 앞쪽에는 진규가 테이블에 앉아서 테이크아웃 커피를 마시고 있다.
무대 뒤쪽에는 학생 하나가 통화를 하고 있다.

학생 (전화통화중이다) 걔 완전 꽃뱀이라며? 너도 봤지? 교수고 조교고 할
거 없이 다 들이댔대. 협박도 수준급이던데? 지가 밥 사겠다 차
사겠다 온갖 여우짓 다해놓고 사람 불러내서는 같이 잔 거 여친한
테 말한다고 협박했다며. 그 조교도 완전 덫에 걸린 거지. 인생 좃
될 뻔한 거잖아. 이래서 펜스룰이 답이라고. 진짜 알게 뭐야. 지가
좋다고 따라가 놓고 당했다고 할지! 여자 때문에 인생망치는 거
순식간이야.

학생의 통화소리가 점점 작아지면서 그는 무대 뒤로 사라진다.
잠시 후 자인이 무표정한 얼굴로 들어와 진규 앞에 앉는다. 그리고는 가지
고 온 짐상자를 내려놓는다.

자인 택배 보내려고 가지고 나왔는데, 만난 김에 가져가.
진규 …
자인 한번 봐. 중요한 게 있음 말해. 혹시나 집에 남아있는 니 짐은 버
릴 거니까.
진규 이것도 필요 없는데 뭐하러 쌌어.
자인 (어이없다는 듯) 허… 그래, 내가 괜한 짓 했다. 시간 뺏어 미안하네!
진규 …

자인은 자리에서 일어나다 갑자기 생각난 듯, 아니 억울한 듯 서서 진규를
내려다본다.

자인 영국 간다며?

진규 …

자인 축하해.

진규 …

　　　대답 없는 진규의 모습에 화가 나는 자인. 그렇지만 감정을 꾹꾹 눌러 담으며 뒤돌아서려는데.

진규 미안해.

자인 뭐가?

진규 내가 영국 가는 거.

자인 니 실력으로 따낸 건데 니가 가야지.

진규 어쨌든.

　　　자인은 더 이상 참을 수 없다는 듯 돌아서는 걸음을 되돌려 진규 앞에 선다.

자인 글쎄, 타이밍이 좋은 건지 실력이 좋은 건지 아님 다른 수단이 좋은 건지는 모르겠지만 뭐가 됐든 그것도 니 실력이니까 된 거 겠지. 그리고 우리가 이미 헤어진 마당에 끝까지 구질구질하게 이런 얘기 하는 것도 너무 짜증나지만 니가 미안하다고 하는 이유가 뭔데?

진규 영국행티켓. 니 몫이었잖아. 너 대신 내가 가는 거 같아서.

자인 하아… 그게 미안하다는 이유야? 진심이야?

진규 그래.

자인 진짜 그게 다야?

진규 …

자인 니가 한 짓, 니가 한 생각, 니가 한 말은 어느 것도 미안한 게 없고?

진규   …

자인   너 진짜 쓰레기다.

　　　자인은 뒤돌아 나가다 말고 다시.

자인   나도 참을 만큼 참고, 못 들은 척 넘길 만큼 넘겼어. 너 권교수
　　　지방 세미나 때마다 불려 다닌 이유 모를 줄 알아? 다들 그러더
　　　라. 니가 권교수 방도 잘 잡아주고, 여자도 잘 넣어주니까 데리
　　　고 다니는 거라고. 사진학과에 모르는 사람이 없다더라. 내가 그
　　　걸 믿었겠니? 근데, 이번에 알겠더라. 그 소문이 진짜일지도 모
　　　르겠다고. 쓰레기에 파리가 꼬인다잖니. 너도 똑같은 쓰레기가
　　　된 거지. 그래… 그게 실력 없고 빽 없는 니가 선택한 방법이라
　　　면 잘 먹혔네. 줄을 아주 잘 탔어. 그런데 조심해, 썩은 줄 타다
　　　똥줄 타지 말고.

　　　자인이 분노를 꾹꾹 눌러 담으며 말하는데 갑자기 진규가 웃음을 터트린
　　　다. 그의 웃음소리에 당황한 자인

자인   … 뭐야?

진규   지랄하고 있네.

자인   뭐?

진규   끝까지 고고한 척이네. 지도 깨끗한 거 하나 없으면서.

자인   뭐?

진규   그래. 내가 너보다 더 더러울지도 모르겠지만, 내가 왜 이렇게 됐
　　　는데?

자인   그게 내 탓이라고?

진규   처음부터 공평하지가 않았잖아. 군대다 알바다 몇 년씩 빵이치고
　　　왔더니 그 사이 교수들 사이에서 히히거리고 있던 게 누군데?

자인   뭐라고?

진규 교수한테 잘 보여 전시 참여하고, 해외 세미나 다니고, 중요한 프로젝트마다 이름 올리고. 그게 누군데? 나였나?

자인 지금 그걸 말이라고 해?

진규 내가 틀린 말 했어?

자인 너랑은 말이 안 통한다.

진규 너 그리고 웃음 팔고 다닐 때 난 조교실에서 복사기 고치고 있었어. 교수님들 수업자료 만들고 내 논문은 저 뒤에 놔두고 말야.

자인 누군 조교 안 해봤니? 지금 그런 자격지심을 핑계라고 대는 거야?

진규 팩트지. 그냥 누구나 딱 봐도 알잖아.

자인 넌 진짜 구제불능이다.

진규 괜찮아. 그래도 성공은 내가 할게. 너는 니 삶이나 구제해봐.

자인 결국… 그렇게 살기로 한 거구나.

진규 내가 뭐? 그냥 열심히 사는 거야. 졸라 열.심.히.

자인 그래. 앞으로도 열심히 살아. (사이) 그런데 한마디만 하자. 아무리 앞뒤 안가리고 해도, 권교수처럼 그러지는 말아. 니 인생을 위해 하는 말이야.

자인은 한심하다는 듯 진규를 바라보고 차갑게 뒤돌아 나간다.

진규는 하고 싶었던 말을 제대로 하지 못했다는 듯 화가 나서 테이블을 거칠게 걷어찬다.

12장. 자인의 집 앞

자인은 무거운 걸음을 옮겨 집으로 향하고 있다.

집 근처. 어둠 속에서 누가 서있는 것이 보여 발걸음이 조심스러워진다.

왠지 그 어둠 속에 있는 사람이 자기를 기다리고 있는 것 같은 불길한 느낌이다.

자인　누구세요?

어둠 속에서 나온 이는 소윤이다.

소윤을 보고 깜짝 놀란 자인은 가슴을 쓸어내린다.

자인　깜짝이야. 누구세요?

소윤　안녕하세요.

자인　(소윤을 기억하지 못한다) 누구…?

소윤　오랜만이죠? 일년도… 넘었네. 벌써.

자인　절 아세요?

소윤　언니가 갑자기 이사를 하는 바람에, 겨우 찾았어요.

자인　저를 찾아요?

소윤　친구가 언니 강의하는 학교를 알려줘서… 학교에서부터 따라왔어요.

자인　네? 저를 몰래 따라 왔다구요?

소윤　말하자면… 네. 그래요.

자인　(다소 두려워 한발 물러서며) 저… 혹시 누구신데요?

소윤　저 기억 안 나요?

자인　글쎄…

소윤　언니는 좋겠다…

자인	네?
소윤	잊어버릴 수 있다니. 난 아직도 밤마다 악몽 때문에 약 없인 잠도 잘 수 없어요.
자인	(갑자기 소윤이 누군지 생각이 난다) 혹시…!
소윤	하긴 그 난리치고, 학교 그만둔 건 나지. 언니는 아니었으니까. 잊을 만도 하겠다. 전 이제 휴대폰도 안 써요. 어느 날 이상한 문자들이 들어오기 시작했어요. 어떻게 내 번호를 알았을까요?
자인	그런데… 날 왜 찾았어요?
소윤	그냥요. 누구라도 만나고 싶은데, 아는 사람은 만나기가 무서워서요.
자인	그렇게 갑자기 나타나니까 나도 좀 무섭네요.
소윤	죄송해요. 사실은 언니한테 사과하려고 온 건데…
자인	사과?
소윤	그때… 죄송했다구요.
자인	무슨 일인지는 모르겠는데, 다 잊었어요.
소윤	저 사실, 언니가 차… 조교… 애인인 거 알고 있었거든요.
자인	(날카롭다) 됐다고!
소윤	어쨌든… 죄송해요.
자인	아냐.
소윤	…
자인	그게 다면, 됐으니까 가봐요. 난 다 잊었으니까 그쪽도 잊어요.
소윤	…
자인	난 들어갈게요.

자인이 들어가려는데, 소윤이 작은 소리로 중얼거린다.

소윤	어떻게 잊으면 돼요?
자인	뭐요?
소윤	그런 일들을… 어떻게 잊으면 될까요?

자인	무슨 일?
소윤	언니는 알잖아요.
자인	내가 뭘 아는데요?
소윤	… (입 밖으로 낼 수가 없다) 다요.

두 사람 사이에 무거운 침묵이 흐른다.

소윤	언니.
자인	왜?
소윤	오해하시면 안 돼요.
자인	뭘?
소윤	그냥, 나중에 무슨 얘기를 듣게 되도, 언니가 들은 건 진짜가 아닐 수 있거든요.
자인	무슨 말을 하고 싶은 건데? 내가 알게 될 일이 뭔데?
소윤	전… 그냥… 어떻게 말해야 할지 모르겠어요. 누구에게 말해야 할지도 모르겠구요. 사실 이젠 사람들이 너무 무서워요.
자인	저… 미안한데. 말을 너무 애매하게 하니까 못 알아듣겠어. 내가 뭘 오해하게 되는데?
소윤	언니..저도 언니처럼 피해자예요.
자인	…!!!
소윤	그 사람들이 저한테 그런 게 맞아요. 전 알고 있어요. 그날, 그 곳의 공기까지도 다 기억나요. 내 피부를 스치던 그 스산한 손끝의 감촉이… 지금도 그 생각 때문에 온몸에 벌레가 기어다니듯 소름 끼쳐요. 일년이 지났는데도… 아직도 너무 생생해서 전 아무것도 할 수가 없어요.
자인	저기… 난 무슨 이야기하는지… 도통 모르겠어.
소윤	거짓말!

소윤은 한참을 자인을 노려보듯 서 있다.

소윤	다 알면서… 왜 모른다고 해요?
자인	하아… 내가 알아야 할 게 있어?
소윤	그게 방법이에요?
자인	뭐?
소윤	모른 척하는 거요.

다시 침묵.

소윤	그래요. 모를 수도 있죠. 아님 정말 모르는지도… 모르구요. (실없이 웃으며) 말이 되게 웃겨요. '모르는지도 모른다.' 세상에… 아는 사람이 하나도 없었네. 그런데 왜 난 이렇게 겁이 나죠? 사람들이 다 알까봐. 왜 난 피해잔데 사람들이 나를 손가락질 할까봐 그들의 눈을 피해 다녀야 하는 거죠? 그 사건이 있고, 결국 학교를 그만둬야 했는데, 난 엄마아빠가 알까봐 말도 못했어요. 차마 부모에게도 말할 수 없는 일을 당한 건 난데, 학교는 나만 그만두고. 권교수는 몇 달 후에 뉴스에도 났죠. 영국에서 성황리에 전시를 마쳤다고… 심지어 그 옆에 그도… 있었어요. 그 두 사람이. 그렇게. 뻔뻔하게 잘 살고 있었던 거예요.
자인	자꾸 애매한 말만 하는데, 안 가고 계속 집 앞에 서있으면 신고할 수밖에 없어.
소윤	신고요? 내가 뭘 했다고요?
자인	… 협박하잖아.
소윤	하아… 협박… 이구나. 이게. 난 진짜 아무것도 안했는데. 난 진짜 아무것도 안하고 당하기만 했는데, 어느 날 보니 내가 꽃뱀이 되어 있더라구요. 학과에 남자애들은 나랑 한 번씩은 갔다. 원래 그렇게 자고 돈 뜯어내는 애다… 걸리지 않게 조심해라…
자인	그래… 협박… 은 내가 말이 잘못 나갔어. 미안해. 그리고… 흉악한 소문 때문에 마음고생이 심했던 거 같은데, 지금은 괜찮은 거고?

소윤   언니는 괜찮아요?

자인   뭐?

소윤   언니는 왜 도망쳤어요? 나야, 학교에 다 소문나고, 결국엔 부모님 까지 아셨는데 부모님은 되려 절 중퇴시키셨어요. 집밖에도 나가 지 말라고… 저는 그렇다쳐도 언니는 왜 도망쳤어요? 언니도 그 개자식 때문이에요?

자인   내 뒷조사하니?

소윤   그냥 남들도 다 아는 거잖아요. 언니에 대한 건 이게 다더라구요. 사진학과에 잘 나가던 박사과정 언니가 하나 있는데, 갑자기 휴학 했다, 끝! 이게 다여서요. 제가 언니를 잘 알 수는 없잖아요. 언니 가 언니 속을 이야기 한 것도 아닌데. 뭔가 말 못할 사정이 있을 지도 모르고요.

자인   그만해.

소윤   그런데 갑자기 언니가 생각났어요. 언니는 어떻게 살고 있을까? 나도 살고 싶어서요. 방법을 알고 싶어서 언니를 만나고 싶었어 요.

자인   뭔가 착각하는 거 아냐?

소윤   착각이에요?

자인   난 아무 일도 없었어. 그냥 갑자기 지방에 있는 대학에서 강의 의 뢰가 왔는데, 기회가 좋은 거 같아서 내려온 것뿐이야.

소윤   거짓말… 언니도 도망쳤잖아요.

자인   그렇지 않아. 내가 너랑 같은 상황이라고 생각해?

소윤   (혼자 중얼거리듯) 그건 말도 안 되는데…

자인   나도 할 말 있어. 네가 어떻게… 어떤 일을 당했는지는 모르겠지 만 어쨌든 교수님들은 중요한 프로젝트에 여학생을 빼기 시작했 지. 당분간 서로 조심하는 게 좋을 거라는 말도 안 되는 변명에 우리는 이유도 없이 배제당했어. 그래, 물론 그게 네 탓이라고는 안할게. 하지만 솔직히, 다른 친구들을 위해서 조금 참을 수 있 었잖아.

믿을 수 없다는 듯, 잠시 동안 멍하니 자인을 바라보던 소윤은 알 수 없는 옅은 미소를 띈다.

소윤   아… 알겠다. 모른 척하는 거구나. 스스로에게 그렇게 세뇌를 시키는 거!

자인   무슨 말이야?

소윤   언니도 누구에게도 말할 수가 없어서 참느라 더 아플 수도 있잖아요. 모른척 하는 게 더 힘든 걸지도 몰라요. 사실 나보다 언니가 더 아픈 거야. 그쵸?

자인   자꾸 왜 그러는건데?

소윤   처음엔 기분 나빴고, 그 다음엔 화가 났어요. 그러다 무서워졌고, 언젠가부터는 가슴에 돌이 얹힌 듯 답답해서 숨을 쉴 수가 없었죠. 말을 하려는 데 목에 가시가 걸린 듯 아팠어요. 내가 무슨 말을 할 때마다 돌아오는 대답이 뭔줄 아세요? '널 이뻐서 그랬겠지?' '그 정도는 참지 그랬어' '오해한 거 아냐?' '그러지 말라고 당당하게 말했어야지' '왜 이제 와서 그래?' (점점 격해지면서) '니가 뭔가 흘렸겠지!' (흥분하며) 왜 내가! 왜 내가! 왜 내가!!!!

자인   …

소윤   외상후 스트레스 장애, 우울증, 강박장애. 공황장애… 눈에 보이는 상처가 없다고 내가 괜찮다고 누가 그래요!

자인   진정해…

소윤   언니는 어때요? 왜 말하지 않았어요?

자인   내가 뭘 말해야 하지?

소윤   언니도 말하지 못할 그 모든 걸요.

자인   말하지 못할 이야기가 어디 흔해? 그리고 사람은 누구나 비밀을 가지고 있어.

소윤   말하지 못할 비밀 하나쯤… 가지고 있는 게 훈장인 거예요? 족쇄인 거예요?

아무 말도 못한 채 얼어붙은 자인.

애써 소윤의 눈을 피하고 싶어진다.

소윤 누구 하나… 내가 말하지 않아도 들어줄 수 있는 사람이 필요했는
데… 그게 언니인 줄 알고 왔는데…

자인 왜 나인데?

소윤 (믿을 수 없다는 듯 자인을 멍하게 바라보다) 나 같은 애들은 흔하다면
서요. 왜 흔한 건지, 묻고 싶었어요.

자인 왜 내 말꼬리를 물고 늘어지는지 모르겠네. 내가 너한테 뭐 잘못
했니?

소윤 모른 척한 죄! 모르는 건 죄라면서요! 아… 맞다… 언니는 차… 진
규… 그 개새끼 애인이었지? 그래서 모른 척 해주기로 한 거예요?
다 알면서!

자인 (화를 내며) 너 지금 뭐하자는 거야!

소윤 (덩달아 화를 내며) 언니가 모른 척해준 덕분에 내가, 또 다른 누군가
가 당하고 있다는 걸 왜 몰라요!

자인 뭐?!

소윤 내가 당했다고. 그 자식들에게 당했다고. 그 말을 내가 내입으로
말하는 게 얼마나 더럽고, 무서운지 알아요? 그걸 알면 지금처럼
말할 수는 없을 거예요!

자인 뭐?

소윤 모른다면 편해요? 모르니까 피해의식도 죄책감도 다 사라지던가
요?

자인 도대체…

소윤 언니는 어떤지 몰라도 난… 그렇게 살고 싶지 않았다고. 정말로…

자인 무슨 말을 하는 거야.

소윤 언니도 피해자인 줄 알았어요. 그런데 잘못 생각했네. 결국 똑같
애. 언니도. 내 편이 아니었는데 오해했어. 그러는 게 아니야. 진
짜… 그 자식들이 그런 인간인 줄 알면서 왜 가만히 있는 건데?

그렇게 성공이 중요해요? 아님 무서워서요? 왜 알면서도 모른 척 했어요? 그래서 왜 내가 당하게 가만히 뒀냐고요. 난 정말 몰랐어요. 모르는 게 죄라고요? 언니도 보호받지 못했으니까 나도 알아서 보호했어야 하는 거라고. 그들을 괴물로 만든 건 당신이야. 당신이 알면서 모른 척해주니까 그래도 되는 줄 알았던 거야!
(눈물을 정리하며) 괜히 찾아왔네. 난 그래도 내가 말 안 해도 내 마음 알아줄 수 있는 사람 한 명쯤은 있을 줄 알았거든. 괜한 짓 했어. 처음부터 끝까지. 똑같은 족속인 줄 모르고. 언니 역시. 그랬는데.

소윤 나간다.

자인 애! 잠깐만! 애!

자인이 부르는 소리에도 뒤돌아보지 않고 가버리는 소윤. 그녀가 사라진 자리를 한참동안 말없이 바라보며 서 있는 자인에게 갑자기 찢기는 듯한 두통이 찾아온다.

자인 아아…

그 자리에서 그대로 쓰러져 괴로워하는 자인.
무대는 점점 어두워지고, 어둠 속에서 앰뷸런스 사이렌 소리가 들린다.

13장. 경찰서

경찰서의 장면은 마치 첫 장면과 같다.

낯익은 듯 경찰관과 마주앉은 자인. 여전히 지쳐있고 힘든 얼굴이다.

경찰 자, 여기 조사서에 사인만 해주시고 가시면 됩니다. 이런 일은 흔하진 않은데 말이죠. 우리도 절차대로 하는 게 피곤할 정도라니까요. 일면식 없는 사이란 걸 증명하는 것도 참 어이없는 일이지만 어쩌겠어요. 그 학생이 자살 직전에 마지막으로 만난 사람이 송자인씨인걸. 그래도 같은 학교였으니까 오가며 한두 번은 마주쳤을 거 아니에요. 그냥 자살로 딱 마무리하면 우리도 좋고, 송자인씨도 좋지만. 요즘 워낙 미투로 안팎이 시끄럽다보니 좀 그래요. (자인이 눈치를 슬쩍 보더니) 혹시 알고 계셨죠? 그 학생이 작년에 자기 학교 교수한테 거 뭐… 당했다… 이러면서 난리쳐서 학교에선 소문이 파다했다는데… 이 이야기가 한창 미투 기사 모으러 다니는 기자들한테 들어가면… 휴우… 이해하시죠? (사이) 하필 그 학생이 지난주엔가 성폭력피해 신고센터에 접수를 했다지 뭡니까. 그냥 조용히 유서 쓰고 집에서 죽으면 깔끔하지 이런 일은 증거가 모호해서 늘 목격자 진술에만 의존할 수밖에 없으니 말입니다. 이 학생도 참내 피해자 코스프레 한번 거하게 하고 가네요. 어쨌든 이 일로 여성단체가 들썩이는 거 아시죠? 나가서 혹시나 인터뷰 하실 일 있으면 말 조심조심 하시는 게 좋습니다. 어쨌든 별다른 연계성이 없으면 괜찮겠지만 혹시 한번 더 서에 방문하시게 될 수도 있습니다.

자인 (작게) 피해자… 코스프레…

경찰 (못 들었다) 네?

자인 꼭 죽은 사람 앞에서 그런 말을 써야했을까요?

경찰	제가요? 제가 뭐라고 했죠?
자인	그런 짓을 당한 게 우리 잘못입니까?
경찰	네?
자인	(흥분하여) 당한 걸 당했다고 말하는 게 잘못입니까? 하지 말라고 말하는 게, 하지 말라고 말할 수 없는 게, 그럼에도 당했다고… 제발 도와달라고 말하는 사람 앞에서 꼭! 꼭 그렇게 말해야 합니까!
경찰	갑자기 왜 이러세요? 참내… (헛기침을 한다) 어쨌든 아침부터 험한 일로 이래저래 고생 많으셨습니다. 사인 다 하셨으면 가셔도 좋습니다. 혹여 추가 조사로 인해 연락갈 수 있으니 잘 받아주세요. 아참, 여기 민원처리에 대한 설문도 한 장 써주실 수 있으면 써주시고… 뭐 안 쓰셔도 되시고요…

서류를 정리하더니, 은근 슬쩍 자리를 비키는 경찰. 이내 오지도 않은 것 같은 전화를 급하게 받으며 시선을 피한다.
자인은 한참을 설문지를 내려다 본다.

막.

본부, 본부 나와라

주수철

등장인물
대사
한인회장
영사
총무

때
현재

장소
아프리카 어느 공관

무대 왼편으로 벽에 기대진 책장 같은 장식장에 3단으로 여러 기념품들이 놓여 있다. 오른편에 출입문이 있고 몇 발짝 앞에 단상이 자리 잡고 있다. 무대 가운데를 차지한 철제 의자들은 단상 쪽을 향해 놓여 있다.

막이 오르면 대사는 단상을 짚고 서 있고 영사는 철제 의자들 앞에서 A4 용지로 된 공문서를 들춰보고 있다.

대사 의자들이 말이야, 줄이 안 맞아. 그리고 닦기는 한 거야?

영사 (문서에 집중하느라 대답을 못한다)

대사 뭐하는 거야? (역시 대답이 없다. 단상을 내리친다) 뭐하냐고?

영사 아, 죄송합니다. 규정을 좀 보고 있었습니다.

대사 한인회장 취임식 하는데 규정 같은 게 있을 리 있나?

영사 딱 맞는 본부 규정은 없습니다. 그래서 비슷한 지침이 있나 보고 있었습니다.

대사 그게 뭔데?

영사 회의실 사용에 관한 본부의 지침입니다.

대사 문제될 게 있겠어?

영사 한 가지 좀 걸리는 게 있습니다.

대사 모든 걸 규정대로 할 순 없어. 중요한 건 취임식을 해야 한다는 거지.

영사 이건 중요한 규정입니다. 이용대상자는 대사관 직원과 현지 교민에 한한다라고 되어 있습니다.

대사 다들 교민이잖아. 괜한 데 힘쓰지 말고 빨리 이 의자들 줄 맞추고 닦기나 해.

영사 사실, 새로운 한인회장을 교민이라고 볼 수는 없습니다. 특이하게도 여기서 거주한 경험이 없는 사람이 뽑힌 겁니다.

대사 여기 아프리카로 살러온 대잖아. 그럼, 교민 맞잖아?

영사 그렇다 해도 아직 취임식 개최에 대해 본부 승인이 나지 않았습니다.

대사 내가 다 믿는 구석이 있어서 이러는 거야. 승인 안 날 이유가 없어.

영사　그래도 본부 승인을 기다려봐야 되는 것 아닙니까? 출장자들도 들어오는데, 만찬도 해줘야 되고 말입니다.

대사　그 출장자들이야말로 우리가 신경 쓸 필요 전혀 없어. 자기네들 사업하러 오는데 만찬은 무슨… 본부와 아무 상관없는 사람들이야.

영사　퇴임한 도국장님이 함께 옵니다.

대사　사외이사로 갔다더니… 웬 출장? 뭐, 알아서들 있다 가겠지. 우린 취임식 준비나 하자고.

영사, 의자의 줄을 맞추고 먼지를 닦기 시작한다.

대사　한인회 총무한테는 사과했어?

영사　(잠시 멈춘다) 한인회 사무실에 가긴 갔었습니다. 아무도 없어서 일단 메모만 현지인에게 전해주고 왔습니다.

대사　뭐라고 썼는데?

영사　간단히 썼습니다. 대사님께서 한인회장님 취임식을 대사관에서 할 수 있도록 조치해 놓았다고요.

대사　사과하러 왔다는 얘긴 없네.

영사　아무래도 만나서 …

대사　이런 공관에선 말이야, 한인회가 국회쯤 된다고 생각하면 돼. 행정부가 국회랑 맞서면 어떻게 되겠나? 살아남을 수 있겠어?

영사　저도 참을 만큼 참은 겁니다. 사람들이 염치도 없고 안하무인인 겁니다.

대사　봐, 국회의원하고 똑같잖아.

영사　저도 한두 번이면 그러려니 했을 겁니다. 이건 올 때마다 암행어사 출두하듯 하는 겁니다. 자기가 오면 현지 직원들은 일어서서 인사를 하게 해라, 대사관 직원들은 우리 정서가 그러니까 골프 치지 말아라, 이런 얼토당토않은 요구를 해대는 겁니다.

대사　그렇다고 공관에서 큰 소리 나게 하면 되나?

영사	저도 물론 그래서는 안 된다는 것, 잘 알고 있습니다. 하지만 들어오자마자 큰소리로 이놈저놈 하는데 도저히 참을 수가 없었습니다. 그래서 저도 소리 좀 질렀습니다. 저한테 왜 그러시냐고요.
대사	아무리 막무가내라도 이유가 있지 않았겠어? 참는 김에 조금만 더 참지.
영사	그 전날 저한테, 직원 구내식당 식자재를 한인회에서 납품할 수 있도록 해달라기에 지금 업체와 계약기간이 남았기 때문에 안 된다고 했습니다. 그게 뒤틀렸던 모양입니다. 영사실 들어오는데 아무도 인사 안 하니까 그걸 핑계로 행패를 부린 겁니다.
대사	바꿔줘도 되지 않나? 가격 리스트를 받아보고 지금 업체보다 더 싸다면 말이야.
영사	아무리 한인회가 싸다해도 이미 계약한 걸 뒤집을 순 없습니다. 그게 원칙이니까요.
대사	예외 없는 원칙이란 없어. 예산 절감 차원에서도 충분히 고려해볼 사항 아냐?
영사	그럴 순 없습니다. 그렇게 혜택을 주다 보면 끝이 없을 겁니다.
대사	혜택을 주란 얘기가 아니고… 답답하네. 계속해서 한인회랑 부딪힐 거야? 내가 얘기 했잖아. 공관에서 한인회 국회다, 부딪혀봐야 우리만 깨진다, 그러니까 대충, 아니 융통성 있게 하자고.
영사	저도 부딪힐 생각은 없습니다. 확인된 건 아니지만, 저도 들은 얘기가 있어 각별히 조심하려고 합니다.
대사	한인회 간부들이 조폭 출신이라는 얘기?
영사	알고 계셨습니까?
대사	그게, 이번에 낙선한 문회장 쪽에서 나온 얘기야. 루머일 확률이 높다는 얘기지. 하지만 사실이라면, 내가 가만히 안 있지. 누구 때문에 우리 아버지가 휠체어 타는데… 하여튼 조폭이라면… 안 된다는 거지. 하지만, 그럴 리 없을 거야.
영사	총무 하는 짓을 봐서는 맞다는 생각도 듭니다. 오죽했으면 제가 CCTV와 녹취 장비 들여 놀 생각까지 했겠습니까?

대사   박영사, 공관 생활 처음이지?

영사   예, 그렇습니다.

대사   여기도 사람 사는 곳이야. 무슨 말이냐 하면, 뭔가 평범하지 않은 상황이 계속되고 있다면 분명히 무슨 이유가 있다는 거지.

영사   무슨 말씀이신지?

대사   결과만 보고 판단해서는 안 된다는 거지. 원인을 따져봐야 한다는 거야.

영사   그렇다면 대사님은 총무가 저러는 게 다 이유가 있다는 겁니까?

대사   아주 중요한 이유가 있지.

영사   (전혀 모르겠다는 표정)

대사   그건 말이야, 본부의 의도가 숨겨져 있다는 거야.

영사   본부의 의도요?

대사   그렇지. 내가 아무 이유 없이 박영사한테 참으라고 하는 게 아냐. 나도 총무가 너무 뻔뻔하다고 생각했어. 특별한 용무도 없으면서 매번 정오 다 돼서 찾아온다며? 그러면 박영사는 마지못해 점심 같이 하자고 권하고.

영사   맞습니다. 그럴 땐 좀 난감합니다. 원하는 게 뭔지 아는데, 모른 척하기도 그렇고요.

대사   뭔가 우리를, 그 성경 말씀처럼 시험에 들게 한다는 생각이 안 드나?

영사   우리를 시험한다고요?

대사   그래, 시험, 테스트 말이야.

영사   한인회에서요?

대사   아니지. 한인회가 막강하긴 하지만 우릴 테스트 할 이유는 없어. 바로 본부지.

영사   본부라면, 무슨 증거가 있습니까?

대사   아주 강력한 증거가 있어. 바로 새로운 한인회장이 그 증거야. 이번 회장은, 자네 말대로 여기 교민이 아냐. 이상하단 생각이 안 들어? 한인회라는 건 해외 거주 교민들의 친목을 위한 단체 아닌가?

그런데 그 보스가 이곳에 와 본 적도 없는 사람이 뽑힌 거야. 물론 여기에 거주하러 오기는 하지만.

영사 그렇다면 대사님은 새 회장이 낙하산이라는 말씀이신가요?

대사 낙하산보다는 암행관으로 보는 게 더 정확해. 낙하산이라면 여기 교민들이 가만히 있겠나? 그거보다는 어떤 비밀스런 임무를 수행하기 위한 암행관일 거라는 거지.

영사 여기가 특별히 중요한 공관도 아니고 비밀스런 임무랄 게 있겠습니까?

대사 그래서 내가 이건 우릴 테스트하는 거라고 보는 거야. 중요한 이슈도 없는 공관에 암행관을 보내고, 총무라는 사람은 수시로 드나들며 시비를 걸고 있어. 우릴 테스트하겠다는 목적이 아니라면 암행관도 필요 없고 총무가 그렇게 비상식적으로 나올 이유도 없다는 거지.

영사 대사님 말씀이 사실이라면, 본부는 뭣 때문에 우릴 테스트하는 겁니까?

대사 정확히 말하면 날 테스트하겠다는 거지.

영사 대사님을요?

대사 이제 때가 되었다는 거야. 본부가 나에 대한 불신임을 거둬들이겠다는 의미야. 물론 이번 검증을 잘 통과해야겠지만.

영사 본부 신임이 그렇게 중요합니까? 본부는 항상 지침이나 원칙을 내려주지 않습니까? 그냥 그대로 따르기만 하면 되는데 말입니다.

대사 자넨, 지금 이대로가 좋다는 말인가?

영사 잘 모르겠습니다. 전 본부 규정 따라가는 데도 힘에 부치니까요. 하지만 한 가지는 알고 있습니다. 규정대로 하면 아무 일도 없으리라는 거죠. 안전하다는 겁니다.

대사 자네가 본부 신임을 못 받아봐서 그래. 필리핀 가기 전까진 나도 그랬지. 하지만 필리핀에선 모든 게 달라졌어. 본부가 전적으로 날 신임했으니까. 중요한 본부 프로젝트는 내가 다 맡았지. 대사님마저도 예산 따내려고 내게 손을 내밀 정도였으니까. 교민들은 오죽 했겠어. 정말 많이 찾아왔었어. 저거 봐, 저거 (회의실 한쪽 벽의 기념품들을 가리키며) 저게 다 그때 받은 것들이야. 나의 화려한 봄날이었지.

영사   그 정도였으면 바로 본부로 입성 하셨겠습니다.

대사   뭐, 굳이 본부 안 들어가도 괜찮다고 생각했어. 본부가 날 신임하는데, 어디에 있든 뭔 상관이겠나? 그런데 홍서기관 만나면서 일이 꼬이기 시작했어.

영사   홍서기관이면?

대사   본부 홍차관 말이야. 그때 내 상사로 왔었거든. 그런데 이 양반이 엄청 날 싫어했어. 마치 날 미워하기 위해 온 것처럼 말이야. 그러려니 했는데, 어느 순간부터 본부가 날 찾지 않더라고. 홍차관이 무슨 작업을 한 것 같은 의심이 들었지만, 돌이킬 수 없었어. 그렇게 지금까지 흘러온 거야.

영사   그런 홍차관이 있는데, 대사님 생각대로 되겠습니까?

대사   본부엔 홍차관만 있는 게 아냐. 그리고 홍차관 힘도 예전 같지 않고. 다른 편에선 아마도 내 힘을 필요로 할지도 몰라.

영사   그러니까 대사님께서는 이번 한인회장은 본부가 파견한 암행관이다, 이 말씀인거죠?

대사   틀림없어. 난 이번 검증만 통과하면 다시 본부의 신임을 받는 거야. 그러니까 이번 취임식 잘 치러줘야 돼. 총무한테도 꼭 사과하고. 그럼, 그런 의미에서 연습한 번 해볼까?

영사   할지 안할지도 모르는데 연습은 좀 그렇습니다.

대사   (단상 쪽을 둘러보며) 아, 틀림없이 하지. 안 할 이유가 뭐가 있겠나?

영사   안 하겠다고 할 수도 있지 않습니까? 한인회장이 뭐라고 거창하게 취임식 같은 걸 하냐고 그럴 수도 있잖습니까?

대사   일반적이라면 그럴 수도 있어. 하지만 내가 얘기 했잖은가? 이 사람이 결코 한인회장으로 오는 게 아니라고. 본부 암행관이기 때문에 취임식을 안 할 이유가 없어. 그 사람의 주요 관심은 내가 어떻

게 공관을 운영하느냐하는 것이니까. 잔소리 그만하시고 그 식순대로 진행해 봐.

영사 알겠습니다. (주머니에서 종이 한 장 꺼낸다) 지금으로부터 제13대 한인회장 취임식을 거행하겠습니다. 먼저, 국민의례가 있겠습니다.

대사 일단 통과.

영사 예, 일단 통과. 다음은 대사님께서 축하의 말씀을 하시겠습니다.

대사 축하의 말씀? 이것도 통과.

영사 예, 이것도 통과. 다음은 새로 취임하신 한인회장님을 대사님께서 소개하시겠습니다.

대사 아무 것도 모르는데 … .

영사 여기 한인회장 이력서입니다. (이력서를 대사에게 전달하려는 순간, 한인회장과 총무가 들어온다. 영사, 멈칫하다 다시 이력서를 집어넣고 대사는 누군지 알겠다는 표정이다)

회장 (대사를 보고) 실례합니다. 대사님이시죠? 이번에 새로 한인회를 맡게 된 김정식이라고 합니다.

대사 (악수를 청하며) 반갑습니다. (둘이 악수한다) 총무님도 오시고, 잘 오셨습니다. 그렇잖아도 오신다는 말씀 듣고 영사를 보냈는데, 아무도 안 계셔서 그냥 돌아왔던 모양입니다. 시차 적응도 아직 못 하셨을 텐데 이렇게 와주셔서 정말 감사합니다.

회장 제 취임식 건으로 다녀가셨단 말씀 들었습니다.

대사 이렇게 보시다시피 다 준비해놓고 있습니다. 곧 본부 승인이 날 것 같으니까 내일이라도 당장 하도록 하시지요.

회장 그 취임식이란 것, 안했으면 합니다.

대사 아니, 왜요? 이런 한인회장 뿐만 아니라 여러 곳의 장을 해보셨겠지만, 모든 게 의식이란 게 중요합니다. 그런 형식이 뭐가 중요하냐고 할 수 있겠지만, 지나고 보면 이런 의식을 하고 안 하고는 정말 큰 차이가 납니다. 더군다나 사람 얼마 없는 이 아프리카에서 이런 행사라도 있어야지 한인들 모여 얼굴이나 볼 수 있습니다. 한인들 위한 자리라고 생각하시고 부담 없이 오십시오. 준비는 저희가 다 해놓겠습니다.

회장 우리 총무가 대사관에 결례를 범했다고 들었습니다. 저까지 대사관에 폐를 끼치고 싶지는 않습니다.

총무 회장님, 그건 저 때문이 아니고, 다 저 녀석…

회장 가만있어라. (영사 쪽을 보고) 영사님이신 것 같은데… (손을 내밀어 악수를 청한다)

영사 (악수하며 인사한다) 박기정 영사라고 합니다.

회장 우리 총무가 좀 철이 없습니다. 대신 사과드리겠습니다.

영사 회장님께서 사과하실 것 까지는…

대사 왜 그걸 회장님께서 사과하십니까? 저도 그 얘기 들었습니다. 우리 영사도 잘한 게 없어서 제가 많이 꾸짖었습니다. 원래 공관이란 게 다 우리 동포들을 위해 있는 게 아니겠습니까? 그래서 제가 가서 직접 사과하고 오라고 그랬던 겁니다.

회장 불미스런 일로 번거롭게 해 드린 것 같습니다. 어서 사과 드려.

총무 누구한테요?

회장 영사님한테지.

대사 아닙니다. 우리 영사가 사과드려야지요. 박영사, 빨리 사과 드려.

영사 대사님, 저는 어디까지나 원칙…

대사 다 설명해줬잖은가? 빨리 사과 드려.

두 사람, 서로를 외면한 채 아무 말도 하지 않는다.

회장 어서.

대사 박영사, 뭐하나?

영사 (마지못해 고개 숙이며) 사과드립니다.

총무 (회장이 등을 밀치자) 죄, 죄송합니다.

대사 보기 좋습니다. 잘해 보자는 의미로 악수도 한번 하시지요.

내키지 않은 악수를 하는 두 사람.

대사	다 잘됐습니다. 아무래도 회장님께서 인덕이 있으신 모양입니다. 오시자마자 껄끄러운 문제 하나를 해결하셨습니다.
회장	앞으로는 절대 이런 일이 없도록 하겠습니다.
대사	저희들이 더 잘해야지요. 일단, 두 사람은 더 화해를 하라고 하고 회장님은 제 방에 가서 차라도 한 잔 하시지요.

대사와 회장 함께 퇴장한다.
남은 두 사람, 서로를 외면한 채 말이 없다.

총무	기본이 안 돼 있어, 기본이. 손님이 왔으면 앉으라고 먼저 권해야 되는 것 아냐?

영사가 옆에 있던 철제 의자 하나 꺼내 내민다.

영사	앉으세요.
총무	장난해? 이것도 의자라고 앉으라는 거야?
영사	죄송한데요, 여긴 회의실이라 이런 의자밖에 없거든요.
총무	그러니까 기본이 안 돼 있다는 거야. 미리미리 준비해 놨어야지.
영사	온다는 연락도 없이 불쑥 찾아오신 겁니다.
총무	그러면 지금이라도 딴 의자 갖고 와.
영사	그렇게는 못하겠는데요.
총무	뭐야? 이 사람이 대사 있을 때는 사과니 어쩌니 하더니, 아주 못 쓰겠네.
영사	그 쪽도 마찬가지 아닙니까?
총무	뭐, 그 쪽? 지금 나랑 한 판 붙자는 거야? 내 세금으로 호의호식하는 주제에 …
영사	그 말이 언제 나오나 했습니다. 저는 뭐, 세금 안내는 줄 아십니까?
총무	이 새끼, 본부가 백이다 이거냐?

영사	저도 처자식이 있습니다. 왜 욕을 하고 그러십니까? (휴대폰을 꺼내 뭔가를 조작한다) 녹취하겠습니다. 명예훼손에 주의하십시오. (휴대폰을 앞으로 내민다)
총무	(갑자기 영사의 멱살을 잡는다) 그래, 이 새끼야. 녹음해라. 녹음하는 김에 네 놈들 도적질까지 담아보자.
영사	이거 왜 이러십니까? 놓고 말씀하십시오.
총무	그렇게는 못하지. 네가 녹음한다고 그랬잖아? 네놈들이 구내식당 업자한테 가짜 영수증 받는 거 다 알고 있어. 내가 하면 들통 나니까 그런 거 아냐? 이 썩어빠진 놈들.
영사	(멱살을 풀려고 하나 잘되지 않는다) 정말 이런 식으로 하실 겁니까?
총무	왜? 녹음했으니까 본부로 보내시지. 여기 조폭 같은 한인회 총무가 있다고. 살려달라고.
영사	정말. (온 힘을 다해 총무의 손을 뿌리치려 한다. 하지만 총무의 힘을 당해내지 못한다. 오히려 총무가 영사를 벽 쪽으로 내동댕이친다. 영사, 장식장에 부딪혀 쓰러진다. 그 충격으로 장식장에 있던 대사의 기념품들이 쏟아진다. 영사, 황급히 일어나 기념품들을 제자리로 옮긴다. 총무는 영사가 기념품들을 주우려면 약 올리듯 발로 툭툭 차버린다. 그 중 하나는 출입문 앞에까지 미끄러진다. 아무 말도 하지 못하는 영사. 이때, 대사와 회장이 웃으며 등장한다. 하지만 난장판이 된 회의실을 보고 순식간에 굳어진다)
대사	박영사, 어떻게 된 거야?
영사	예, 그게… (서둘러 정리한다. 하지만 출입문 앞으로 팽개쳐진 기념품은 보지 못한다)
회장	네가 그랬냐?
총무	형님은 참… (회장이 총무를 흘겨본다) 아, 아니 회장님. 저는 별 말 안했어요. 구내식당 얘길 좀 했더니 저렇게 난리를 피운 겁니다.
대사	박영사, 사실이야?
영사	먼저 욕을 하셔서 … .
대사	아무리 그래도 손님들한테 이게 무슨 실롄가? (총무한테) 제가 대신 사과드리겠습니다.

총무	대사님이 참 불쌍하다는 생각이 듭니다. 사람이 유도리가 없어놔서요.
회장	이총무, 그만하지.
대사	제가 그 점에 대해서는 따로 잘 얘기하도록 하겠습니다. 어렵게 걸음 하셨는데, 이런 모습 보여드려 정말 유감입니다.
회장	아닙니다. 그보다는 귀중한 물건들, 깨지거나 하지 않았는지 모르겠습니다.
대사	제가 공관 생활하면서… 대개는 필리핀에서 근무할 때 받은 것들입니다. 외람되게도 그때가 저의 황금기였습니다.
회장	아, 그러십니까? 저도 필리핀에 있어 봤습니다. 끔찍한 일이었지만요.
대사	사업상 계셨던 모양입니다.
총무	그때도 금광 하셨어요?
회장	(당황한 모습) 올 때 주차 제대로 못했다, 한번 나가봐라.
총무	회장님도 참, 여기 아프리카예요. 주차단속 같은 거 없어요.
회장	(단호하게) 어서.
총무	알겠습니다. (퇴장한다)
대사	박영사, 나가서 우리 공관에 댈 수 있도록 해드려.
영사	예, 근데 총무님이 절 싫어하셔서.
회장	아닙니다. 그러실 필요 없습니다. 용건만 끝내고 곧 가도록 하겠습니다.
대사	취임식 말고 따로 용건이 계셨습니까?
회장	겸사겸사 한인회 일로 왔습니다.
대사	그러면 박영사, 취임식 승인이 났는지 빨리 알아보고 와. 회장님 곧 가셔야할 것 같으니까.
영사	알겠습니다. (퇴장한다)
대사	한인회 일이란 건, 어떤 걸 말씀하시는지요?
회장	꼭 집어서 무슨 일이 있다기보다는 전반적인 걸 말씀드리는 겁니다.

대사	새로 맡으셔서 생각이 많으실 듯합니다. 공관에서 협조할 사항이 있으면 최선을 다해 지원하도록 하겠습니다.
회장	혹시, 본부의 홍차관을 아시는지요?
대사	홍차관이라면, 홍명진 차관 말씀이십니까?
회장	그렇습니다.
대사	한때, 제 상사였습니다. 뒷배경이 만만치 않은 분이죠. 그런데 그 분은 왜 찾으십니까?
회장	한인회 일을 하다보면 분명 본부의 힘이 필요할 때가 있을 겁니다. 홍차관이 본부에 있으니까 연락해 두려고 합니다. 그 역할을 대사님이 좀 해주셨으면 합니다.
대사	아, 예… 그런데 본부 홍차관은 어떻게 아십니까?

이때, 밖에서 사람들이 다투는 소리, 고함 소리 들린다.
그 소리와 함께 영사가 급하게 뛰어 들어온다.

영사	총무님이, 총무님이 싸우고 있습니다.
회장	이 녀석이. (밖으로 나간다)
대사	누구랑 싸운다는 거야?
영사	옆 대사관 기사인 것 같은데요, 대사 전용 출구 앞에다 주차 해놓았다고 노발대발하고 있습니다.
대사	그럼, 그냥 빼면 되지 왜 싸우고 있어?
영사	그러게 말입니다. 되지도 않은 불어로 뿌꾸아 뿌꾸아만 외쳐대고 있습니다.
대사	그나저나 아까 한인회장 이력서 좀 줘봐.
영사	뭐, 잘못된 거라도 있습니까?
대사	홍차관을 알고 있더라고.
영사	(이력서를 꺼내준다)
대사	(이력서를 들여다보고) 내가 있을 때네. 내가 필리핀에 있었을 때, 저 양반도 있었어. (사이) 취임식 건은 어떻게 됐어?

영사   저는 원칙상 안 될 줄 알았는데, 승인을 해줬습니다.

대사   승인이 났단 말이지. 분명 암행관이니까 승인을 해줬겠지.

      이때, 회장과 총무가 들어온다.

회장   여기가 한국이냐? 그렇게 싸우고 돌아다닐 거면 한국 가.

총무   형님. (회장이 돌아보며 째려본다) 아니, 회장님. 제가 그걸 읽을 수 있
           으면 거기에 대지를 않았겠죠?

회장   무식하면 센스라도 있어야지. 이게 무슨 창피냐. 영사님과 싸운
           걸로 모자라서 밖에 나가서까지 그래.

대사   총무님이 많이 당황하신 것 같습니다. 저희들이 그런 부분까지 신
           경 썼어야 하는데 죄송하게 됐습니다.

영사   'No Parking'은 불어도 아닌데.

총무   그 깜씨가 싸우려고 덤벼들었단 말입니다.

회장   여긴 외국이야. 그렇게 말썽 피우면 어떻게 되는 줄 알아? 송환된
           다고, 송환.

총무   에이, 죄 있으면 여기 감방 가겠죠. 그 정도는 저도 압니다.

대사   그 정도로는 여기서도 감옥 안 갑니다.

영사   감옥갈 뻔 했죠. 총무님이 한 방 날릴 기세였습니다.

회장   필리핀에 있었을 때 내가 당해 봤어. 사금 캐다가 현지인과 한 번
           싸우게 됐는데, 그것 때문에 본국 송환까지 당했던 거야.

대사   보… 본국 송환이요?

총무   너무하네. 그 정도 갖고 송환시켜요?

회장   물론 지금이야 안 그러겠지. 그땐 군사정부 시절이었으니까. '삼
           청교육대' 알지? 국내엔 그게 있었고, 해외엔 '국격향상 프로젝
           트'란 게 있었어.

대사   구, 국격향상 프로젝트요? (장식장 쪽을 돌아본다)

총무   국격 향, 그게 뭔데요?

회장   해외에서 본국의 이미지를 실추시키는 자들을 색출해서 송환시키

는 거였어. 송환시켜서는 '삼청교육대'로 보내버렸지. 싸움 한번 했다고 비행기 타고 '삼청교육대'까지 갔다 온 거야. 어처구니가 없었지.

총무 다 뽀개버리지 가만히 계셨어요?

회장 순순히 비행기 타진 않았지. 자살하겠다고, 위협하기까지 했었어. 하지만 현지경찰까지 나서는데 당해낼 수가 없었어. 들어가보니 나만 억울한 게 아니었어. 파리 있잖아? 거기 거리서 그림 그리다 잡혀온 사람, 뉴욕 지하철서 노숙했다고 끌려온 사람, 아르헨티나 서 온 사람은 해변가 노상에서 수영복 입고 돌아다녔다고 끌려왔 었어.

대사 회장님이나 제가 겪었던 시대가 좀 그랬죠. 다 지나간 일, 얘기할 수록 가슴만 더 아파집니다.

회장 죄송합니다. 좋은 일도 아닌데 제 얘기만 늘어놓았습니다. 총무, 네가 설쳐대는 통에 이렇게 된 거잖아.

총무 제 탓 아닙니다. 영사가 안내만 똑바로 해줬어도 아무 문제없었을 겁니다.

영사 영사가 교민들 종입니까? 하나에서 열까지 다 챙겨주게.

총무 교민들 시다바리가 네 놈 일이야. 본부에 물어봐.

회장 말 가려서 해. 대사님도 계신데…

대사 원래 받는 쪽은 한없이 부족한 것 같고, 주는 쪽은 한없이 퍼주기 만 하는 것 같죠. 그래서 사람들이 권력을 탐하는 겁니다. 권력이 있으면 한없이 받을 것만 같거든요.

회장 절 송환시킨 영사도 그랬을 겁니다. 자기 권력이 영원할 거라고 생각했겠죠. 홍차관 말로는 그 프로젝트 담당자들은 본부의 강력 한 신임을 받는 자들이었다고 합니다. 프로젝트 중에는 두려울 게 없었겠죠.

대사 그때 홍차관을 알게 되셨군요.

회장 죽여 버리고 싶었습니다. 용서할 수가 없었습니다. 날 송환시킨 영산지 뭔지 하는 놈 말입니다. 그래서 다시 필리핀에 갔습니다.

내가 받았던 고통… 똑같이 돌려주고 싶었습니다. 하지만 이미 그 놈은 거기에 없더군요. 대신 거기서 홍차관을 만났던 겁니다. 본부에서 그 자를 내쳤다고 그러더군요. 본인이 그것 때문에 내려왔다고도 했습니다. 그 프로젝트를 담당했던 모든 놈들이 신분 세탁을 당했다고 했습니다. 이름까지 바꿔야 했다고 그러더군요. 본부로서는 프로젝트 존재 자체를 숨겨야 했으니까요.

대사   홍차관한테 그런 임무가 있었군요.

회장   본부의 신임이 그 사람에게 옮겨갔던 겁니다. 지금까지 건재한 걸로 봐서는 본부 신임이 대단하다고 봐야겠죠. 그래서 부탁드리는 겁니다. 직접 해도 되겠지만 대사님을 통하면 더 신뢰가 가겠기에 말씀드리는 겁니다. 분명 한인회에 큰 힘이 될 겁니다.

     이때, 영사의 전화벨이 울린다.

영사   (전화를 받는다) 그래? 알았어. (전화를 끊는다) 대사님! 잠깐만. (대사를 한쪽으로 데려간다. 두 사람에게만 조명이 비춰지고 나머지는 어두워진다) 출장자가 도착했다고 합니다.

대사   빨리 나가봐야지. 그리고 만찬 준비해.

영사   만찬 말입니까? 본부랑 관련 없다고 만찬은 안하신다고…

대사   그런데, 이 양반도 관련 없는 것 같아. 거긴 도국장이라도 있지만…

영사   교민이 아니라서 본부 암행관일 거라고 하지 않으셨습니까?

대사   얘기를 들어보니, 여기 돈 벌러 온 것 같아. 금광 말이야.

영사   저도 그 점이 맘에 걸렸습니다. 필리핀에서 사금 캤다고 하고…

대사   그것도 그렇고, 만일 암행관이라면 나한테 그런 부탁을 하지 않았을 거야.

영사   홍차관한테 연락해 달라는 거 말입니까?

대사   그렇지. 본부에서 나왔다면 왜 굳이 그런 부탁을 나한테 하겠어?

영사   그럼, 취임식은 안하는 겁니까?

대사	안 하지. 암행관도 아닌데, 뭣하러?

대사 안 하지. 암행관도 아닌데, 뭣하러?

영사 이미 승인이 났는데, 뭐라고 해야할지 모르겠습니다. 본부에선 그런 취임식은 왜 하냐고 그랬거든요.

대사 그랬단 말이지. 그럼, 더 확실해. 암행관이었다면 얼마든지 하라고 그랬을 거야. (장식장 쪽으로 간다. 진열된 기념품들을 살펴본다) 아까 떨어진 거 다 올려 논 거지?

영사 전부 다 올려놨습니다.

대사 확실하지?

영사 확실합니다.

대사 알았어. (두 사람 다시 회장과 총무에게로 간다. 무대 밝아진다) 출장자 때문에… 죄송합니다.

회장 바쁘신데, 저희가 시간 많이 뺏는 것 같습니다.

총무 뭘 요구를 했으면 답을 줘야 가던지 할 거 아닙니까?

영사 손님이면서도 참 당당하십니다.

총무 뭐야?

대사 말씀하신, 홍차관과의 연결은 안 될 것 같습니다.

회장 무슨 이유라도 있습니까?

대사 홍차관이 상사였다는 인연 말고는… 저를 기억이나 하고 있을지 장담할 수도 없고…

영사 본부에서 금하고 있습니다.

회장 뭘 말입니까?

영사 사적인 청탁은 절대 수용하지 말라는 지침이 있었습니다.

회장 한인회 일로 본부랑 교류하겠다는 게 사적인 거라면 할 말이 없습니다.

대사 본부 입장에서는 한꺼번에 여러 민원을 상대하다보니 공관에 그런 원칙을 내려보낸 것 같습니다.

회장 공관에서 사적인 게 아니라고 판단되면 들어줄 수 있다는 거 아닙니까?

영사 저희들이 그걸 판단할 수는 없죠.

총무	되게 빡빡하게 구네. 코딱지만한 공관에서 별걸 다 따져요.
대사	아무리 외진 공관이라 해도 본부의 힘을 무시할 수는 없습니다. 이해해주시기 바랍니다.
회장	알겠습니다. 그건 저희 쪽에서 알아보도록 하겠습니다.
대사	한 가지 궁금한 게 있습니다. 회장님은 여기 거주하신 적이 없는 걸로 알고 있습니다. 물론 여기 거주하러 오셨다는 건 알지만…
회장	아무 연고도 없는데, 어떻게 회장이 됐냐는 말씀이시죠?
대사	말하자면, 그렇습니다.
회장	제가 하고 싶어서 그렇게 된 게 아니라, 초빙이라고 해야 되나요? 하여튼 등 떠밀려 여기까지 왔습니다.
대사	역시 회장님께서는 정말로 남다르십니다.
회장	제가 젊었을 때 데리고 있었던 애들이 좀 있습니다. 여기 총무도 그 중 한명이고요… 우연찮게 애들 몇 명이 여기로 이주를 한 모양입니다. 그리고는 내가 좀 쉬고 있다는 소식을 듣고는 한인회 회칙까지 개정하면서 절 불러들인 겁니다. 자기네들이 모시겠다 어쩌겠다 하면서요.
대사	정말 대단들 하십니다. 형제지간이라도 그렇게는 못할 텐데 말입니다.
총무	저희들한테는 죽을 때까지 큰형님이십니다.
회장	크게 해준 것도 없는데 이렇게까지 해주니 내 인생이 아닌 것도 같고 그렇습니다.
대사	아마 이런 경우는 없었을 겁니다.
회장	그런 것 같았습니다. 오기 전에 한인회장 회의에 참석했었습니다. 그런데 저 같은 경우는 찾아볼 수가 없더군요. 대부분의 회장들이 자기가 살던 나라에서 왔으니까요.
대사	그런 회의가 있었습니까? 반가우셨겠습니다.
회장	감투란 걸 처음 써보는지라 모든 회장님들이 존경스러워 보이더군요. 더구나 아프리카, 남미 같은 열악한 지역에서 오신 분들이라 더 그랬던 것 같습니다.

대사	아프리카, 남미… 다른 지역은 없었습니까?
회장	중동 국가가 몇 나라 있었고, 그 외는 없었습니다.
대사	선진국들은 빠져 있군요. 미국이나 프랑스, 일본 같은…
회장	그러네요. 잘 사는 나라는 못 봤던 것 같습니다.
대사	홍차관은 만나보지 못하셨습니까? 본부에 가셨으면 만나보실 수 있었을 텐데요.
회장	그때는 일정이 촉박하기도 했지만, 홍차관을 만나야겠다는 생각 자체를 못했습니다. 여기 와서 보고 아, 홍차관 힘이 필요하겠구나 하는 생각을 했던 거죠.
대사	본부는 뭐라고 그랬습니까? 회의를 소집한 목적이 있었을 텐데요.
회장	별 거 없었습니다. 한인회장들을 격려하고 본부와의 화합을 위해 마련했다고 했습니다.
대사	잠시만요. (영사를 한 쪽으로 부른다. 다시 두 사람에게 조명, 나머지는 어두워진다) 한인회장 회의가 있다는 전문이 있었나?
영사	내려온 적 없습니다.
대사	그렇지? 그럼, 틀림없어.
영사	뭐가 말씀입니까?
대사	암행관이 틀림없다고.
영사	아까는 암행관이 아니라고 하셨잖습니까? 홍차관 연결을 부탁했다고 해서요.
대사	얘기 들었잖은가? 홍차관은 여기 와서 생각났던 거라고. 그거보다는 한인회장 회의가 있었다는 게 중요해.
영사	한인회장 회의는 가끔씩 하지 않습니까?
대사	그렇지. 그런데 이번엔 좀 이상해. 왜 아프리카, 남미, 중동 지역 회장들만 불렀을까? 왜 선진국 한인회장들은 안 불렀을까?
영사	지역별로 나눠서 하려는 게 아닐까요?
대사	아니지. 아프리카, 남미, 중동의 공통점을 생각해 봐야 해.
영사	공통점이라면 대개는 못사는 나라들이고…

대사	그리고 본부의 신임이 없는 지역이지.
영사	그거하고 암행관하고 무슨 관련이 있습니까?
대사	내가 말했지? 공관에서 한인회는 국회랑 같다고. 틀림없이 공관과 관련된 비밀스런 임무를 주었을 거야. 그렇지 않고서야 저 지역들만 따로 부를 이유가 없어.
영사	하지만, 별 거 없다고 하지 않았습니까? 단순히 격려하는 차원에서 부른 것 같다고…
대사	그런 회의가 있다는 것조차 숨겼어. 격려와 위로가 목적이라면 굳이 숨길 이유가 있겠어? 확실해.
영사	그럼, 다시 취임식 하시는 겁니까?
대사	당연하지. 취임식 끝나고는 만찬까지 해 주자고.
영사	만찬은 출장자 해주신다고…
대사	아무래도 본부랑 관련 있는 사람을 신경 써야 하지 않겠어? 그래야 우리 공관에도 좋은 일이고.
영사	알겠습니다.

두 사람 다시 회장 있는 쪽으로 간다.
조명 밝아진다.

대사	내일 당장 취임식부터 하도록 하시죠. 취임식 끝나고는 조촐하나마 저녁 만찬을 준비하도록 하겠습니다.
회장	여러모로 신경 써 주셔서 감사합니다. 만찬까지 해주신다니…
대사	홍차관 일을 도와드리지 못했는데, 그 정도는 해드려야죠.
회장	만찬을 해주신다니 한 가지 부탁드려도 되겠습니까?
대사	말씀하십시오.
회장	아시다시피 여기 교민들, 그렇게 넉넉한 형편이 못됩니다. 우리 식으로 밥 한 끼 먹는 것도 가끔 힘들 때가 있다고 들었습니다. 그래서, 그렇게 해도 된다면 저녁 만찬에 교민들 전부를 초대하고 싶습니다.

대사	모두 다 말씀이십니까?
회장	그렇습니다.
영사	그건 안 됩니다.
총무	빠져 있지.
영사	관저에서 해야 되는데, 비좁아서 안 됩니다. 다 오시면 족히 백 분은 넘을 텐데, 도저히 할 수 없습니다.
대사	모처럼 회장님이 부탁하시는 건데, 어떻게 방법이 없을까?
영사	비좁을 뿐만 아니라 테이블, 의자, 식기들도 부족합니다.
총무	어떻게 맨날 안 된다, 불가능하다, 할 수 없다라는 소리 밖에 못 해.
영사	그게 사실이니까요.
대사	진짜로 방법이 없겠어?
영사	글쎄요… 정원에 간이천막을 치면 될 것도 같습니다.
대사	좋은 생각이야, 그렇게 하자고.
영사	그런데, 그게 우리 대사관엔 없습니다.
대사	새로 구입해야 되나?
회장	그렇게까지는 하고 싶지 않습니다.
대사	아닙니다. 어떻게든 해드려야죠.
영사	빌리면 될 것 같습니다.
대사	맞아, 그러면 되겠네. 그러자고.
영사	그런데, 대사님. 그게 제 힘으로 빌릴 수 있는 게 아니라…
총무	무슨 영사가, 천막 하나를 못 빌리냐?
회장	계속 끼어들래. 조용히 못 있어.
총무	좀 답답해서 그럽니다.
영사	그런 종류의 천막은 여기선 미대사관에만 있습니다. 알다시피 미대사관은 보안이 엄격해서 영사 레벨로는 접근하기가 아주 어렵습니다.
대사	그러니까, 대사급 정도는 돼야 접촉할 수 있다는 건가?
영사	그렇습니다.

회장	그렇다면 그냥 없던 걸로 하시죠. 천막 하나 빌리자고 대사님이 나설 수는 없지 않습니까?
대사	아닙니다. 해드려야죠. 취임하시고 처음으로 하시는 일인데, 제가 도움을 드려야죠. 박영사, 그렇게 해.
영사	그런데… 전신스캔을 받으셔야 합니다.
대사	미대사관 들어갈 때?
영사	그렇습니다. 대사님도 예외 없이 받으셔야 합니다.
대사	그, 그래. 연락은 내가 하고 박영사가 다녀오면 안 되는 건가?
영사	그게, 안 됩니다. 미대사관은 업무 담당자가 승인한 사람만이 출입할 수 있습니다.
대사	쉬운 게 없네. 해야지 어떡하겠어. 비행기 탈 때도 스캔 받는데.
회장	저희 때문에 그러실 필욘 없는데…
대사	이런 게 저희들 일인데요, 걱정 마십시오.
총무	무능한 영사 때문에 대사님만 고생하십니다.
영사	깐죽대는 누구 때문에 회장님만 힘드시겠습니다.
회장	여러모로 감사합니다. 그럼, 일단 취임식은 내일 하는 걸로 알고 돌아가 있겠습니다.
대사	그렇게 하십시오. 내일 뵙도록 하겠습니다. (인사한다)

회장과 총무 인사한 후, 회의실을 나오기 위해 문을 연다. 그러다 회장이 문 앞에 떨어져있던 기념품 하나를 발견한다. 회장이 줍는다.

회장	(기념품을 들여다 본다) 이거 대사님 것 같습니다… 감사패네요.
대사	(당황한다) 어, 그… 그게 왜… (영사에게 빨리 뺏으라고 손짓한다. 영사가 회장에게 달려간다)
회장	(읽는다) 위 사람은 필리핀 영사로 재직하면서… (충격을 받은 듯 휘청인다. 놓칠 뻔한 감사패를 총무가 받아든다. 뺏으려는 영사와 실랑이 한다)
총무	꺼져.
회장	(대사에게 달려가 멱살을 잡는다) 여기 있었어. 여기 숨어 있었어.

대사	갑자기 왜, 왜… 이러십니까?
회장	남의 인생 짓밟아 놓고 고작 감사패? 한 자리 꿰고 있어야지, 안 그래?
대사	(회장을 떼어 놓으려 하며) 이거 놓고… 진정하시고… 왜 이러시는지 말씀해보세요.
회장	국격향상 프로젝트? 죄 없는 사람 데려다 두들겨 패면 국격이 올라 가?
대사	저는 모르는 일입니다. 잘못 아신 겁니다.
회장	그때처럼 당당해 보시지. 비겁하게 모른 척 하기는… 명도야, 그 감사패 윗줄 좀 읽어봐라.
총무	예, 감사패, 주필리핀 대한민국 대사관 이등서기관 송덕용
회장	이등서기관 송덕용… 망할놈의 네놈 이름을 잊어본 적이 없었다. 아니라고 해보시지, 송덕용 영사님. 이름 바꾼 채 숨어있으면 모든 게 잊힐 줄 알았어? 끝날 줄 알았냐고?
대사	죄 없기론 저도 마찬가집니다.
회장	네놈이 죄가 없다고? 네놈들 때문에 동료들… 팔다리 병신 되고, 가족들 흩어지고, 제대로 산 녀석이 없었어.
대사	갓 들어온 신입이 무슨 힘이 있습니까? 본부가 신인데… 본부에서 명령하는데…
회장	잘 나갔다며? 황금기였다며? (대사를 바닥으로 내던진다. 바닥으로 나뒹구는 대사) 힘이 없으면 조용이나 있을 것이지. 뭐? 황금기… 본부 핑계 대지 마. 자랑하고 다녔잖아.
총무	형님! 아주 얍삽해요. 알고 있으면서 취임식을 해주네 마네, 참, 어이가 없네. 사시미로 회 한번 떠야…
대사	(일어서며) 나도 역겨웠어. 너희 같은 조폭 새끼들 위해주는 것.
회장	한 번 당해볼래. 그때 것까지…
대사	(회장의 멱살을 잡는다) 그렇잖아도 많이 당해봤다.
영사	(대사를 말린다) 대사님, 이러시면…
총무	완전, 돌아이네.

대사	너희 깡패 때문에, 우리 아버지 반평생 휠체어에서 사셨다. 너희 같은 새끼들 죽이려고 나… 고시 공부했고, 국격향상 프로젝트… 기쁘게 수행했다. 본부가 밀어주니까 너희 같은 것들, 별 것도 아니었지. 본부가… 본부가, 조금만 더 밀어줬으면 너희 같은 놈들… 끝장을 봤을 거다.
회장	(대사를 뿌리친다) 본부가 네놈을 밀어줬다고? 홍차관이 그랬어. 프로젝트 담당자들, 본부에서 다 조사했다고. 네놈 아버진 재개발 반대위원장이었고, 용역들과 싸우다 크게 다쳤어. 본부는 그 점을 높이 샀어. 왜? 그 프로젝트에 네놈이 적합했으니까. 네놈의 분노가 쓸 만했으니까. 그리곤 내쳐버린 거야. 알아?
대사	안 끝났어… 안 끝났어. 다시 날 찾을 거야. 그땐 정말 네놈들… 가만두지 않겠어.
회장	그때 안 만난 걸 다행인 줄 알아. 지금은 조금이나마 네놈을 불쌍하다고 생각하니까. (사이) 명도야, 돌아가자. 우리 볼 일은 끝난 것 같다.
총무	그냥 가자고요?
회장	그 감사팬지 뭔지는 돌려줘야지. (문 앞에 다가가서) 아, 보니까 아직도 분노가 남은 모양이니 좀 도와드려라. 나도 아는데, 그런 거 갖고 있으면 엄청 힘들거든.
총무	알겠습니다. 형님. (회장, 퇴장한다) 어디서부터 해드릴까?
영사	뭘 한다는 겁니까? 그냥 돌아가세요.
총무	일단, 이거부터 받으시고… (감사패를 영사에게 건넨다) 우리 형님께서 도와드리라 그러시네. 쉽게 쉽게 사시라고. (배치된 철제 의자를 넘어뜨리기 시작한다)
대사	뭐하는 거야?
영사	그만 둬.

조명이 꺼짐과 동시에 뭔가가 깨지는 소리 들린다. 이윽고 대사의 고함 소리, 총무와 영사 뒤엉켜 싸우는 소리 들린다.

다시 또 깨지고 부서지는 소리 이어지다 문 닫히는 소리 들린다.
잠시 동안의 침묵 후에 무대 밝아지면, 중앙에 대사와 영사 넋 나간 사람처럼 서 있다.

영사 확실히 암행관은 아니네요.

대사 암행관이라 해도… 아니지. 암행관이면 안 되는 거지. 아닐 거야. 그럴 리가 없지.

영사 앞으로 한인회 상대할 걸 생각하면 막막합니다.

대사 그런데… 한 가지 의문이 들어. 본부가 나와 한인회장의 관계를 몰랐을까? 본부엔 아직도 홍차관이 건재한데.

영사 우연의 일치 아니겠습니까?

대사 본부는 언제나 목적을 가지고 있어. 거기에 부합하지 않으면 아무것도 안 하지. 왜 이제 와서 숨기고 싶은 프로젝트를 들어냈을까? 왜 내 분노를 다시 상기시켰을까? 분명 뭔가가 있어.

영사 대사님! 비약이 좀…

대사 아니야. 이번 출장자에 도국장이 포함 됐다고 했지?

영사 퇴직했으니까 '국장'은 아니지만 이 회사 임원으로 같이 왔습니다.

대사 이사인 임원이 실무자나 오는 이런 오지를 온다? 이게 이상해.

영사 사업 모델 발굴 차 올 수도 있지 않습니까?

대사 대개 윗사람들은 밥상 다 차려지면 오는 거야. 그리고 도국장은 사외이사 아냐? 사외이사가 뭣 때문에 실무자랑 이런 곳에 오겠어?

영사 그럼, 왜 온다고 생각하십니까?

대사 전령이지.

영사 전령이요?

대사 분명 본부의 메시지를 갖고 있을 거야. 그렇지 않고서야 이런 곳에 올 리가 없어.

영사 하지만 도국장은, 이젠 본부와 아무 상관없는 사람 아닙니까?

대사	지금은 그렇지. 하지만 발을 담궜었잖아. 그 프로젝트 때도 그랬어. 본부와 인연은 있지만 본부 소속이 아닌 출장자가 전령으로 왔었어. 맞아. 이제야 알겠어. 그러니까 본부가 그 프로젝트를 상기시킨 거야. 미션 받을 준비를 하라는 것이었어.
영사	좀, 믿어지지가 않습니다.
대사	맞다니까. 이제 그때가 된 거야. 본부가 날 다시 필요로 하는 때가…
영사	예, 알겠습니다. 그럼, 만찬 준비하도록 하겠습니다.
대사	그래, 만찬이야… 만찬을 준비하라고…

막.

라이크 어 버진
(Like a virgin)

최고나

등장인물

마돈나
엄마
아빠
의사
경찰
노인

무대

무대는 기본적으로 양쪽 두 공간을 이용하는데,
그것은 배우의 등, 퇴장의 편의를 위해서다.
배우는 양쪽을 자유롭게 이동하며 연기할 수 있다.
큰 틀은 마돈나의 집이다.
양쪽이 번갈아 룸, 분장실, 슈퍼, 편의점, 경찰서 등 유기적으로 변
한다.

마돈나, 음식이 담긴 쟁반을 들고 들어선다.

바퀴의자에 앉은 채 뒤돌아 있는 의사, 인기척에 문 쪽을 돌아본다.

입에 재갈이 물려 있고, 듬성듬성 수염이 올라왔다. 팔과 다리는 묶인 채 포박되었다.

마돈나, 책상 위에 쟁반을 내려놓는다.

의자를 무대 쪽으로 돌리고 재갈을 풀어준다.

의사의 포박된 팔 중 한쪽에 숟가락을 쥐어 쥐면,

의사, 신경질적으로 그 숟가락을 팽개친다,

의사　아아아아아아아아아악!!

마돈나, 아랑곳 않고 의사가 내던진 숟가락을 잡아 한가득 밥을 푼다.

의사　(씩씩대며) 야, 이 미친년아! 너 지금 나랑 장난 하냐? 너 지금 엄청 웃긴 거 알지? 이게 사람을 가둬 넣고 이제야 나타나? 이게 쳐돌았나! 너, 뭐야? 너 뭔데 이러는데? 대체 왜 날 가두는 건데!

마돈나, 아랑곳 않고 의사의 입에 억지로 밥을 밀어 넣는다.

의사, 안 먹으려 입을 굳게 다물고 강하게 저항한다.

의사　(손으로 밥그릇 쓸어버리며) 대체 이런 돌아이 같은 짓을 왜 하는 거냐고 묻고 있잖아!

마돈나　(건조하게) 없어요.

의사　(기가 차) 없어? 아니, 왜 없어? 집에다 협박을 한다든가, 돈을 내놓으라고 떼를 쓴다든가, 하다못해 강간이라도 해야지. 뭔가 이러는 이유가 있을 거 아니야. 어?

마돈나, 바닥에 쏟아진 음식들을 침착하게 쓸어 담는다.

의사　저게 진짜 대책도 없이 사람을 가뒀어? 뭐 저런 미친 게 다 있어?

　　　마돈나, 음식 줍는 걸 멈추고 빤히 의사를 바라본다.

의사　왜? 또 꼴에 미쳤다고 하니까 열 받냐? 어? 졸라 열 받지? 이 똘아 이 미친년아.

마돈나　이해해 주세요.

의사　(어이없다) 뭘 해?

마돈나　이해해 주시라구요. 저, 시끄러운 거 굉장히 싫어해요. 그러니까 이해해 주세요. 어차피 사방이 막혀 있어 들리지도 않고, 자물쇠로 잠겨 있어 밖을 나갈 수도 없어요. 괜히 또 혼자 발악하지 말고 얌전히 지내시라구요. 그래봤자 선생님 힘만 빠진다는 거, 선생님도 아시잖아요.

　　　의사, 주변을 둘러본다. 딱히 부정할 수 없다.
　　　마돈나, 할 말을 마쳤다는 듯 또다시 바닥에 있는 음식물을 닦아낸다.

의사　(노려보며) 너, 가만 안 둬. 내가 여기서 나가기만 하면 가만 둘 거 같아? 내 전 재산을 걸고 널 말살하는데 남은 인생을 주력할 거야!

마돈나　(음식을 챙겨 들고 나가려다) 진짜 안 드실 거예요?

　　　의사, 힐끔 메뉴를 살핀다.
　　　김이 모락모락 나는 뚝배기 된장찌개에 갈비, 잡채, 전 등 갖가지 음식이 먹음직스럽게 놓였다.

의사　(고개를 저으며 단호하다) 안 먹어.

　　　마돈나, 포기한 듯 쟁반을 가지고 나가려는데,

이때, 멀리서 전화벨 소리가 들린다.

쟁반을 책상 위에 올려놓고 후다닥 밖으로 나가는 마돈나.

혼자 남겨진 의사, 보지 않으려는데 자꾸만 음식으로 시선이 간다.

주변을 살피고 손을 뻗어 동그랑땡 하나를 집어 입에 넣는다.

입 안 가득 황홀감이 차오른다.

눈치를 살피며 또다시 음식을 잡으려는 그때, 마돈나가 들어선다.

의사, 차마 씹지 못하고 마돈나를 노려보는데,

마돈나   자꾸 이러실 거예요?

의사   (아무 말도 못하고 눈만 끔벅거린다)

마돈다   안 먹으면 그만이지, 음식은 왜 매번 버리는데요?

의사   (고개를 도리도리 흔든다)

마돈나   만드는 사람 생각도 하셔야죠. 어른이면 단가?

의사   (더 이상은 못 참겠다. 마돈나를 밀어내며) 꺼져. 밤톨만한 게 어디서 어른한테 따박따박. 드릅게 말 많네.

    의사, 체면불구하고 음식 앞으로 다가가 게걸스럽게 음식을 먹어치운다.

    밥, 전, 잡채를 손으로 퍼먹고 찌개는 아예 냄비 채 들고 마신다.

    뜨거워 움찔하다가, 빨리 씹어서 혀를 깨물다가, 또다시 미친 듯 음식을 먹어댄다.

마돈나   (흐뭇한) 천천히 드세요. 그러다 체하겠어요.

의사   (허겁지겁 먹으며) 너… 대체 나한테 이러는 이유가 뭐냐? 내가 너한테 뭘 잘못을 했다고 그러는데?

마돈나   억울하세요?

의사   억울하지. 영문도 모르고 낯선 남자들에게 잡혀 이 집에 눌러 앉은 지 벌써 일주일째야. 입장 바꿔 생각해봐. 너라면 어떻겠냐?

마돈나   (생각하다가) 궁금하겠죠.

의사   (먹으며) 그치? 그렇겠지?

마돈나   궁금해요? 내가 왜 이러는지?

의사   (먹으며) 당연하지!

마돈나   (의사의 건너편에 앉는다) 그럼요. 제 부탁 하나만 들어주실래요?

의사   (먹다가 마돈나를 바라본다) 부탁? 무슨 부탁?

마돈나   (머뭇거리며) 그러니까… 태초에 인간을 시련에 들게 하는 근원적 질문이 있잖아요.

의사   어?

마돈나   (뜸 들이다) 엄마가 좋아… 아빠가 좋아… 문제의 답은 쉬워요. 저의 선택은 늘 엄마였거든요.

> 쿵짝쿵짝 '아모르파티' 간주가 조금씩 흘러나오고,
> 반대편에서 엄마가 소주병에 숟가락을 꽂은 채 등장한다.

마돈나   우린 성격부터 음악취향, 음식궁합, 정치적 성향까지 모든 게 잘 맞았거든요.

> 엄마, 노래에 맞춰 고개를 흔들거나 몸을 깔짝깔짝거린다.
> 이윽고 간드러지는 율동을 곁들여 신나게 노래를 시작한다.

엄마   산다는 게 다 그런 거지. 누구나 빈손으로 와. 소설 같은 한 편의 얘기들을 세상에 뿌리며 살지. 자신에게 실망하지 마. 모든 걸 잘 할 순 없어. 오늘보다 더 나은 내일이면 돼. 인생은 지금이야~ 아아아아아아아아아!

> 갑자기 의자에서 벌떡 일어난 마돈나, 엄마를 밀어낸다.

마돈나   (격렬한 춤사위) 아모르 파티~ 아모르 파티~

> 황당해 바라보던 엄마, 마돈나의 행동이 맘에 들지 않지만 마돈나의 댄스

에 맞춰 같이 추기 시작한다.

군무같이 짝짝 들어맞는 둘의 춤사위가 노래가 끝날 때까지 이어진다.

음악 소리 줄어들고, 노래가 끝이 나면,

엄마   왜 껴들어?

마돈나   아우, 몸이 먼저 반응하네.

연신 기침을 내뱉는 입으로 담배 한 개비를 가져가 무는 엄마.

술상 앞에 앉는다.

엄마   (잔 내밀며) 한잔 따라 봐봐.

마돈나   (기분 좋게 따라주면)

엄마   (병 뺏어) 너두 한잔 받구.

마돈나   나두?

엄마   술은 어른한테 배우는 거야.

마돈나   어른도 어른 같아야지. (하면서도 잔 들고)

엄마   (마돈나 잔에 부딪치며) 짠. 마셔.

마돈나   (마시더니 크으 쓰다) 겁나 쓰네. (표정 찌푸린다) 안주? 없어?

엄마   진정한 술꾼은 안주 따윈…

마돈나   빈속에 술 마시면 속 버린다니까.

엄마   이미 다 버렸어. 간이 간당간당하대.

마돈나   약은 뒀다 엇다 쓰게?

엄마   약은 쓰다니까. 술은 희한하게 달구.

마돈나   (어이없다)

엄마   (개의치 않고 술 마신다. 없다. 빈병이다) 뭐해?

마돈나   뭐가?

엄마   술 떨어졌잖아.

마돈나   근데?

엄마   사와야지.

마돈나　우리가 술 살 돈이 어디 있어?

엄마　술 맛 떨어지게 어디서 돈 타령이야?

마돈나　사실이 그래.

엄마　뚜껑 열리기 전에 얼른 갔다 와라.

마돈나　그럼 돈 주던가.

엄마　외상 달라 그래.

마돈나　더 이상 우리한테 외상 안 해준대.

엄마　그럼 몸이라도 팔아.

마돈나　그게 엄마가 할 소리냐?

엄마　키워주구 나줬잖아.

마돈나　뭐래.

엄마　너는 엄마한테 그 정도 정성도 못 보이냐?

　　엄마, 대답 없이 마돈나를 노려보면,
　　마돈나, 마지못해 미적거리며 일어선다.
　　반대쪽으로 걸어가면, 무대는 조그만 구멍가게다.

마돈나　(애교스럽게) 할아버지~

노인　누겨?

마돈나　또 접니다앙~ 오늘은 딱 오천 원어치만 외상 주시면 안 될까염?

노인　그새 다 마신겨? 가져간 지 얼마나 됐다고?

마돈나　죄송해요~ 이번 달 기초생활수급비 들어오면 그때 다 갚을게요.
　　진짜예요.

노인　안돼야! 이번엔 절대로 그냥 못 줘!

마돈나　할아버지, 그러지 마시구요. 딱 한 번만요. 네?

노인　이 읍서?

마돈나　???

노인　읍슴 잇몸으로 때워야지.

마돈나　네?

노인   돈이 없음… 몸으로 때워야지. 안 그려?

마돈나   …

노인   (능글맞게) 일루 와봐.

마돈나   (경계하며 노인에게 한 발짝 다가간다)

노인   쓴 김에 조금 더 써.

마돈나   (조금 더 가까워진다)

노인   (마돈나의 가슴을 뚫어져라 바라본다. 이내 고개를 절레절레) 아쉽고만. 참말로 아쉬운 가슴이여.

　

　　　이때 마돈나, 바바리맨처럼 노인을 향해 치마를 번쩍 치켜든다.
　　　노인, 놀라서 헉! 그 자리에 털썩 주저앉는다.
　　　금방이라도 숨이 끊어질 것처럼 숨을 헐떡거린다.

　

마돈나   (놀라) 할아버지! 할아버지!

노인   (마지막 유언처럼) 외상 가져가아… (켁- 숨이 끊어진다)

　

　　　마돈나, 노인의 뜬 눈 감겨주고 소주와 컵라면 등을 봉지에 담는다.

　

마돈나   (의사 보며) 그게 마지막 외상이었어요. 할아버지가 돌아가시고 그 자리엔 편의점이 들어섰거든요. 거기엔 저처럼 아쉬운 가슴은 없었죠. 이따만한 가슴을 가진 언니들이 카운터에서 수시로 바뀌어 나갔어요.

　

　　　마돈나, 풀이 죽어 느릿느릿 걷는데,
　　　이때 엄마, 다가와 마돈나의 손을 잡는다.

　

엄마   (다정하게) 딸…

마돈나   (바라보면) 엄마?

엄마   (편의점 앞에 놓인 술 궤짝을 들고) 튀어!

엄마와 마돈나, 전력 질주로 도망가고,

주인　(소리) 야! 이년들아! 거기 안 서! 당장 서라! 이것들아!

　　　간신히 집 안으로 도망친 엄마와 마돈나.
　　　문에 기대 숨을 헉헉 내쉬는데,

엄마　안 되겠다. 술을 끊을 때가 온 거 같아.
마돈나　장난해? 이제 막 맛들이기 시작했는데?
엄마　아니야. 더 이상 외상은 틀린 거 같아.
마돈나　왜 이래? 엄마답지 않게. (비장한) 내가 다른 슈퍼 찾아볼게.
엄마　내가 진짜 이번에 술 딱 끊고! 사람답게 살다 간다! (사이) 술은?
마돈다　(검은 봉지 뒤로 숨긴다) 끊는다며?
엄마　(자리 잡고 앉아) 막잔하자.
마돈나　(라면 빼 일어선다) 빈속에 마시지 마. 라면 끓여줄게.

　　　마돈나, 전기포트에 물을 채워 끓인다.
　　　엄마, 아랑곳없이 술을 까서 마시는데,
　　　금방이라도 쓰러질 듯 격하게 울리는 기침 소리

마돈나　(라면 끓이며) 엄마.
엄마　(술 마시며) 왜.
마돈나　나 두고 죽을 거야?
엄마　뭐?
마돈나　아직은 죽지 마라.
엄마　뭔 개소리야?
마돈나　나 스무 살 될 때까지, 그때까지만 좀 참아줘.
엄마　돌은 년.
마돈나　(커피포트 물을 컵라면에 붓는다. 엄마의 앞에 놓는다) 먹어.

엄마	에게? 겨우 이거?
마돈나	설거지 귀찮아서.
엄마	효녀 났다. (소주 먹고 라면 국물을 후루룩 마신다)
마돈나	(컵 내밀며) 나도 한 잔 따라 줘봐.
엄마	(술병 숨기며) 뺏어먹지 마, 이년아.
마돈나	가족끼리 진짜 이러기냐?
엄마	너는 미성년자잖아.
마돈나	언젠 어른한테 배우라며? (아랑곳없이 새 술을 빼 잔에 따라 마신다)
엄마	맛있냐?
마돈나	쓰다니까. (얼굴 찌푸리고 엄마 컵라면을 뺏어 먹는다)
엄마	쓰다면서 왜 먹는대?
마돈나	인생이 엿 같잖아.
엄마	아빠한테 보내주랴?
마돈나	무슨 아빠.
엄마	니 생물학적 아빠.
마돈나	잘 생겼어?
엄마	뭐가?
마돈나	얼굴 말이야. 키는 크고?
엄마	몰라. 기억 안 나.
마돈나	어떤 인간인데?
엄마	니 이름 지어준 인간.
마돈나	안 그래도 말하려고 했는데, 나 개명할래. 이름이 마돈나가 뭐냐, 마돈나. 애 이름이 장난도 아니고. 어우, 담배 땡겨. 담배 있어?
엄마	너 가진 업소 이름이 마돈나였어. 그 자식이 마씨라 가능했지. 최씨나 박씨여봐. 난감한 상황 되는 거지. 지금은 추억이야. 가슴에 묻은 새끼.
마돈나	왜 헤어졌는데?
엄마	성격차이? 성격차이… 성격이 드릅게 안 맞았어. (자기도 대답이 어이없는지 머쓱하게 웃는다)

마돈나 마씨는 확실해? 저번엔 김씨라며?

엄마 그랬었냐?

마돈나 솔직히 불어? 누군지 기억 안 나지?

엄마 아냐. 기억나. 마씨래두. 그때 나 인기 끗발 났다니까. 따라다닌 놈들이 한둘이 아니어서 잠깐 헷갈린 것뿐야. 아무리 내가 막 살아도 설마 니 애비가 누군지 모를까봐. (벽지에 붙은 캘린더 달력의 비키니 모델의 포즈를 흉내 내며- 비키니 모델은 진짜 엄마의 과거 젊은 시절이다) 죽이지?

마돈나 수술한 거라며.

엄마 가슴만 했다니까.

마돈나 가슴밖에 안 보이는구만.

엄마 딸.

마돈나 왜?

엄마 미안.

마돈나 뭐가.

엄마 가슴은 유전이래.

마돈나 씨발, 진짜? (빈약한 자신의 가슴을 내려다 본다)

엄마 다시 한 번 미안.

마돈나 갑자기 확 우울하네.

엄마 (마돈나에게 술 따라주며) 마셔. 그리고 잊어.

마돈나 가슴수술 아파?

엄마 졸라 비싸.

마돈나 얼만데.

엄마 오백 넘어.

마돈나 혹시 오백 있어?

엄마 외상값도 아직 다 못 갚았다.

마돈나 아빠한테 부탁할까?

엄마 뭘?

마돈나 가슴 확대수술한다고. 오백만 달라고. 양육비도 안 줬다며. 이걸로 퉁치자고 말해야지. 그 인간 지금 어디 있대?

엄마 (곱씹으며) 양평인가? 가평인가?

마돈나 양평? 가평? 거기서 뭐 하는데?

엄마 내가 아냐? 그 사기꾼 새끼. 어디 가서 사기나 치고 있겠지. (사이) 아, 맞다. 그 인간 왼쪽 팔에 존나 앙증맞은 키티 문신 있어.

마돈나 키티 문신?

엄마 응. 존나 앙증맞아. (기침 심해지며 각혈한다. 입을 틀어막는 손가락 사이로 터지는 선혈)

마돈나 엄마!

엄마 (소주를 병째 입에 넣고 가글하듯이 가글가글)

마돈나 (엄마 팔 저지하며) 뭔 짓이야?

엄마 소독.

마돈나 (이해했다. 손 내리며) 아…

엄마 너 혹시… 꿍쳐논 돈 좀 있냐?

마돈나 내가 돈이 어딨어? (하다가) 왜?

엄마 (자신의 가슴 내려 보며) 여기가 자꾸 아파.

이때, 의자에 묶인 의사가 바퀴의자를 끌며 등장한다.
병원으로 무대는 바뀐다.

의사 (엄마의 가슴보고) 터졌습니다. 싸구려를 하셨네요. 실리콘 겔은 점도가 낮아서 모양은 예쁘지만 그 실효성에 대해서는 논란이 좀 있죠. 보형물을 삽입한 조직의 주변이 딱딱해졌죠?

엄마 (고개 끄덕끄덕)

의사 구형구축이 일어난 겁니다. 인체조직은 이제 이 보형물을 이물질로 인식하고 공격을 시작할 겁니다. 제거수술을 받으셔야겠네요. 단, 제거수술을 받으시면 이전과 같은 아주 쪼끄만, 아주 아주 쪼끄만 유아기적 가슴으로 돌아가게 될 겁니다.

엄마 (거의 울 듯하다)

마돈나　비용은요?

의사　아주 아주 비쌉니다. 기초생활수급자로는 택도 없는.

엄마　(자리에서 일어서며) 가자.

의사　그럼 보형물이 파열되어 수많은 부작용에 시달릴 수 있습니다.

엄마　(마돈나 잡아끌며) 뭐해? 가자니까.

마돈나　엄마…

엄마　(가슴 감싸며) 이게 어떻게 만든 가슴인데!

의사　심지어 죽음에 이를 수도 있습니다.

엄마　죽어도 못 해!

마돈나　수술하자, 엄마. 내가 돈 벌어서 지금보다 더 큰 가슴 만들어 줄게.

엄마　(단호한) 안 돼. 이 가슴은 절대 포기 못해.

마돈나　(화난다) 그래. 하지 마! 수술도 하지 말고 죽든지 살든지 맘대로 해! 엄마가 지금까지 나한테 해준 게 뭐가 있어? 밥을 제때 챙겨줬어? 학원을 제대로 보내줬어? 맨날 술심부름이나 시키고 그래도 엄마라고 스무 살까지만 버텨달라는데. 내가 등신이지! 내가 등신이야! 수술하든지 말든지 엄마 맘대로 해! 나, 이제 엄마 딸 아니니까!

　　마돈나, 그대로 나가버리면,

엄마　(머쓱하다) 알았어. 할게. (마돈나 반응 없다. 좀 더 크게) 한다고! 이년아!

　　마돈나, 어디서 구해 왔는지 돈뭉치를 한아름 가져와 의사에게 건네고,
　　의사, 돈을 받고 엄마의 가슴 수술 작업에 들어간다.
　　이전과 다르게 납작해져버린 엄마의 가슴.

마돈나　이제 안 아프지?

엄마 어.

마돈나 정말 다행이다.

엄마 (자신의 납작 가슴 내려 보며) 근데 허전해. 뭔가 심심하고.

마돈나 걱정 마. 엄마. 내가 빨리 돈 모아서 엄마 확대수술 시켜줄게.

엄마 (감정 없이) 그래.

마돈나, 엄마를 흐뭇하게 바라보면,
거울 앞에 서서 자신의 전신을 비쳐보는 엄마.

엄마 나, 눈이 좀 작은 거 같지?

마돈나 글쎄.

엄마 뒤트임을 할까? 코는 살짝 코끝만 올려주는 게 나으려나? (볼을 부풀려) 나이 드니까 자꾸 볼 살이 빠지네. 필러 같은 걸로 빵빵하게 채우면 좋을 텐데… (그러다가 가슴에 시선이 멈춘다. 가슴을 주욱 내밀며) 니 아빠가 내 가슴 참 좋아했는데… 자기가 딱 원하는 사이즈라고. 넘치지도 모자르지도 않고 자기 손에 쏙 들어온다고. 사실, 여자는 얼굴보단 가슴이야. 그래야 사랑받고 살지.

의사 (여전히 묶인 채) 성형은 중독입니다. 하나로 끝내는 사람은 없죠. 코를 높이면 눈을 키우고 싶고, 눈을 키우면 턱을 깎고 싶은 게 사람 심리. 강남미인이란 말이 괜히 있는 게 아니에요. 한 번 성형에 빠지면 절대 그 늪에서 빠져나올 수 없습니다. (실리콘 보형물을 건넨다) 받으세요.

마돈나 이게 뭐죠?

의사 (엄마 가리키며) 저기서 나온 겁니다.

마돈나, 보형물을 받아들고 엄마에게 다가간다.
엄마, 표정 없는 얼굴로 자신의 실리콘 가슴 보형물을 바라본다.

마돈나 (조물락거리며) 만져볼래?

엄마　됐어.

　　엄마, 거울 앞에 앉아 열심히 화장을 덧칠한다.
　　빨간 립스틱을 몇 번이고 덧바르는 엄마.
　　마돈나, 그 모습을 보며 엄마의 가슴 보형물을 자신의 가슴에 댄다.

의사　여자에게 가슴이란 곧 자존심입니다. 자존심을 빼앗겼을 때 느낄
　　수 있는 그 좌절, 허망, 우울. 서서히 그녀는 병들어 갈 겁니다.

엄마　(귀까지 늘어지게 입술을 그린 엄마. 마돈나를 본다) 돈나야.

마돈나　응?

엄마　나, 예뻐? (씨익 웃는다)

마돈나　엄마를 진짜로 웃게 하는 한 가지 방법이 있어요. 그건 바로 아빠
　　를 돌아오게 하는 거였죠. 아빠를 찾아야겠어요! (전단지 펼치며) 아
　　빠를 찾습니다! 아빠를 찾습니다! 13년 전 우리를 버리고 간 그 인
　　간을 찾습니다! (관객에게 전단지 돌리며) 혹시 이 사람 보신 적 있으
　　세요? 보시면 꼭 좀 연락해주세요. (다른 관객의 멱살 잡으며) 책임지
　　지 못할 거면 건들지를 마셨어야죠. (전단지 날리며) 아빠를 찾습니
　　다. 아빠를 찾아요. (관객 잡고) 혹시 이 아저씨 아세요? 성은 마…
　　이름은 모르고요. 팔뚝에 키티 문신이 있어요.
　　(다른 관객 잡고) 아빠를 찾아요. 양평, 아니 가평, 아니 양평, 가평
　　을 왔다 갔다 하며 살고 있고요. (여기저기 돌아다니며 전단지를 나눠준
　　다) 아빠를 찾아요. 아빠를 찾아요. 엄마를 웃게 하려면 아빠를 찾
　　아야 돼요. 아빠를 찾아 주세요. 아빠를 찾아요. 아빠를 찾아요.
　　(전단지 하늘 위로 흩뿌리며) 아빠를 찾았다!

엄마　(후다닥 뛰쳐나와) 찾았어?

마돈나　(감격에 겨워) 응… 찾았어.

엄마　(여전히 괴기스런 얼굴로 가슴을 내려 보며) 나… 괜찮을까?

마돈나　괜찮지, 그럼.

엄마, 활짝 웃는데 주르륵 흐르는 눈물.

마돈나   좋은 날, 왜 울어?

엄마   몰라. 자꾸 눈물나네.

마돈나, 그런 엄마의 눈물을 닦아준다.
엄마, 눈물이 흐른 자국 때문에 더욱 괴기스런 얼굴이 된다.
엄마, 활짝 웃는다.

마돈나   엄마가 다시 웃기 시작했어요. 너무 행복해서 눈물이 난대요. 웃
다가… 울다가… 웃다가… 울다가…

의사, 묶인 의자에서 몸을 뒤척거린다.

마돈나   왜 그러세요? 어디 불편하세요?

의사   (씨익 웃는다) 아무리 그래도 어른을 놀리면 못 써.

마돈나   네?

의사   (자유롭게 풀린 두 손을 내보이며) 정확히 5분 지났다. 자아… 이제 대
한민국 경찰이 몇 분 만에 출동하는지 볼까? (휴대폰을 꺼내 달랑거
린다)

마돈나   (뒷걸음치며) 서… 설마… 신고하셨어요?

의사   당연하지. 응암동 383번지. 앞길이 구만리인 창창한 어른이 웬
발칙한 아이에게 감금되어 포박 중. 빠른 출동 요망. 끝났어, 넌.

마돈나   (울먹이며) 정말이요? 전 그냥… 나쁜 맘이 있어서 그런 건 아니
고… 선생님하고 상의드릴 것도 있고… 정말 신고하셨어요?

의사   뻥이야!

마돈나   네?

의사   빠떼리 끊긴 지가 언젠데 신고는 신고야?

마돈나   (어이없다) 뭐라구요?

의사	신고는 개뿔. (휴대폰을 보여주면 배터리가 나간 휴대폰이다)
마돈나	(휴대폰을 뺏어 살핀다. 전원이 나가있다. 노려보며) 지금 저랑 장난해요?
의사	왜? 쫄았냐?
마돈나	(묵묵히 의사의 몸에 줄을 동여매며) 쫄긴요.
의사	살살 묶어. 아파.
마돈나	(보란 듯 끈을 바짝 당긴다)
의사	어차피 완전범죄 불가능해. 날 찾기 위해 많은 사람들이 널 추적하기 시작했어. 어떻게든 잡히게 돼있어, 넌.
마돈나	괜찮아요.
의사	뭐?
마돈나	(싱긋 웃으며) 잡혀 가도 괜찮다구요.

하는데, 쾅쾅쾅쾅! 거칠게 문 두드리는 소리

엄마	(소프라노 하이톤) 누구세요?
아빠	(소리) 문 열어.

엄마, 멈칫한다. 거울 앞으로 달려가 분주하게 화장한다.
이젠 화장이 아니라 분장 수준이다. 더욱 더 괴기스런 얼굴이 되어간다.
콧노래를 부르며 하는 기쁨의 퍼프질.
화장을 하면 할수록 이상해져가는 엄마의 얼굴
이상한 얼굴의 엄마의 메이크업이 드디어 완성됐다.
엄마, 흐뭇하게 거울을 바라보고,
다시 한 번 쾅쾅쾅 문 두드리는 소리

엄마	(쪼르르 달려가) 네에. 나갑니다~

엄마, 문을 활짝 열면
아빠, 들어오기도 전에 엄마의 멱살부터 붙잡는다.

아빠　　(노려보며) 개 같은 년.

엄마　　(숨 트이려 팔을 허우적거린다)

아빠　　(씩씩대며) 쓰레기 같은 년아. 왜 자꾸 조용히 사는 사람 들쑤셔, 들쑤시길. 돈밖에 모르는 버러지들. (바닥에 엄마를 내리꽂으며) 아, 진짜 좆같은 년이네. 누가 그래? 누가 내가 애 아빠래?

엄마　　(켁켁거리며) 자기야.

아빠　　너, 이 바닥 유명한 걸레였어. (위협하듯 손 올리며) 오봉년이 누구 씨를 배든 내가 알게 뭐야?

엄마　　(본능적으로 수그러든다) 니 씨 맞아.

아빠　　그래. 솔직히 너랑 나랑 몇 번 자긴 했다. 근데 나 아니야. 너 같은 년들 있을까 봐 나 거기 꼬맸어. 못 믿어? 오랜만에 함 보여주까? (바지춤을 푸는데)

엄마　　그거 풀릴 수도 있대.

아빠　　(기어이 엄마를 한 대 친다) 누가 그래, 씨발. 소송 걸 거야, 나! 너 이런 걸로 돈 뜯어낼 수작이면 착각이야. 사람을 뭘로 보고. 다시 한 번 이딴 연락 내 귓구녕에 들어오면 너 진짜 그땐 가만 안 둬. (나가려다 가슴에 시선이 머문다. 고개를 절레절레) 어휴… 꼴 봐라.

　　아빠, 사라지면
　　엄마, 거울을 본다. 자신의 모습을 보며 한참을 펑펑 운다.
　　그러다가 정신없이 화장품을 찾아 바르고,
　　자신의 주변에 있는 것들을 닥치는 대로 가슴 안에 집어넣는다.
　　그러다가 휴지를 꾸역꾸역 볼이 터질 듯이 입안에 욱여넣는다.
　　그게 걸렸는지 가슴을 퍽퍽 치다 이내 바닥에 쓰러진다.

마돈나　　(봉지를 들고 신나게 들어온다) 엄마! 엄마!

　　엄마, 잠든 건지 죽은 건지 반응 없다.

마돈나 내가 뭐랬어? 아직 남아 있다니까! 드디어 새로운 슈퍼를 뚫었습니다! (하다가 엄마 본다. 놀라서) 엄마?

　덜컥 내려앉은 마돈나, 엄마의 곁으로 빠르게 다가간다.

마돈나 (엄마를 흔들며) 엄마?
엄마 (반응 없고)
마돈나 뭐야? 일어나. 장난하지 말고.
엄마 (반응 없고)
마돈나 엄마가 좋아하는 술 사왔다니까.
엄마 (여전히 반응 없고)
마돈나 새로 뚫었다고. 그 자식한테 내가 몇 번이나 대줬다고.
엄마 …
마돈나 내가 엄말 위해 이렇게까지 한다니까. 얼른 일어나봐. 눈 좀 떠보라고.
엄마 …
마돈나 (화내듯이) 빨리 일어나 보라니까!

　경찰, 무대로 등장한다.

경찰 부모와 친외조부모가 모두 사망한 경우, 아이를 부양할 사람이 없다면 보육원에 맡겨지는 게 일반적입니다. 마돈나는 올해 만 열세 살이 되었으므로 관례에 따라 청소년 보호센터에 가게 될 것입니다. 보육원이란 곳은 그 시설의 특성상 보육원 아이라는 낙인과 꼬리표가 따라붙을 겁니다. 아이들 내에서도 서열이 존재해 자신의 서열이 어떠냐에 따라 천국과 지옥을 경험하게 되겠죠. 혹시, 낮은 서열이 됐다고 걱정하지 마세요. 스무 살이 되면 더 있고 싶어도 있을 수 없을 테니까. 그때부터가 진짜 전쟁입니다. 세상이라는 전쟁. 여기 있는 개인적인 물품들은…

마돈나　(말 막으며) 아빠가 있어요!

경찰　낳았다고 모두 부모는 아니죠. 특히 돈나양 같은 경우엔 더욱 그래요. 아빠라고 다 같은 아빠는 아닐 겁니다. 잘 생각하시기 바래요. 아빠에게 갈지, 고아원에 갈지. 살다 보면 선택이 중요한 순간이 옵니다. 현재 이곳에서 생활하는 친구들은 총 일곱 명이고 다른 아이들과 똑같이 학교에 다니고 있습니다. 기상은 일곱 시, 취침은 열시. 혹여 있을 범죄를 방지하기 위해 휴대폰은 오후 9시에 반납합니다. 10시에는 무조건 자야합니다. 내가 졸립건 졸립지 않건 간에 무조건 불을 끄고 눈을 감는 겁니다. 삶에서 선택은 중요합니다. 그리고 돈나양은 언제나 옳은 선택을 해왔죠. (돈나에게 다가가며) 자아, 가실까요?

마돈나　(겁에 질려서) 아빠!

마돈나, 반대편으로 뛰어간다.
무대 룸살롱이다.
아빠, 민소매에 드러난 어깨의 키티 문신이 양증맞다.
노래 ‘마음먹기 달렸더라’ 전주가 흘러나오고,
마이크를 잡은 아빠, 노래를 시작한다.
영어 부분은 다 허밍으로 부르고 후렴구에 ‘라이크어 버진’ 만 자신감 있게 부른다.

아빠　(전부 허밍) I made it through the wilderness
Somehow I made it through
Didn't know how lost I was
Until I found you

마돈나, 약간은 수줍게 튀어나와 리듬을 탄다.

아빠　(마돈나를 경계하며) I was best incomplete

I' d been had, I was sad and blue

But you made me feel

Yeah, you made me feel

Shiny and new

마돈나, 화음을 맞춰 넣는다. 처음보다 좀 더 과격하고 발랄해진 춤사위.

아빠　　라이크 어 버진~

　　　　　(허밍) Touched for the very first time

　　　　　라이크 어 버진~

마돈다, 좀 더 적극적으로 막춤을 춘다.

둘의 환상적인 앙상블이 끝나면,

마돈나, 기쁨의 박수를 짝짝짝 친다.

아빠　　(경계하며) 누구냐, 넌?

마돈나　(말하기 어렵다) 제 이름은… 마…

아빠　　(말 끊고 의자에 앉는다) 아아, 면접 보러 온다던?

마돈나　네?

아빠　　(담배 물고) 앉아.

마돈나　(쭈뼛거리며 자리에 착석하고)

아빠　　잘 찾아왔네. 이런 촌구석에 촌구석에 촌구석을. 이름이?

마돈나　(혹시 기억할까 싶어) 마돈나요!

아빠　　(담배에 불을 붙인다) 마돈나? (갸우뚱) 나이는?

마돈나　(신이 나) 열셋. 아뇨! 열넷이요. 이제 곧 중학교엘 들어가니까.

아빠　　이런 일 해본 적은 있고?

마돈나　네?

아빠　　이런 일 해본 적 있냐고?

마돈나　…

아빠	없어?
마돈나	(주눅 들어) 경험이 많이 중요한가요?
아빠	그러니까 이 바닥이 처음이란 말이네? (길게 한숨 쉰다)
마돈나	(눈치 보며) 네에. 그럼 안 되나요?
아빠	(혼잣말처럼) 몸으로 때우려면 이만한 곳도 없긴 한데…
마돈나	…
아빠	그래. 톡 까놓고 얘기할게. 일각에선 너에 대한 말들이 좀 많아. 나이고 어리고, 경험도 부족하고. 차라리 원조교제를 하는 건 어때?
마돈나	원조교제요?
아빠	채팅으로 원조교제 같은 좀 더 가벼운 걸 시작해보라고.
마돈나	아…
아빠	여기는 직장이야. 직장. 능력껏 벌어가는 직장. 일종의 프리랜서 개념인 거지. 물론, 사업의 특성상 4대 보험도 해줄 수 없고, 시간 외근무수당도 챙겨줄 수 없어. 하지만 정 시간에 정확히 출근해야 하고, 고객관리에 하루 테이블 수를 못 채우면 벌금도 물게 돼. 모든 일에는 때가 있잖아. 원조교제란 건 얼마나 좋아? 니 나이에 할 수 있는 적기의 일이지. 얽매이지도 않고 자유롭게 활동할 수 있고, 쉬고 싶을 때 쉬고 내키면 하루에 다섯 번도 하고 말이야. 여기는 의상에 헤어에 다달이 들어가는 것도 많거든. 돈을 많이 벌지만 그만큼 또 많이 쓸 수밖에 없는 구조기도 해. 너는 딱히 옷도 필요 없잖아. 그냥 지금 입고 있는 그 옷, 그 교복 같은 거 입고 주구장창 가도 돼. 그러면 남자들이 아주 환장을 할 걸? 니가 앵두 같은 그 입술로 내 나이 열세 살, 오빠, 난 오늘이 처음이야, 라는 운을 떼기만 하면, 아니, 떼는 게 뭐야? 열세 살, 살의 발음 끝에 튕기는 혀끝의 굴림만 봐도 바지를 내리기도 전에 미리 사정할 수도 있다고. 그런 일이 너에게 맞을 거라고 생각해. 적어도 니 나이라면 말이야.
마돈나	(절박하다. 울먹거리며) 목돈이 필요해서요.
아빠	목돈? 얼마나?

마돈나   천이요! (하다가 눈치보고) 오백이라도…

아빠   그 많은 돈이 왜 필요하지?

마돈나   (얼버무리듯) 가슴…

아빠   뭐?

마돈나   가슴확대수술… (설득하려) 저 이래 봬도 쏘맥도 되게 잘 말아요. (컵 두 개 착착 꺼내 쏘맥을 만다. 휘황찬란하게 섞고 돌리고 갖은 재주를 부리며 섞다가 아빠 앞에 턱하니 내려놓는다) 드셔보세요. 황. 금. 비. 율.

> 아빠, 의심스럽지만 마셔본다. 가히 황금비율이다.
> 잠시 고민 후 책상 서랍을 연다. 서류봉투가 나온다.

아빠   그래. 한 번 가보자. 까짓것 이깟 위험 내가 감수하지, 뭐. 사나이가 이런데 휘둘리면 쓰나.

마돈나   (환해지며) 정말요?

아빠   (인심 쓰는 척) 싸인해. 나는 지금 너에게 천만 원을 지불할 거야. 그 중에 세금 10퍼센트 제외하고 마담 월급 분담금 25만 원 제외다. 선불금 이자 5퍼센트 까고, 숙소비 250만 원 깐다. 지각이나 결근시 1회당 30만 원씩 제할 거야. 대기실 청소비는 하루에 5만원이고, 의상 렌탈비 50, 달머리 70만 원이야. 그리고 남은 돈 161만 원을 내가 지금 너에게 줄게. 여기다 싸인해. 선수금 땡긴다는 각서.

> 마돈나, 대충 싸인을 획획 갈기면,
> 아빠, 돈봉투를 마돈나에게 건넨다.

아빠   받아.

마돈나   (돈 봉투를 소중히 받아들며) 감사합니다. (몇 번이고 인사하며) 저 진짜 열심히 일할게요! 정말 감사해요!

> 마돈나, 돈봉투를 소중히 들고 반대편으로 향한다.

울긋불긋 싸구려 조명이 돌아가는 룸살롱 내부

홀로 앉은 경찰(사복경찰)이 보인다. 이 분위기가 어색하고 긴장한 듯하다.

마돈나, 경찰의 곁으로 바짝 다가가 앉는다.

경찰, 약간의 거리를 두고 빈 잔을 만지작거리는데,

마돈나 안녕, 오빠? 오랜만에 왔네?

경찰 (고개 들며) 저… 처음 와… 왔는데요.

마돈나 아, 미안. 쏘리. 착각했다. (얼굴 바짝 들이밀며) 근데 아저씨… 나 알아요?

경찰 (화들짝 놀라며) 네?

마돈나 어째 얼굴이… 희한하게 낯이 익네?

경찰 (놀라며) 제가요?

마돈나 쫄긴. 잘생겼다구. (경찰에게 술 따르며) 근데 해도 안 꺾인 이 시간에 뭐 빨났다구 여기 있어? 아저씨 뭐하는 사람이야?

경찰 저 그냥… 아버지… 사… 사업 물려받아서… 이것저것…

마돈나 아저씨 금수저야? 짱 멋있다. 어떤 사업하는데?

경찰 (당황하며) 그냥 도… 동네마다… 하… 하나씩 있는…

마돈나 (환해지며) 편의점?

경찰 네. 뭐… 그 비… 비슷한…

마돈 오빠! 나, 오빠 애인하까?

경찰 네?

마돈나 오빠 애인. 싫어?

경찰 아, 아니. 그게 아니고… (땀나는지 연신 땀을 닦아낸다) 아… 안 지도 얼마 안 됐고…

마돈나 (술 마시며) 그러니까 내가 싫단 거네?

경찰 그… 그게… 아니라…

마돈나 (일어서며) 가야겠다. 딴 언니 불러줄게. 그 언니랑 놀아. (가려다) 근데, 오빠. 내가 비밀 하나 알려주까?

경찰 비… 비밀요?

마돈나	(속삭이듯) 여기서… 내가 제일 어리다! 제일 영계야, 내가.
경찰	나… 나이가…?
마돈나	비밀~ (하다가) 오빠한테만 특별히 알려 줄게. 나 열넷이야. 엊그제 생리 시작했어. (귓속말로) 나도 이제 엄연한 가임기 여성이라구. (나가려면)
경찰	(벌떡 일어나) 아, 아니. 아니에요. 그… 그냥 앉아 계세요.
마돈나	왜에? 나 싫다며?
경찰	저… 전 그냥… 너… 너무 예뻐서 말을 잘… 모… 못해서…
마돈나	(못 이기는 척 앉으며) 진짜? 진짜 내가 그렇게 예뻐?
경찰	(수줍게 마돈나를 훑는다) 네에. 예… 예쁘세요.
마돈나	어디가? 어디가 그렇게 이쁜데?
경찰	누… 눈도 이쁘구. 코… 도 이쁘구. 이… 입술도 이쁘구. (배시시) 전부 다요.
마돈나	에이… 거짓말.
경찰	네?
마돈나	가슴이 별루잖아.
경찰	(당황. 붉어짐. 땀 닦음) 가… 가슴이요?
마돈나	울 엄마가 그러는데 여자는 가슴이 이뻐야 진짜랬어. 그래야 남자한테 사랑받을 수 있대. (가슴 죽 내밀며) 봐봐. 쪼꼬맣지?
경찰	(마돈나의 가슴으로 시선 옮긴다)
마돈나	(가슴 가리며) 어머, 오빠, 보란다구 진짜 보나? 완전 변태.
경찰	(황급히 시선 거두며) 아… 아니… 죄송해요. (땀 닦음)
마돈나	(담배 물며) 아우, 신경질 나. 딴 언니들은 뽕 안 하고도 홀복 진짜 잘 어울리는데. 나 봐봐. 이게 뭐야. 헐렁해서 교복만 입히구.

마돈나, 신경질적으로 술 마신다.
경찰, 보다가 안주를 집어 건네준다.

경찰	그… 근데… 어떻게 이… 이런 허… 험한 일을… 하시는지…

마돈나	놀면 뭐해. 집에 가도 반겨주는 사람도 없구…
경찰	그… 그래도 하… 학생이… 학… 학교를 다니고… 고… 공불… 하셔야죠.
마돈나	공부? 나 공부 대따 못하는데. 공부 머린 아냐. 한글도 간신히 뗐는걸, 뭐. (회상하다 빙긋 미소) 근데 오빠, 웃긴 게 뭔지 알아?
경찰	네?
마돈나	내가 한글 떼기도 전에 한자를 먼저 깨우쳤다.
경찰	하… 한자요?
마돈나	진. 로. 소. 주. 4홉들이 병에 담긴 그 빨간 글씨.
경찰	아아… 그… 그럼… 하… 학원 같은 데라도… 다… 녀야죠.
마돈나	학원? 태어나서 학원 한 번도 안 다녀봤는데?
경찰	(놀라서) 어… 어떻게… 사… 사람이… 학… 학원을 안… 다녀요?
마돈나	그 돈 있음 울 엄마 얼굴에 필러를 채워줬지.
경찰	피… 필러가 뭐… 뭐예요?
마돈나	있어. 그런 거.
경찰	(약간 화내듯이) 그래도 치… 친구는… 있을… 거 아니에요?
마돈나	친구? 그딴 거 없어. 걔들 엄마가 당근 나랑 못 놀게 하지. 사람들은 이상한 게 나랑 노는 걸 꼭 무슨 범죄자랑 노는 것처럼 여기더라. (그러다 애써 지우듯) 오빠! 오빠, 진짜루 내 애인 할래?
경찰	네?
마돈나	내 애인해서 나 가슴수술 좀 시켜주라.
경찰	가… 가슴 수술이요?
마돈나	마이낑 천만 원 땡겼는데 일주일만에 빚이 이천이야. 이렇게 빚 갚다가 내 꽃다운 청춘만 날리게 생겼어. 오빠… 응?
경찰	(대답 못하고 술만 벌컥벌컥 들이킨다)
마돈나	(뭔가 확신을 심어주려) 나 그 짓 잘해.
경찰	(술이 목에 걸려 켁켁거린다)
마돈나	팁 안 줘도 잘해. 팁 주면 더 잘하고~
경찰	(간신히 진정한 얼굴로 마돈나를 바라보면)

마돈나   24시간 완전 대기. 하루에 세 탕… 네 탕도 오케이라니까.

마돈나, 테이블 위로 올라가 경찰을 향해 치마를 번쩍 치켜든다.
경찰, 놀라서 헉! 그 자리에 털썩 주저앉으면,

마돈나   (놀라) 오빠! 괜찮아?
경찰   아… 알았어요. 애… 애인… 하면… 되잖아요.
마돈나   (감동 받아) 오빠, 진짜 짱이다. 내가 정말 잘해줄게. (잔 들고) 러브샷!

마돈나, 경찰의 목을 감아 러브샷을 한다.
경찰, 정신 못 차리고 러브샷을 받는다.
한동안 풀지 않고 포옹하는 그 자세 그대로 있으면,
아빠, 문을 벌컥 열고 들어와 무서운 얼굴로 마돈나를 노려본다.

아빠   나와.

경찰, 후다닥 포옹 풀며 머쓱하다.

아빠   내가 끌고 갈까? 니 발로 걸어올래?
마돈나   (귀찮다) 아, 왜 또?
아빠   니가 붙박이야? 왜 한 방에만 짱박혀 있어? 여기도 뛰고, 저기도 뛰고, 백합실도 뛰고, 장미실도 뛰고 그래야 매상이 오를 거 아니야, 이 써글년아.
경찰   (제법 용기내) 그… 그런 게 어딨어요? 나… 나도 정당한 값… 을 지불했다구요.
아빠   (경찰의 말투 흉내 낸다) 너… 넌 뭔데?
경찰   오… 오늘부터… 애… 애인입니다.
아빠   애… 애… 애인 같은 소리허구 자빠졌네. (마돈나 보며) 퇴근하고 나서 니가 뭔 지랄을 하든 내가 신경 쓸 바 아니지만 일할 때 손님하고 사적인 만남 갖는 거, 나 용서 못해. 알아?

마돈나　(자리에서 일어서며) 알았어요. 거 되게 빡빡하게 구네.

경찰　(마돈나 손 붙잡고) 가… 가지 마요.

마돈나　(경찰의 볼 애잔하게 쓰다듬으며) 오빠, 연락하자.

　　　마돈나, 걸어 나가면,
　　　경찰, 아쉬운 듯 마돈나에게서 시선 떼지 못한다.
　　　마돈나, 옆으로 옮겨가면 무대는 마돈나의 집으로 바뀐다.

마돈나　그게 마지막 만남이었어요. 그 자식은 부자도 아니었고, 돈을 주기로 한 그날, 결정적으로 은행 앞에 나타나지 않았죠. 전 자그마치 그 자리에서 꼬박 일곱 시간을 기다렸다구요. 그리고 그 다음 날… 그 다음 날이 될 때까지도 그 자식은 돌아오지 않았어요. 그때 깨달았죠. 아… 이 자식이 날 멕였구나. 날 갖고 논 거구나.

　　　마돈나, 주머니를 뒤적거려 담배를 꺼내든다.
　　　괴로움에 깊이만큼 깊게 빨아 마시는데,
　　　어느새 바퀴의자를 끌고 나타난 의사

의사　야! 나도! 나도 하나만 줘!

마돈나　네?

의사　금단현상 때문에 다리가 후들거려 죽겠어. 빨랑 하나만 줘!

마돈나　왜 그래야 되는데요?

의사　그럼 너만 피고 난 안 주냐? 한 모금만이라도! 빨리!

　　　마돈나, 인심 쓰듯 담배 하나를 의사에게 건네준다.
　　　허겁지겁 담배를 무는 의사
　　　마돈나, 라이터로 불을 붙여준다.
　　　눈을 감고 담배를 깊게 빨아들이는 의사, 온몸을 부르르 떤다.

그 모습 보다 천천히 담배를 피는 마돈나, 고개를 푹 숙인다.

마돈나 (고개 숙인 채) 선생님.

의사 (눈을 감고 담배 음미) 응?

마돈나 (고개 숙인 채) 왜 이렇게 사는 게 힘들까요?

의사, 마돈나의 말에 놀라 쳐다본다.
그러다 자신의 묶인 신세를 보며,

의사 (담배 연기를 길게 내뿜으며) 내 말이 그 말이다.

의사, 마돈나의 앞에 있는 맥주를 슬쩍 집어 든다.

의사 (자연스럽게 마시며) 그래서? 아빠는 만난 거야?

마돈나 만났죠.

의사 뭐래?

마돈나 뭘 뭐래요? 내가 딸인 것도 모르는데.

의사 얘길해야지. 내가 니 딸이다, 니가 내 애비다. 왜 말을 못하냐구?

마돈나 기회 봐서요. 지금은 좀 그래요.

의사 그러다 계속 빚만 늘면 어쩌려고?

마돈나 괜찮아요. 아빠 제가 아직 아빠 딸인 거 모르잖아요. 알고 나면 달라지겠죠. 아빠한테도 생각할 시간이 필요하구요.

의사 생각할 시간?

마돈나 입장 바꿔 보세요. 갑자기 선생님한테 외면했던 자식이 나타나면 얼마나 부담되겠어요? 그러니까 좀… 친해질 시간이 필요한 거죠.

의사 (미심쩍다) 그래?

마돈나 네.

의사 아닐 걸?

마돈나 뭐가요?

의사 니가 그걸 어떻게 확신하는데?

마돈나 핏줄이잖아요. 피는 땡기는 거구.

의사 너 낳고도 나 몰라 도망간 놈이 니 아빠야. 핏줄? 까라 그래. 세
상엔 피보다 진한 물들이 천지빼까리더라.

마돈나 (기분 상한다) 선생님이 뭘 아신다 그러세요?

의사 아빠가 너한테 마이킹 천만 원 땡겼다며. 이것저것 명목으로 있는
돈 다 뜯기고.

마돈나 (생각하다) 네에.

의사 그래서? 지금 니 수중에 가진 돈이 있냐?

마돈나 아뇨.

의사 거봐. 딱이네. 그거 니 아빠가, 너 갖고 장난치는 거야.

마돈나 네?

의사 인정하기 싫겠지만 사실이 그래. 원래 그런 놈들은 자식을 낳으면
안 되거든. 이런 게 바로 되물림이지. 악의 되물림. 나 학교 다녔
을 때 우리 반에 딱 너 같은 애가 있었어. 부모가 사고 쳐서 애만
싸질러 놓고, 애를 안 돌보는 거야. 그런 부모 밑에서 자란 애가
뭘 배우겠어? 방과 후에 애들한테 돈 뜯어가고. 그 돈으로 주구장
창 노는 거야. 애들한테 삥 뜯은 돈으로 술 마시고, 담배 피고, 모
텔 가고. (사이) 내가 진짜 그놈한테 돈 뜯긴 거만 생각하면…

마돈나, 듣고 보니 기분 나쁘다. 머리에 바람 팍- 불며,

마돈나 아니, 근데 선생님!

의사 어?

마돈나 왜 자꾸 아까부터 반말이세요? 반말이.

의사 어?

마돈나 아, 진짜 재수 없어. 먹물 새끼들 잘난 척 하는 거.

의사 (당황하며) 아니… 그게 아니라…

마돈나   그러니까 당신 같은 사람들이 어디 가서 꼰대 소리 듣는 거야. 알아?

　　　　　마돈나, 기분 나쁘다. 문 밖으로 걸어가면,

의사   야! 어디 가?
마돈나   …
의사   어디 가냐구!
마돈나   약속 있으니까 오늘 저녁… 굶으세요!

　　　　　마돈나, 나간다.
　　　　　무대는 술집으로 바뀐다.
　　　　　아빠, 마돈나를 기다리며 앉아 있고,
　　　　　마돈나, 그런 아빠에게 다가간다.

마돈나   진짜 짜증나. 존나 재수 없어.
아빠   뭐가?
마돈나   꼰대들 잘난 척 하는 거. 지네가 뭘 안다고 떠들어, 떠들긴.
아빠   오늘 기분 안 좋구나? 그날이야?
마돈나   (의자에 앉으며) 사장님아. 가진 돈 좀 있어?
아빠   아씨… 니가 땡겨간 게 얼만데 또 돈타령이야?
마돈나   아, 급히 쓸 데가 있어서 그래. 있어? 없어?
아빠   어디 쓸 건데?
마돈나   사장님은 말해도 몰라. 있어? 없어?
아빠   없어! 없어! 가뜩이나 장사 안 돼서 열 받아 죽겠구만. 너까지 왜 그러냐?

　　　　　아빠, 신경질적으로 술을 따라 벌컥벌컥 들이킨다.

마돈나 왜 말이 바뀌어? 언젠 어린애 들어와서 장사 잘 된다며.

아빠 잘될 줄 알았지! 이렇게 파리만 날려댈 줄 누가 알았겠냐?

마돈나 구라까지 마. 사람들이 나만 찾으니까 따블도 열라 뛰게 하고. 나 만나게 해달라고 대기예약 꽉 찬 날도 엄청 많았다며?

아빠 (찔린다) 근데 왜 너 돈을 안 갚아? 왜 나한테 돈 달라고 지랄이냐구. 이거 이제 보니까 돈만 밝히는 아주 맹랑한 년이네.

마돈나 씨발. 모이지가 않으니까 그렇지. 돈 되는 거 뭐든지 할 테니까 뭐 좋은 쏘스 없어? 좀 풀어놔 봐. 같이 살자, 쫌.

아빠 이게 아주 막장으로 가려고 발악을 하는구나.

마돈나 왜? 또 그건 싫은가 봐?

아빠 뭐가?

마돈나 내가 막장까지 가는 거. 되게 정색하네.

아빠 알아서 해라. 니 인생 니가 조지지, 누가 조지냐. 너 낳고 미역국 드신 니 부모만 불쌍한 거야.

마돈나 결혼했어?

아빠 뭐?

마돈나 애는?

아빠 미쳤냐?

마돈나 건사할 자식 있어서 이렇게 사는 거면 내가 용서해 줄려 그랬는데.

아빠 돌았냐? 애새끼를 뭐하러? 내가 못 끊는 게 딱 세 가진데, 여자, 술, 도박. 애새낀 내 인생에 없단 얘기야.

마돈나 그건 뭔 공식이야? 왜 자꾸 세트로 따라 댕기는데?

아빠, 마돈나에게 술 따라준다.

아빠 넌? 그러는 넌 가족 없어?

마돈나 있잖아. 여기.

아빠 아니, 나 말구 진짜 가족.

마돈나 엄만 며칠 전에 죽고, 아빤 잘 모르겠네.

아빠 몰라?

마돈나 죽었는지, 살았는지. 날 아는지, 모르는지.

아빠 엄만 어쩌다 그런 건데?

마돈나 몰라. 살기가 조또 엿 같았나보지. (사이) 사장님은 뭐하고 살았는데?

아빠 그냥 이것저것. 물장사도 하고. 하우스도 차리고. 빵에도 두어 번 갔다 오고.

마돈나 뭘로?

아빠 (말하기 싫다) 그냥 뭐…

마돈나 말하기 싫음 말구.

아빠 미성년자 성매매 알선.

마돈나 아!

아빠 (자랑스러운) 그럼에도 불구하고…

마돈나 인간은 어리석어 같은 짓을 반복하지?

아빠 (머쓱하다)

마돈나 고마워해야 하나?

아빠 딱히 인살 바라고 한 말은 아니구. (사이) 너… 혹시… 아니다.

마돈나 뭔 얘길 하다 말아?

아빠 아니… 어떤 여자랑 좀 닮은 거 같아서…

마돈나 (은근 기대) 누구?

아빠 있어. 오백만 원짜리. (추억하듯 배시시) 사실, 천이라도 샀을 거야. 가슴이 끝내줬거든. 그 여자 아버지란 작자가 노름빚 오백에 지 딸을 팔았는데, 내가 그걸 잽싸게 낚아챘지. 되게 흔해 빠진 스토린데 들어 볼래?

마돈나 됐어. 남의 사랑 얘기 뭐가 재밌다고.

하더니, 그래도 궁금하다.

마돈나　예뻐?

아빠　뭐가?

마돈나　그 여자 가슴 말이야. 사이즈는 어땠는데?

아빠　(어림짐작으로) 한 요정도?

마돈나　(사이즈를 기억하려는 듯 아빠를 따라한다)

아빠　근데 이게 그만 실수로 임신을 해버린 거야.

마돈나　(실망스럽다) 실수?

아빠　응. 내가 피임에 되게 민감하거든. 난 이상하게 어떤 여잘 만나도 애는 희한하게 갖기가 싫더라. 여자가 임신을 하는 순간 그 여자에 대한 애정이 확 식는 거지.

마돈나　(서운하다) 식어?

아빠　응. 확 식어버려.

마돈나　왜?

아빠　자신 없어. 우리 같은 바닥인생, 또 하나 만들 필요 뭐가 있냐. 어차피 버려질 거, 인생의 쓴 맛은 봐서 뭐해. (무거워진 화제를 전환하려 캘린더 모델 앞으로 다가간다) 이 여자가… 그때 그 여자야. 어때?

마돈나　(캘린더를 보지 않는다. 안 봐도 알 수 있다) 익숙하네. 어디서 본 것 마냥.

아빠　(가슴에서 시선 떼지 못하며) 끝내주지?

마돈나　아니, 왜 그렇게 거기에 집착하는 건데?

아빠　그건 인간의 본능이야. 어쩔 수 없는 거지. 심지어 이런 노래도 있잖아. (노래하며) 가슴이 고와야 여자지~ 얼굴만 예쁘다고 여자냐~

마돈나　마음 아니야?

아빠　(단호하다) 가슴이야.

마돈나　마음인데.

아빠　(단호하다) 가슴이라구.

마돈나　(흔들린다) 가슴인가?

아빠　아아… 더도 말고 덜도 말고 딱 1억만 있음 좋겠다.

마돈나　1억은 왜?

아빠	그럼 이거 싹 다 갈아 엎구 제대로 한 번 살아보는 건데…
마돈나	그럼 난?
아빠	넌 니 살길 찾아 가는 거지.
마돈나	나 갈 데 없는데?
아빠	어떻게? 섬이라도 알아봐줘?
마돈나	거긴 너무 이르지 않나?
아빠	그럼 어떡하냐? 나도 언제까지 이 짓만 할 순 없잖아.
마돈나	진짜 의리 없게 이러기야?
아빠	의리? 그게 뭔데? 먹는 거야?
마돈나	진짜 치사해서 정말…
아빠	원래 이 바닥엔 피도 눈물도 없는 거야.
마돈나	그러지 말고 나도 데려가. 뭐든 할게. 시켜만 보라니까.
아빠	너두 그러지 말고 그냥 아빠한테 가. 내가 이 바닥 있으면서 잃은 게 건강이구, 배운 게 쌈질이야. 돈 조금 생겼다 싶음 도박하고, 어떻게 여자 한 번 등쳐먹을까 궁리나 하구. 이제 다 지긋지긋하다.
마돈나	일 그만두면 뭐하려구?
아빠	요리사. 나 요리하는 거 되게 좋아하거든. 그냥 실내포차 같은 거 하나 차려서…
마돈나	어? 나 잔치국수 엄청 좋아하는데!
아빠	그래? 기회 되면 언제 한 번 만들어 줄게.
마돈나	진짜? (하다가) 그 1억 내가 댈까?
아빠	니가? 무슨 수로? 가진 돈 좀 있어?
마돈나	벌어야지.
아빠	(기가 차다) 벌어? 어느 세월에?
마돈나	어이, 사장 아저씨. 나 어리고 건강하잖아. (소파 위로 올라가 자신의 몸을 으스대며) 목돈 마련하려면 이 짓만한 것도 없다면서?
아빠	지금 있는 빚은 어떡하구?
마돈나	그게 문젠데… 한 삼천 오백쯤 되나? 이천 넘어간 이후론 세기 귀

찾아서 중단했어. 삼천 오백이나, 일억 삼천 오백이나… 어차피
빚쟁이 인생…

아빠   (생각하다) 니 말도 일리는 있는데…

마돈나   그럼 나 데려가는 거다?

아빠   (고민하면)

마돈나   데려가라. 사장님아.

아빠   (여전히 고민)

마돈나   데려가 주세요. 사장님. 제발요.

아빠   (고심하다 선심 쓰듯) 좋아!

마돈나   (활짝) 진짜? 진짜다? 진짜 약속한 거다?

아빠   약속하지, 뭐.

마돈나, 아빠에게 새끼손가락을 내민다.

아빠   어? 비슷하네.

마돈나   뭐가?

아빠   너랑 내 손가락. 개구리 넓적다리처럼 못생긴 거.

마돈나   (자신의 손 내려보고) 그런가?

아빠   신기하네. 이런 손가락 잘 없는데.

마돈나   그러게.

아빠, 마돈나의 손가락에 손을 걸며 신나게 흔든다.

아빠   일억! 일억! 일억!

마돈나   같이! 같이! 같이!

이때, 경찰 나타나 그들에게 총을 겨눈다.

경찰   꼼짝 마!

마돈나, 아빠, 동시에 돌아본다. 경찰이다.

마돈나   어? 오빠?

경찰   (외면하며) 사람 잘못 보셨습니다.

마돈나   오빠, 왜 그래?

마돈나, 경찰 곁으로 가까이 다가가면,
경찰, 자신의 곁에 오지 못하게 마돈나에게 총 겨눈다.
마돈나, 더 이상 다가가지 못하고 멈칫한다.

경찰   (아빠 보며) 지금부터 너를 아동, 청소년의 성보호에 관한 법률 위반 및 방조 혐의로 구속한다. 넌 변호사를 선임할 수 있고…

경찰, 아빠에게 수갑을 채우려는데,
아빠, 안 잡히려 반항하며 몸을 뒤튼다.

아빠   뭐야? 이 새끼야! 너, 내가 누군지 알아!

경찰   가만히 있어!

경찰, 몸부림치는 아빠와 실랑이가 벌어진다.
그러다가 경찰, 한 쪽 구석에 아빠를 패대기친다.
그 모습에 놀란 마돈나, 황급히 경찰 앞을 막아선다.

마돈나   오빠! 지금 뭐하는 거야!

경찰   (눈 피하며) 사람 잘못 보셨습니다.

아빠   아아… 너 그때 그놈이구나? 이 새끼 작업 하려고 드나든 거였구만.

경찰   조용히 해, 새끼야! 법에는 가중처벌이란 게 있어. 빵에 갔다 오면 성실한 인간이 될 생각을 해야지. 딸 같은 애한테 사기를 쳐?

경찰, 사정없이 아빠의 머리를 내려친다.

경찰　증거, 증인 다 확보되면 적어도 환갑까진 빵 안에서 푸욱 썩을 거다.

아빠　(갑자기 저자세로) 아, 선생님. 왜 이러세요? 한 번만 봐주세요. 저 바지사장인 거 아시잖아요.

경찰　조용히 해, 새끼야.

아빠　안 챙겨줘서 서운하셨구나? 내가 섭섭지 않게 아가씨들 편에 달마다 용돈 넣어드릴게.

경찰, 아빠의 허리를 누르고 수갑을 채우려는데,

아빠　(반항하며) 아이구, 선생님… 그러지 마시구요. 딱 한 번만 봐주세요. 저 진짜 이번에 손 씻기로 했다니까요. 그치? 돈나야. (돈나를 향해 윙크 찡긋거리며) 우리 아까 약속한 거 있잖아.

경찰, 아빠를 제압하려 복부를 발로 찬다.
아빠, 바닥에 쓰러지며,

아빠　(오바스럽게) 아이구. 나 죽네. 경찰이 사람 패네!

마돈나, 경찰에게 다가간다.

마돈나　저기요. 아저씨.

경찰　(화들짝 놀라며) 네?

마돈나　아니, 왜 자꾸 사람을 때려요, 때리길. 말로 하세요, 말로.

경찰　(시선 피하며) 그건 이 자식이… 자꾸 반항을 하니까…

마돈나　아무리 그래도 폭력은 나쁜 거잖아요!

아빠　(바닥에 너부러진 채) 물장사하고 빵에 갔다 오면 그게 다 용의자냐? 그게 다 범죄자야? 맘 잡고 착실하게 살고 있는 사람을… 아이고,

나 죽네. 아이고, 나 죽어!

경찰　닥쳐! (마돈나 보며) 이 사람이 여기 채용한 거 맞죠?

아빠　(불안하게 마돈나를 본다)

경찰　대답해요! 빨리. 중요한 증인이 될 수 있으니까… 이 사람이 여기 채용한 거 맞죠?

마돈나　(단호하다) 아닌데요.

경찰　네?

마돈나　이 사람이 채용한 게 아니라구요. (머뭇거리며) 이 사람은… (아빠 본다) 이 사람은 그냥…

　　　경찰, 아빠, 불안하게 마돈나를 지켜본다.

마돈나　(단호하게) 우리 아빠예요!

경찰　뭐라구요?

마돈나　우리 아빠라구요, 이 사람이.

경찰　아빠?! 지금 그게 말이 된다고 생각해요?

마돈나　왜 안 되는데요? 딸이 아빠 가게 놀러간 게 그렇게 큰 죄인가요?

경찰　거짓말 하지 마요!

마돈나　(아빠를 보호하듯 가까이 다가가며) 아니요. 진짜 이 사람이 내 아빠구요. 난 이 사람 친딸 맞아요.

경찰　지금 이 사람 보호하려고 거짓말 하는 거죠?

마돈나　이름 마동식. 생년월일 1986년 11월 2일생. 전갈자리. 혈액형 A형. 찢어지게 가난한 집에 3남 중 장남으로 태어나서, 일찍이 조실부모하고 할머니 밑에서 자라다가 걷기를 시작할 무렵 첫 절도를 시작했고, 초등학교 입학과 동시에 같은 반 학우를 폭행해 전치 4주의 상해를 입혔으며, 그날 이후 학교를 가는 날보다 안 간 날이 더 많았고, 동네 형들과 놀이터에서 어울리며 술, 담배, 여자를 동시에 습득했죠. 불량청소년의 과도기를 거쳐 몇 번의 소년원과 구치소를 들락날락했고, 그때 만난 업소 여자와 원치 않은 임신을 하게 됐죠. 세월이 흐르고 흘러 룸살롱을 경영하지만 재정난에 시달려 곧 폐업할 위기에 처해있죠. 거짓말 아니에요. 증명시켜드릴 수도 있어요.

　　　　마돈나, 아빠에게 걸어간다.
　　　　아빠, 불안하게 마돈나를 올려다본다.
　　　　마돈나, 바닥에 쓰러진 아빠의 손을 잡아 일으킨다.
　　　　자신의 손과 아빠의 손을 나란히 보여준다. 꼭 닮은 손가락.

아빠 　(급하게 태세 바꿔) 딸. 미안하다. 아빠가 너한테만큼은 이런 모습 보이고 싶지 않았는데. 니가 화자 딸… 아니 내 딸이구나.

마돈나 　(그렇다) 응… 아빠… 미안해. 그동안 말 못해서…

아빠 　아니. 아니. 오히려 내가 더 미안하지.

마돈나 　아빠… 나 기억나?

아빠 　그럼~ 다 기억나지. 널 가졌을 때 그 책임감. 중압감… 두려움… 온 우주가 까매지는 느낌이었어.

마돈나 　(그렇해) 아빠… 괜찮은 거야?

아빠 　괜찮아. 이 상처는 시간이 지나면 아물겠지. 근데 니가 받은 그 상처는 내가 어떻게 보상해야 할지…

마돈나 　(감동에 차) 아빠…

　　　　아빠, 마돈나 감동으로 서로를 끌어안는다.

경찰 　돈나양! 미쳤어요? 제 정신에요? 왜 저런 인간 같지도 않은 놈을 거짓말까지 하면서 지키려고 하냐구요!

마돈나 　(경찰 확 노려보며) 닥쳐! 이 새끼야! 돈도 안 가지고 나온 놈이.

경찰 　(머쓱하다)

아빠 　(마돈나의 뺨 어루만지며) 예쁜 거 좋은 것만 보고 자라야 하는데…미안하다, 내 딸.

마돈나 아냐. 괜찮아. 아빠… 너무 자책하지 마. 나… 의외로 이 바닥 잘 맞았어.

아빠 이래서 씨도둑질은 못한다더니. 결국 엄마 따라가는구나.

마돈나 열심히 노력해서 어떻게든 탑 한 번 찍어볼게.

아빠 말만 들어도 든든하다.

경찰 그래도 조사는 받아야 돼. 어쨌든 넌 용의자야.

　아빠, 순순히 손 내밀며,

아빠 (받아들인 듯) 그래요. 갑시다.

　경찰, 의아하지만 아빠에게 수갑을 채운다.

마돈나 아빠!

아빠 걱정 마. 돈나야. 집행유예 정도 보고 있어. 내가 여긴 또 빠삭하잖아.

마돈나 나, 아빠 기다린다. 울지 않을 거야. 완벽히 준비하고 아빠 기다리고 있을게.

아빠 잘 있어. 아프지 말고. 건강하게.

마돈나 (훌쩍거리며) 아빠나 건강 챙겨.

아빠 간다.

마돈나 잘 가. 아빠.

　경찰, 아빠와 함께 무대 밖으로 사라진다.
　또다시 홀로 남겨진 마돈나. 그 자리에 잠시 그대로 있다.
　그러다 뭔가 결심한 듯 눈물을 지우고 씩씩하게 집으로 향한다.

마돈나 (애써 밝게) 엄마! 나왔어!

마돈나, 집 안으로 들어서면,
침대 위에 누워있는 엄마가 보인다.

마돈나 심심했지? 표정이 왜 그래? 늦게 와서 삐진 거야? 미안. 요새 좀
바빴어. 사실… 엄마한텐 끝까지 비밀로 하려고 그랬는데. 나…
실은 아빠 만났어. 화났어? 화난 거 아니지? 나도 나름대로 그럴
만한 사정이 있었다니까. (엄마 얼굴 매만지며) 많이 생각해 봤는
데… 난 지금까지 엄마랑 내가 되게 잘 맞는다고 생각했거든. 그
런데 지금 와서 생각해 보니까 그게 아니더라구. 그냥 내가 맞춰
준 거야. 그래야 엄마랑 같이 살 수 있으니까. 근데 이젠 엄마도
이렇게 돼버렸고, 아빠도 만났으니까… 그래서 말인데… 나 아빠
랑 살아도 돼? 혼자서는 도저히 못 살겠어서 그래. 혼자는 너무
외롭고… 무섭잖아. (하다가 결심한 듯 돌아보며) 선생님!

의사 응?

마돈나 저 선생님이 되게 되게 유명한 성형외과 의산 거 알아요.

의사 (은근 자랑스럽다) 알고 있었어?

마돈나 (엄마의 보형물을 꺼내 자신의 가슴에 댄다) 가능하겠어요?

의사 뭐가?

마돈나 (답답한) 가슴확대수술이요.

의사 누구?

마돈나 (본인 가리킨다)

의사 너?

마돈나 네에.

의사 안 돼.

마돈나 왜요?

의사 넌 너무 어리잖아. 그리고 그거, 니 엄마 가슴에서 빼낸 불량 보형
물이야.

마돈나 선생님, 그러지 마시구요. 딱 한 번만 부탁 좀 드릴게요.

의사 안 돼. (고개를 절레절레) 절대 안 돼.

마돈나   아, 선생님. 한 번만 넣어주세요.

의사   왜 그걸 넣어? 다른 것도 많은데.

마돈나   안 돼요. 꼭 이거여야 돼요.

의사   왜 꼭 그거여야 되는데?

마돈나   그래야 사랑 받죠.

의사   누구한테?

마돈나   (배시시) 우리 아빠한테요.

의사   …

마돈나   딱 한 번만 저 좀 도와주세요. 진짜 부탁드릴게요.

의사   너, 도대체 나한테 왜 이러냐? 내가 너한테 뭘 잘못했다구.

마돈나   선생님은 우리나라 최고의 가슴확대전문 의사시니까요.

의사   그래도 안 돼! 절대 안 돼! 죽어도 안 돼!

마돈나, 서랍에서 칼을 꺼내 의사에게 성큼성큼 다가간다.

마돈나   아, 왜 자꾸 선생님은 해보지도 않고 안 된다고만 하세요?

의사   너, 뭐 하는 거야? 미쳤어? 돌았어?

마돈나   (금방이라도 찌를 듯) 아니, 왜 시도도 안 해보고 자꾸만 부정적인 말씀들만 하시냐구요.

의사   (몸부림치며) 아니야! 아니야! 알았어. 해볼게. 해볼게. 어떻게든 집어 넣어볼게. (하다가) 말이 되냐? 그러다 너 진짜 죽어. 너 진짜 죽을 수도 있다구!

마돈나, 의사의 목에서부터 배꼽까지 칼을 긋는 시늉을 한다.

의사   (겁에 질려) 야, 이 미친년아. 너, 뭐 하는 거야! 나 찌를 거야? 진짜 찌를 거야? 다른 걸로 하자. 아니, 2년 뒤에 하자. 지금은 안 돼. 넌 너무 어려.

마돈나, 의사의 몸에 이리저리 칼을 갖다 댄다.

의사　(겁에 질려) 알았어. 알았어. 할게. 할게. 해줄게. 해줄게. 뭐든지 다 할게. 제발. 제발 살려만 줘.

마돈나, 가져온 칼로 의사의 묶인 줄을 풀어준다.

마돈나　(생긋 웃으며) 역시 선생님은 해주실 줄 알았어요.

마돈나, 자신의 손에 잡힌 칼날을 의사에게 쥐어 주며,
엄마의 옆에 나란히 눕는다.

마돈나　선생님. 전 준비 다 됐어요.
의사　(칼 잡은 채 긴장한다)
마돈나　시작… 할까요?
의사　(잡은 칼을 내려 보며) 너… 진짜 이거 할 거야?
마돈나　(웃으며) 한다니까요.
의사　다시 한 번 말하지만 이건 엄청나게 위험한 수술이야. 죽을 수도 있다구.
마돈나　죽는 건 하나도 안 무서워. 난 정말 괜찮아요.
의사　(결심하며) 진짜 한다?
마돈나　(밝고 경쾌하게) 네에.
의사　나, 원망하면 안 돼.
마돈나　(경쾌한) 원망 같은 거 안 해요.

의사, 칼을 들고 마돈나에게 가까이 다가간다.
편안한 마돈나의 모습과는 달리 의사는 긴장한 모습이 역력하다.

의사　마지막으로 뭐 할 말 없어?

마돈나　선생님…

의사　그래.

마돈나　감사해요. 정말.

의사　뭐가?

마돈나　선생님 덕분에… 아빠의 사랑을 듬뿍 받을 수 있잖아요. (눈 감으면 눈물이 흐른다) 자아… 시작하세요.

　　　　의사, 마돈나에게 가까워진다.
　　　　숨을 고르고 약간 주저하다가
　　　　결심이 선 듯 머리 위로 칼을 치켜든다.
　　　　이어지는 마돈나의 비명이 울음처럼 느껴진다.

　　　　암전.

잭 팟

최세아

등장인물

김만철　　40대.
김덕희　　40대. 만철의 누나.
박홍식　　40대. 덕희의 남편.
신옥순　　60대. 만철의 어머니
고경미　　30대. 만철의 처
이웃집 여자
경찰
사내
아이

때

현대

곳

관광산업도시로 탈바꿈하려는 어느 작은 섬.

무대

주 무대는 김만철의 집으로 도로 한가운데에 놓여 있다.
마당에는 평상이 있으며 한 쪽 구석으로 장독대가 놓여있다.
주변의 땅은 도로공사로 인해 여기저기 파헤쳐져 있고,
불도저 소리가 이따금씩 들린다.

무대 가장자리는 육지와 연결된 다리가 있고, 근처에 가로등이 있다.

1장.

막이 오르면 김덕희와 이웃집 여자, 대문을 들어서며…

이웃집 여자   확실한 거지? 복합리조트 들어서는 거.

김덕희   또 반복해?

이웃집 여자   이 코딱지만 한 섬에 한국판 라스베이거스 타운이라니. (꿈꾸듯이) 육지에서 사람들이 바글바글 몰려 올 거야. 서로 잭팟을 터트리겠다고 낮인지 밤인지 모를 날들을 보내고, 새벽까지 꺼지지 않는 네온사인 아래에서 흥청망청 돈을 뿌려대겠지?

김덕희   (평상에 앉으며) 토지 보상금 얼마나 받았어?

이웃집 여자   (옆에 앉으며) 말도 마. 자긴 끝까지 버텨. 괜히 일찍 팔아서.

김덕희   신흥 투자처 있잖아. 복합리조트.

이웃집 여자   알잖아. 우리 신랑 겁 많은 거. 이참에 조그만 장사나 해보겠다는데…

김덕희   장사는 아무나 하나. 우리 만철이 봐. 허구한 날 시작도 못해보고 돈만 날려먹잖아. 돈 까먹는 귀신이 따로 없다니까.

이웃집 여자   제 딴엔 살아보겠다고 그러는 건데 너무 그러지 말어.

김덕희   울화통이 터져서 그런다. 그 돈이 어떤 돈인데… 말해 뭐해, 내 입만 아프지. (돈다발을 꺼내 흔들며) 이깟 오백 아깝다 생각 말고 가서 신랑이나 구워삶아. 호텔에 투자하자고. 남들보다 빨라야 돈 값한다.

이웃집 여자   맞네, 맞아. 정보 고마워.

이웃집 여자, 서둘러서 대문을 빠져나간다.
김덕희, 오백만 원을 대충 반으로 나눠 양쪽 주머니에 나누어 넣는다.
신옥순, 방안에서 나와 평상에 앉으며…

신옥순 어릴 때부터 날 닮아 머리 하나는 비상했지. 나도 어디 그 돈 구경 좀 해 보자. 오늘도 오백이야?

김덕희 (손해 봤다는 표정을 지으며 돈을 꺼내 보여주며) 아니, 이백.

신옥순 (눈이 휘둥그레져서) 왜 이것밖에 안 돼?

김덕희 그 여편네가 의심이 많잖아. 꼴랑 이거 내놓으면서 무슨 뽕 맞은 년처럼 손을 부들부들 떠는데, 사람 질린다는 말 알겠더라니까.

신옥순 그래서 반도 못 받았다고? (의심쩍은 듯) 니가?

김덕희 지금 날 의심하는 거야?

신옥순 아니면 됐지. 뭘 그렇게 길길이 뛰고 야단이야.

김덕희 (돈을 세며) 나 이 길로 계속 나갈까봐. 생각보다 짭짤해.

신옥순 카지논가 뭔가 진짜 생기긴 생기는 거냐.

김덕희 여기 학교에 카지노 학과가 생긴다잖아. 그 말이 무슨 뜻이겠수. 위에서 작정하고 딜러 양성을 하겠다는 거지.

신옥순 인심만 잃는 거 아닌지 모르겠다.

        김덕희, 입가에 미소를 띠고, 돈 세는데 열중한다.

신옥순 오늘 시청에서 다녀갔다.

김덕희 (돈 세는 것을 멈추며) 그래서?

신옥순 난 늙어서 모르니까 애들 있을 때 다시 오라 그랬지.

김덕희 누누이 말하지만 이 집 절대로 팔아선 안 돼. 카지노 들어선다니 까 땅값이 계속 들썩이는 것 봐. 두세 배는 더 뜯어내야지. 여기가 딱 중앙인데.

신옥순 나도 팔 생각 없다. (괘씸해져서) 인정머리 없는 년. 같은 말이라도 아버지가 지은 집이어서 못 판다고 하면 얼마나 듣기 좋아.

김덕희 누가 들으면 웃어요. 나보다 돈 더 좋아하면서. 땅값 오르면 팔아야지 무슨 소리야.

신옥순 누굴 닮아서 저 모양일까.

김덕희 (무심하게 툭) 아까 엄마 닮았다며.

신옥순 뭘. 지 애비 판박이구만. 누가 보기 전에 돈이나 빨리 감춰.

　　　김덕희, 주위를 둘러보다가 장독대로 간다.
　　　안에서 자루를 찾아 꺼내들면 만철, 구두 통을 매고 들어온다.

만철 거기서 뭐해?

김덕희 깜짝이야. (자루를 넣고 얼른 뚜껑을 닫으며) 인기척 좀 하고 들어와.

만철 죄 지은 게 있구만. 뭔데?

김덕희 너 된장국 끓여주려고 한다. 왜? (부엌을 향해) 올케. 올케.

신옥순 다리도 성치 않으면서 집 안에 있지, 어딜 그렇게 싸돌아 다녀.

만철 (구두 통을 내려놓으며) 한 푼이라도 벌어야죠. 딸린 식구가 몇인데…

　　　고경미, 아이를 업고 부엌에서 나오며…

고경미 부르셨어요?

김덕희 (만철을 보며) 오늘 저녁 시금치 넣은 된장국이나 먹자고.

신옥순 집구석에 있으면서 뭐가 그리 굼뜬지. 밖에서 고생하고 온 서방한
　　　테 사근사근하면 좀 좋아.

고경미 … (만철에게) 물 받아줘요?

만철 (평상에 앉아 양말을 벗으며 신옥순에게) 이 짓도 이젠 못 해 먹겠어요.
　　　쪼그리고 앉아있으려니까 힘드네. (사이) 그래서 하는 소린데… 장
　　　사를 해 보면 어떨까 싶은데…

김덕희 (고경미 눈치를 보며) 장사!

만철 친구 놈 하나가 가게를 차릴 모양인데, 자금이 조금 부족한가봐.
　　　이번에 내 앞으로 나온 보상금 조금만 보태주면 동업자로.

김덕희 (더 들을 필요도 없다는 듯이) 뻔뻔하기도. 아버지 산재 처리해서 나
　　　온 돈 다 날려 먹고도 아직도 할 말이 남았어?

만철 그땐 실수였어. 목이 안 좋았잖아. 연습 한 번 했다 치고 이번엔.

김덕희 세상사는 데 연습이 어딨어? 늘 실전이지.

만철 나더러 거미줄에 걸린 벌레마냥 무기력하게 살아가라고? 아무 것도 하지 말고? 싫어. 난 죽을 때 죽더라도 좀 더 몸부림 쳐야겠어. 또 알아? 거미줄이 끊어질지.

신옥순 제 생만 단축할 뿐이다.

만철 어머니! 어머니까지도 절 그렇게 못 믿으세요?

고경미 여보, 어머니 말 들어요. 지난번에 그렇게 당하고.

만철 (눈을 부릅뜨며) 어디서 따박따박 말대꾸야. 집 나간 년을 아무 말 않고 고이 받아주니까 다 용서한 줄 알아? 너 이뻐서가 아니라 애 엄마가 필요해서 받아준 거야.

고경미 지금 그 얘기가 왜 나와요.

만철 너 한 달간 집 나가서 누구랑 뭐했어?

    고경미, 부엌으로 들어간다.

만철 말하는데 어디 가. 이리 안 와!

신옥순 뒤라. 이래서 집안에 근본 없는 애를 들여서는 안 된다는 거야. 내 전생에 무슨 죄를 그리 많이 지어서 저런 걸 며느리라고…

김덕희 (옆구리를 쿡 찌르며) 엄마, 들어.

신옥순 내가 틀린 말 했어?

김덕희 은정 엄마 또 집 나가면 그땐 나 집안 일 안 해.

    만철, 방 안으로 들어간다.
    김덕희, 마당에 아무도 없자 장독대로 가서 자루를 꺼내 열어본다.
    자루 속에서 돈 크기로 잘라 뭉치로 만든 신문지를 꺼내며…

김덕희 이게 뭐야! 내 돈! 내 돈 다 어디 갔어!

신옥순 아까 니 손에 들고 있었잖니.

김덕희 그 돈 말고… (자루를 가리키며) 여기 넣어뒀던 돈.

신옥순 넣어둔 게 어디로 가. 발 달린 것도 아닌데… 잘 생각해 봐. 아까 주머니에 넣었다든지.

　　　신옥순, 김덕희의 바지 주머니를 더듬는다.

김덕희　(신옥순의 손을 떼어내며) 만철이 들어와서 꺼내보지도 못했어.
신옥순　가만 있어봐.

　　　신옥순, 김덕희의 주머니에서 돈을 꺼낸다.

신옥순　이건 돈 아니고 뭐냐? (세어보며) 삼백.
김덕희　이게… 그러니까…
신옥순　(눈치 채고) 딸년 키워놔도 다 소용없다더니. 이제는 에미한테도 사기를 쳐. 뭐? 질려서 반도 못 받아?
김덕희　내 말 좀 들어봐, 엄마.
고경미　듣긴 뭘 들어. 심보 고약하게 쓰더니 꼴좋다.
김덕희　아니래두! 김만철! 너지?

　　　만철, 수건을 목에 두르고 방에서 나오며…

만철　왜 생사람 잡고 난리야. 뭔데 대체.
김덕희　아니지.

　　　김덕희, 부엌으로 가서 고경미의 팔목을 잡고 나와서 패대기치며…

김덕희　분명 올케야. 내 놔.
고경미　무슨 말씀이세요, 형님.
김덕희　너 여기 개발된다고 하니까 보상금 노리고 기어 들어왔지? 근데 그게 안 되니까 내 돈 훔친 거잖아.
고경미　돈이라니요?

김덕희 지금까지 한 번도 이런 적이 없었는데 누가 가져갔다는 거야?

만철 이제 보니 아까 숨긴 게 돈이었네. 치사하다, 치사해. 가족끼리.

김덕희 (만철이에게) 시끄러.

만철 이 사람 모른다잖아.

김덕희 아까는 못 잡아먹어서 안달이더니.

만철 내 마누라니까. 나만 뭐라 할 수 있는 거지. 누난 그럴 자격 없어.

신옥순 형제끼리 뭔 짓이야.

만철 생사람 잡지 말고 매형한테나 가 봐. 이 집에서 매형 말고 그런 짓할 사람 없으니까.

김덕희 (고경미에게) 운 좋은 줄 알아.

　　　　김덕희, 씩씩거리며 부엌에 들어가 식칼을 하나 가지고 나온다.

신옥순 저러다 일 내지. 살살해. 서방인데 고쳐서 데리고 살아야지. (고경미에게) 해 떨어지기 전에 장이나 다녀오자.

　　　　고경미, 장바구니를 챙겨서 신옥순과 함께 밖으로 나간다.
　　　　만철, 수돗가에 앉아서 씻기 시작한다.
　　　　김덕희, 방문을 열면 안에서 박홍식, 자고 있다.

김덕희 (발로 툭 건드리며) 가지고 와.

박홍식 (옆으로 돌아누우며) 뭘.

김덕희 당신 짓인 줄 다 아니까 좋은 말할 때 내 놓으라고.

박홍식 난 모르는 일이야.

김덕희 몰라? (이를 물고) 오늘 아주 결판을 내자. 나도 이렇게는 더 이상 못 살겠다.

　　　　김덕희, 박홍식의 머리 옆에 식칼을 탁 하고 찍는다.
　　　　박홍식, 벌떡 일어나 앉으며…

박홍식   미쳤어?

김덕희   이 상황에서 어느 년이 안 미쳐?

박홍식   진정해. 당신은 지금 이성을 잃었어. 따뜻한 물 한 잔 가져다줄까?

김덕희   (칼을 빼들며) 확 그냥.

박홍식   아! 그 돈? 말을 하지, 돈이라고.

    박홍식, 방에서 나와 평상으로 간다.

김덕희   (따라 나오며 만철에게) 잡아. 못 튀게.

    만철, 씻다 말고 박홍식의 앞을 막는다.

박홍식   돈 가지고 오라며. 비켜야 가지고 오지.

    박홍식, 평상 밑에 붙여놓은 돈다발을 떼어낸다.

박홍식   봐, 여기 다 있잖아.

    김덕희, 돈을 센다.

박홍식   그 돈 벌려고 당신이 밤낮으로 고생한 거 다 아는데 이걸 쓰면 난 사람도 아니다.

김덕희   (다시 세어보며) 비잖아.

박홍식   비어봤자 얼마나 빈다고.

김덕희   (칼로 위협하며) 한 번만 더 손댔다간 봐. 다 죽는 날인줄 알아.

박홍식   다 당신을 생각해서 그런 거야. 장독대에다 숨겨났다가 깨지기라도 하면 어떡해.

김덕희   멀쩡한 장독대가 왜 깨져.

박홍식 잘 보관해 뒀다고 당신한테 알린다는 걸 깜빡했어. 사나이의 진심을 이렇게 몰라주나.

김덕희 그래서 찾은 게 고작 평상 밑이야?

박홍식 장독대보다 낫지, 뭘.

　　　김덕희, 돈을 들고 밖으로 나간다.

박홍식 에이! 좋다 말았네. 얼른 쓰고 딱 잡아뗐어야 했는데.

　　　만철, 마저 씻고 수건을 빨랫줄에 넣어놓는다.

박홍식 어이, 만철이.

만철 왜 그러고 삽니까. 내일부터 나랑 같이 구두 통 들고 나가든가.

박홍식 내가 혼자 잘 살겠다고 이러나. 우리 식구들 다 잘 먹고 잘 살자고 그런 거지. (사이) 안에서 들어보니 장사한다고?

만철 그럴까 했는데 어머니도 그렇고 반응들이 영 신통치 않아서.

박홍식 자네 성격에 장모님이 반대하면 물 건너 간 거고. 앞으로 뭘 하려고?

만철 구두 닦으면서 생각해봐야죠.

박홍식 이런 말이 있어. 돈을 벌고 싶으면 돈 벌 수 있는 곳에 줄을 서라. 구두 닦아서 어느 세월에.

만철 방법이 있나요. 누가 나 같은 놈을 써줘요. 다리도 불편한데.

박홍식 방법이 왜 없어. 사고방식이 그러니까 못 보는 거야.

만철 (솔깃해서) 그런 게 있어요?

박홍식 알려주면 할 의지는 있고? 아서. 장모님 말 하나 거역 못하면서.

만철 대체 뭔데 그래요?

　　　박홍식, 만철의 귀에 대고 귓엣말을 한다.

만철	지금 장난해요. 콩밥이나 안 먹으면 다행이게.
박홍식	걸리는 놈들이 바보들이지. 계획만 치밀하게 짜놓고, 내부 분열만 없으면 백발백중 맞아떨어지게 돼 있어. 나중에라도 생각 있으면 말해. 시작이 어려워서 그렇지, 그 다음부터는 고민할 필요도 없어.
만철	됐습니다.

만철, 평상에서 일어난다.

박홍식	사실 나한테 비장의 카드가 있긴 한데.
만철	두 번은 안 속아요.
박홍식	여기에 복합리조트 들어선다잖아. 연습도 할 겸 강원도에 있는 카지노 한번 다녀오자.
만철	도박에 갖다 부을 돈 없습니다.
박홍식	지금 자네가 이것저것 따질 처지야? 그거 말고 큰 돈 만질 수 있는 게 뭐가 있어?
만철	그래서 지금 저더러 도박에 손을 대라는 겁니까?
박홍식	이 사람 참. 나쁜 걸 나라에서 밀어주겠어? 로또가 도박인가? 싸나이로 태어났으면 배짱 좋게 놀아야지. 거 피라미 새끼처럼 짜잘하게 맨날 푼돈 만지며 살 거야?
만철	누가 이러고만 산다고 했습니까. 때를 기다리는 거지.
박홍식	때는 기다리는 게 아니라 잡는 거야. 저 뒷집 곽씨 못 봤어? (손바닥을 탁 치며 신나서) 이야~ 강원도에서 잭팟 한방 터뜨리더니 인생 폈잖아. 우리라고 그러지 말란 법 어딨어?
만철	그건 잘 풀린 경우고 패가망신한 사람들이 더 많잖아요.
박홍식	치고 빠지기 모르네. 돈이 들어올 때 욕심만 안 부리면 돼.
만철	어디 그게 맘대로 됩니까. 전 그냥 좀 더 일자리를 알아 볼랍니다.
박홍식	(쫓아다니며) 한번 같이 가 보자니까.
만철	누나도 알고 있어요? 매형 이러는 거.

박홍식   누가 하자고 했어. 바람이나 쐴 겸 한번 가보자는 거지. 우리 구경
만 하다가 시원하게 맥주나 한잔 들이키고 오자고. 이것까지 거절
하면 진짜 가족도 아니다.

만철   정말 맥주만 마시고 오는 겁니다.

     만철, 매형과 함께 나가면 무대 서서히 어두워진다.

2장. 몇 년 후

가로등에 불이 켜지면

사내, 허탈한 걸음걸이로 걸어 나와서 가로등 앞에 선다.

사내   (주머니에서 패물을 꺼내 들여다보며) 마지막인데…

박홍식, 사내를 주시하고 있다가 다가가며…

박홍식 (들으라는 듯이) 개자식들, 전당포면 다야. 차라리 만철이한테 갔으면 돈 좀 더 받았을 텐데. 다시 되돌릴 수도 없고, 에이씨.

사내   (패물을 넣으며) 전당포에 문제 있어요?

박홍식 천만 원어치 결혼 예물을 글쎄 이백만 원도 안 쳐주려고 후려치는데 (깜짝 놀라는 척하며) 어! 칩 떨어져서 나간?

사내   날 알아요?

박홍식 자릴 내주면 어떡합니까. 옆에서 보니까 두어 번만 더 당기면 터질 것 같던데… 재주는 곰이 구르고 돈은 딴 놈이 챙기게 생겼네.

사내   그래서 하는 말인데… 아까 말한 그 만철이라는 작자 말이오.

박홍식 그걸 또 들었어? 돈 없으면 얼른 여기 뜨는 게 상책인데.

사내   그쪽도 느꼈겠지만 내가 봐도 몇 번만 더하면 잭팟이 한 번 터질 것 같아서 그래요. 좋은 건 서로 공유하고 삽시다.

박홍식 내가 날로 먹는 놈들을 싫어해서 알려주는 거요. (선심 쓰는 듯) 따라 오세요.

사내와 박홍식, 퇴장.

무대 전체가 밝아지면 김만철의 집.

만철과 신옥순, 평상에 앉아서 주전부리를 한다.

만철　드디어 내 세상이 왔어. 그때 매형 따라서 카지노 가길 잘 했지. 돈을 좀 잃긴 했어도 이런 아이디어가 생길지 또 누가 알았겠어. 두고 봐. 세상에 돈이라고 이름 붙은 것들은 다 끌어 모을 테니까.

신옥순　(떡을 건네며) 돈 보다 무서운 게 사람 마음이다. 한 번 잃으면 다시 얻기 힘들어.

만철　(받아서 먹으며) 난 내 주머니에서 돈 떨어지는 게 제일 무서워요.

신옥순　그러다 큰 일 한 번 치루지.

만철, 목이 메서 기침을 한다.
신옥순, 부엌으로 들어간다.
박홍식과 사내, 집 앞에 서며…

박홍식　여깁니다.

사내　전당포보다 좋은 조건 맞죠?

박홍식　내가 거짓말을 할 이유가 없잖습니까. (만철을 가리키며) 나도 돈 급할 때, 여기서 좋은 조건으로 빌려 썼고. 뭐, 부탁해서 알려드리는 건데 자꾸 확인하면 서운하죠.

사내　전 재산이라… 이해해요.

만철의 집으로 박홍식과 사내가 들어온다.

박홍식　이보게. 손님 왔어.

만철　(기침을 하며) 왜 자꾸 데리고 와. 소문내지 말라니까.

박홍식　딱해서 그래. 지금 다른 놈이 꽁으로 주워 먹게 생겼는데 그걸 눈 뜨고 보라고? 내가 제일 싫어하는 게 노력 없이 주워 먹는 놈들이야.

만철　진짜. (못이기는 척) 직업이?

사내   철거 용역 일을 합니다.

     신옥순, 물을 내오면서 사내를 힐끗 보고 나간다.

만철   (물을 마시며) 죄송합니다. 사레가 걸려서…

     만철, 딴청을 피운다.

박홍식   (귀에 대고) 아까 패물을 좀 보여주시죠.

     사내, 주머니에서 패물을 꺼내 건네준다.

사내   이거 그 당시에 가장 비싸게 줬는데 잘 좀 해 줘요.
만철   보자… 요즘 금값이 많이 떨어져서… 100에 이자 40으로 하죠.
사내   (박홍식을 보며) 무슨 이자가…
박홍식   (사내가 말할 틈도 없이) 제대로 찾아왔네. 이 정도면 자선사업가 수준인데.
만철   형 봐서 후하게 쳐 줬는데 시세를 잘 모르나보네. 받을 거요, 말 거요?

     사내, 돈을 받아든다.

만철   이자는 제 날짜에 넣고 마지막 원금까지 다 회수되면 이것들은 다 돌려 드릴게. (혼잣말로) 금속도 인생 닮아가는 지 죄다 구질구질하네.

     사내, 부들부들 떤다.

박홍식   빨리 가 봐요. 누가 그 자리에서 잭팟 터트리면 어쩌려고.

사내, 서둘러 집 밖으로 나가면…

만철   (사내의 등 뒤에 대고) 구질구질. 나 같으면 안 받지.
박홍식 (손을 내밀며) 이제 우리 계산도 해야지.
만철   누가 대푠지.

만철, 주머니에서 5만 원을 꺼내 준다.

박홍식 에게. 꼴랑 5만 원? 요즘 날씨도 점점 추워져서 잠바도 한 벌 사야
        일할 수 있을 것 같은데…
만철   일당 준 것만 모아도 잠바 열 벌은 샀을 겁니다.
박홍식 (화가 나서) 해도해도 너무하는 거 아니야? 내가 밖에서 얼마나 힘
        들게 사람을 끌어 모으는데 이것밖에 안 줘?
만철   세상이 다 그런 겁니다. 아니꼬우면 매형도 매형 돈으로 하세요.
        사람이 없어서 매형을 삐끼로 쓰는 줄 알아요? 그놈의 가족. 하기
        싫으면 지금이라도 말해요. 하겠다고 줄 선 사람 많으니까.

방 안에서 아이 울음소리 들려온다.

만철   영업하는데!

만철, 컵을 울음소리가 들리는 방문으로 던진다.
고경미, 방 안에서 아이를 업고 나온다.
가로등 근처를 서성이며 아이의 울음을 재운다.

박홍식 (눈치를 보며) 담배나 한 대 태우고 일하러 가야지.

박홍식, 밖으로 나가서 가로등 앞에 선다.

박홍식 (담배를 꺼내 물고) 지 밑에서 일하니까 호구로 보이나. 더러워서 이 짓도 못해먹겠네. 확 돈 들고 튀어버려. (혼자 상상하며) 그 돈 없으면 우리 만철이 평생 비렁뱅이로 살겠지. (히죽히죽 웃는다) 그 시간에 난, 양 옆에 여자 끼고 해외로 여행 다니고. 아니지. 사업을 한번 해 봐? 인물로 보나 가방끈 길이로 보나 내가 만철이놈보다 나을 텐데…

　　　박홍식, 담배를 발로 비벼 끄고 퇴장.
　　　고경미, 그 소리를 엿듣고 안절부절 못한다.
　　　이웃집 여자, 쿵쾅거리며 김만철의 집으로 쳐들어간다.

이웃집 여자 김덕희! 김덕희 나와!
만철 누군데 남의 집에서 이러십니까.
이웃집 여자 잔말 말고 김덕희 나오라 해. 혼쭐을 내놔야지.

　　　김덕희, 화려한 의상을 입고 콧노래를 부르며 들어온다.

이웃집 여자 (소매를 걷어붙이며) 잘 만났다. 남의 돈 먹으니까 좋아?
김덕희 (이웃집 여자를 보며) 누구?
이웃집 여자 누구?
김덕희 아…
만철 아는 사람이야?
김덕희 별 거 아냐. 니 할 일 해.
이웃집 여자 왜? 사기 친 거 들킬까봐 창피한가 보지?
김덕희 돈 불릴 수 있는 정보를 줬으면 고마운 줄 알아야지. 교양머리 없이.
이웃집 여자 보자보자 하니까 말로는 안 되겠네.

　　　이웃집 여자, 김덕희의 머리채를 잡는다.

만철, 말리다가 이웃집 여자의 가슴을 스치듯 터치한다.

만철　(놀라서 얼른 떼며) 아니, 손이 지나가는데 가슴이 그 자리에 있어서.

이웃집 여자　그래, 이젠 쌍으로.

만철　아냐, 진짜.

만철, 밖으로 뛰쳐나간다.

이웃집 여자　어디 허위정보를 돈 받고 팔아먹어. 이 사기꾼 같은 여편네야.
그러고도 무사할 줄 알았어?

김덕희　이거 놓고 얘기해, 놓고.

이웃집 여자　다 필요 없으니까 내가 투자한 3천 내놔.

김덕희　투자가 무슨 도깨비 방망이라도 되는 줄 알아? 뚝딱 하면 나오게.
기다려. 기다리라고.

이웃집 여자　끝까지. 개인 투자가 안 된다는데 뭘 기다려!

김덕희, 비명을 지른다.
고경미, 비명소리를 듣고 달려와서 뜯어말린다.
아이의 자지러진 울음소리.

이웃집 여자　(삿대질하며) 나도 무서울 게 없는 사람이야. 내가 니 년 이럴 줄
알고 이미 고소장 접수했어.

김덕희　경찰에 신고할 사람은 나야. 어디 남의 집에서 행패야.

고경미　형님. 오해가 있으면 풀고 바로잡지 그래요.

이웃집 여자　이놈의 집구석, 그래도 정신 제대로 박힌 사람 하나는 있긴 있
네.

김덕희　지금 누구 편이야?

고경미　편이라니요.

김덕희　(헝클어진 머리를 정리하며) 누가 투자하랬어. 선택은 자기가 하고 이

제 와서 남 탓이야.

이웃집 여자   뭐?

이웃집 여자, 김덕희에게 달려드는데,
경찰, 만철과 함께 들어온다.
만철과 이웃집 여자 동시에…

만철   (이웃집 여자를 가리키며) 저 여잡니다.

이웃집 여자   (김덕희를 가리키며) 저 여자예요.

경찰, 이웃집 여자와 김덕희를 번갈아본다.

이웃집 여자   (주저앉아서 **통곡**을 하며) 사람을 믿은 내가 잘못이지. 그게 어떤
돈인데… 돈도 날려, 이혼 당해. 난 이제 어떻게 살라고.

경찰   김덕희 씨. 사기 건으로 고소장이 접수됐습니다. 서로 같이 가시죠.

김덕희   내가 무슨 잘못을 했다고 그래요?

경찰   그건 서에 가서 얘기하시고요.

김덕희   당신들, 민중의 지팡이라면서 한 사람 말만 듣고 이래도 되는 거
야!

경찰   자꾸 이렇게 비협조적으로 나오면 공무집행 방해죄로

김덕희   무고한 시민을 해치면 모가지야, 모가지. 알고나 이래?

신옥순, 대문을 들어서며…

신옥순   아이고, 이게 무슨 마른하늘에 날벼락이냐. 뭔가 오해가 있으셨나
본데 얘는 개미 새끼 한 마리도 못 죽이는 애예요.

경찰   (피곤한 듯) 그러니까 경찰서에 가서 차근차근 이야기 하시죠.

김덕희   당신, 지금 크게 잘못하고 있는 거야. 내가 풀려나면 명예훼손죄
로 다 고소할 거야. 난 잘못 없어! 두고 봐! 당신들!

경찰, 누나와 이웃집 여자를 데리고 밖으로 나간다.

박홍식, 들어오다가 이 광경을 본다.

신옥순, 다리에 힘이 풀려 자리에 주저앉는다.

신옥순 그 험한 곳에서 무서워 어떻게 있을꼬. 이제 곧 추워질 텐데… (일어나서 박홍식의 멱살을 잡고) 남편이라는 작자가 마누라가 끌려가는 걸 보고만 있어. 지지리 남편 복도 없는 것. 당장 데려와. 당장!

박홍식 (잡힌 멱살을 풀며) 저라고 별 수 있겠어요. 처남이라면 몰라도.

만철 날 왜 끌어들여.

박홍식 요즘 세상에 돈 가지고 해결 안 되는 일 봤나? 처남, 그러지 말고 돈 좀 풀어 봐. 가족이잖아.

만철 툭하면 가족. 매형 아내니까 매형이 알아서 하세요. 출가외인도 모르나.

신옥순 그래, 만철아. 누나 한 번만 살려주자.

만철 내가 무슨 돈이 있다고 다들 나한테 이래요.

고경미 여보, 꼭 이렇게까지 하면서 살아야 되요?

만철 이제 다들 먹고 살만한가 봐. 누구 덕분에 지금 이만큼이라도 사는 데? 이렇게? 이렇게까지라고?

고경미 당신 옛날에는 이러지 않았잖아요. 우리 조금 부족해도 사람답게 살아요. 정직하게 땀 흘려서.

만철 이 세상은 돈이 있어야 기를 펴고 살아.

고경미 도대체 어디까지 갈 셈이에요? 그 돈 준다고 우리가 굶어죽기야 하겠어요.

만철 굶어죽지 않는 거에 감사하는 건 가축이지. 그게 사람새끼야?

고경미 왜 이렇게 망가졌어요?

만철 니가 그런 말할 자격 있어? 내가 일자리 못 구해서 돈 없을 때 누구 한 사람 날 거들떠 본 사람 있냐고. 너도 날 떠났잖아. 나뿐만 아니라 은정이까지 내팽개치고.

고경미 몇 번을 말해요. 장사 망하고, 살 길이 막막해서.

만철　친구한테 돈 빌리러 갔다? 한 달 동안이나 집에도 안 들어오고? (비웃으면서) 잘 봐. 지금 나한테 돈이 있으니까 사람들이 굽신거리는 거라고. 근데 내가 이 좋은 걸 왜 포기해. 나도 그렇게는 못해.

　　　　신옥순, 방에서 보따리를 하나 들고 나와서 박홍식에게 쥐어준다.

신옥순　이걸로 애 좀 꺼내 오게.
박홍식　이런 게 있었으면 진작 좀 주지. 다녀올게요.

　　　　박홍식, 돈을 받아들고 퇴장.
　　　　사이.
　　　　사내, 작업복을 입고 집 안으로 들어온다.

사내　이 집 철거령이 떨어졌으니 일주일 안에 집 비우셔야 합니다.
고경미　이게 무슨 소리에요? 이보세요. 이 집은 불법 건축물도 아닌데 왜 마음대로 철거를 한다는 거예요? 뭔가 잘못 아신 거 아니에요?
사내　이 일 하루 이틀 합니까.
만철　(고경미에게) 가만히 있어. (사내에게) 알겠으니까 돌아가세요.
신옥순　얘야, 지금 가만히 있을 일이 아니다. 집이 날아가게 생겼는데 가만히 있으라니.

　　　　사내, 나가려고 하면
　　　　신옥순, 사내를 잡는다.

사내　말귀 한 번 어둡네. (떼어내며) 구질구질하게.

　　　　신옥순, 나동그레지면 다시 붙잡는다.

신옥순　이렇게 가면 어떡해요.

만철　구질구질? 나한테 돈 빌려갈 때는 언제고?

사내　왜? 직접 들으니까 기분 드럽지? 그럼 똑바로 살아. 나도 그 말 듣고 도박에서 손 끊었으니까.

신옥순　미안합니다. 미안합니다.

만철　(화를 내며) 이 집 제가 팔았으니까 가만히 있으시라구요. 제발!

신옥순　뭐! 뭐! 집을 팔아?

만철　언제까지 도로 한가운데에 집을 두고 살아요? 우리 이제 카지노에서 가까운 곳으로 가서 돈이나 벌며 살아요.

신옥순　(만철이를 때리며) 왜 이렇게까지 변했어.

만철　집 팔고 떠나자는 게 뭐 큰일이라고 어머니야말로 왜 이러세요.

신옥순　이 집이 어떤 집인데 니 맘대로 팔아? 난 못 간다. 너희들 다 이 집에서 자랐어. 그동안 살아온 정이 있지, 이렇게는 못 간다.

만철　이 집에서 산 기억, 난 요즘도 꿈에 나올까봐 무서워요.

신옥순　한 발자국도 못 나가니까 부수든지 말든지 마음대로 하라고 그래.

사내　딱 일주일입니다. 그 이후는 강제 철거 들어갑니다.

신옥순　이보게. 한번만 봐주게.

　　사내, 밖으로 나간다.
　　신옥순, 평상 위에 힘없이 앉는다.

고경미　(신옥순을 부축하며) 이럴 땔수록 기운 차리셔야죠.

　　무대 밖에서부터 잔뜩 술에 취한 노랫소리가 들려온다.
　　박홍식, 송대관의 '해뜰 날'을 부르며 집 앞까지 걸어 들어오며…

박홍식　(소리만) 쨍하고 해뜰 날 돌아온단다.
　　뛰고 뛰는 몸이라 괴로웁지만 힘겨운 나의 인생 구름 걷히고
　　산뜻하게 맑은 날 돌아온단다. 쨍하고 해뜰 날 돌아온단다.

고경미　형님은요?

박홍식, 도망가려고 하는데,
만철, 박홍식을 잡는다.

박홍식 (당황해서) 사실은 그게… 카지노에서 돈 좀 불려 간다는 게 그만.
만철 돈이 어디서 나서. 설마…

만철, 황급히 방 안으로 들어간다.

박홍식 (따지듯이) 장모님이 돈만 많이 줬어도 이런 일 없잖아요. 명색이 사람 빼내는 일인데, 액수가 그게 뭐예요. 불려야지 별 수 있어요.

신옥순, 정신을 놓은 듯 웃기만 한다.

박홍식 (평상에 쓰러지듯 누우며) 왜 이렇게 운이 안 따라. 딱 한번만 터져주면 되는데 그게 안 된단 말이야. 경찰들도 그래. 그냥 눈 한번 딱 감고 풀어주면 될 거 아냐. 세상이 이렇게 각박해서야, 원.

만철, 방 안에서 나오며…

만철 오늘 저놈을 끝장내고 말겠어.

만철, 평상 아래에서 큼지막한 돌 하나를 주워 내리치려고 한다.
신옥순, 박홍식을 감싸안는다.
고경미의 비명소리.
만철, 손에서 돌을 툭 떨어뜨린다.

만철 (절규를 하며) 엄마가 대체 왜! 왜! 저 새끼 위해서!

신옥순, 피를 흘린다.

박홍식, 잠에서 깨어나 줄행랑을 치며…

박홍식   미쳤네, 미쳤어. 단단히 미쳤어.

핀조명 박홍식에게 꽂힌다.
어디론가 전화를 하는 박홍식.

박홍식   두 눈으로 똑똑히 봤다고요. 불법으로 사채놀이 하는 것까지 모자라서 이젠 지 엄마까지… 얼마나 지독한 놈인지 구린내가 다 나는데 경찰은 왜 그걸 모르나 몰라. 여하튼 만철이한테 돈 빌린 사람도 소개해 줄 수 있으니까 조사 한 번 해 봐요. 한 건 잡을 수 있다니까 그러네.

핀조명이 꺼지면 평상 위에 만철이 돌을 움켜쥐고 자고 있다.
고경미, 방 안에서 돈다발을 가지고 나와 대문 밖에 둔다.

만철   (잠꼬대하듯) 어디 가.
고경미   가긴요. 부엌에.

고경미, 부엌으로 가서 대야에 끓는 물을 약간 받아온다.
평상 위에 올려놓고 아이를 한 번 꼭 끌어안는다.

고경미   (아이에게) 미안해.

고경미, 두 눈을 질끈 감고 아이의 손을 대야에 넣는다.
자지러지는 아이의 울음소리.

만철   (돌아누우며) 에이씨.

고경미, 대야를 평상 아래에 놓는다.
점점 더 커지는 아이의 울음소리.

만철 잠 좀 자자. 데리고 나가서 달래든가.

고경미, 아이를 데리고 나간다.
대문 앞에 놓인 돈 가방을 들고 떠나면 아이의 울음소리도 점점 멀어진다.
박홍식, 슬금슬금 집 안으로 들어와 주변을 살핀다.
만철이의 방으로 들어가서 장롱을 뒤진다.

박홍식 (장롱 서랍을 뒤지며) 꼭꼭도 숨겨났네. 대체 어디다 둔 거야?

박홍식, 방에서 나와서 평상 아래를 본다.
만철, 부스럭거리는 소리에 눈을 뜬다.

만철 너!

만철, 벌떡 일어나 장롱을 뒤진다. 돈이 없어졌다는 것을 알아챈다.
박홍식, 도망가려다가 대야에 걸려 넘어진다.

만철 내 돈!

만철, 박홍식의 멱살을 잡는다.

박홍식 (당황해서) 아니야. 난 손도 안 댔어. 방금 들어왔다고.
만철 매형이라고 그동안 봐줬더니, 오늘 한번 죽어봐라.

만철, 매형을 향해 손에 잡히는 대로 던진다.

박홍식 (돌에 맞아 피가 흐른다) 아앗! 이 다리도 없는 병신새끼가!

> 만철과 박홍식, 대립구조를 이루고…
> 멀리서 싸이렌 소리가 들려온다.
>
> 무대 서서히 어두워지면서 네온사인이 번쩍거린다.
> 고경미, 한 손에는 아이를, 다른 손에는 돈이 든 가방을 들고
> 화려한 불빛들을 벗어나 무대 가장자리로 걸어 나온다.
> 고경미, 다리 위에서 돈과 아이를 번갈아본다.
> 돈 가방을 다리 아래로 던진다.
>
> 신옥순, 평상에 앉아서 하늘을 보며 멍하게 앉아있다.
> 박홍식, 앞으로 나와 가상의 행인을 향해…

박홍식 아까 게임하는 걸 옆에서 쭉 봤는데 그 세계의 룰을 좀 아는 것 같
더라구. 당신 같은 사람이 흔치 않아. 조금만 더 하면 딸 것 같은
데 왜 이러고 있어? (사이) 뭐? 돈? 전당포는 좀 그렇고… 저 밑에
춘식이라고 있거든. 그놈이 돈을 잘 쳐 줘. 날 한 번 따라와 봐. 멋
지게 잭팟 한 번 터트리자고!

> 막 내린다.

한국극작워크숍 소개

◈ 연 혁 ◈

한국극작워크숍은 1965년 그 전신 격인 드라마센터 극작워크숍에서 시작되었다. 여석기 선생(연극 평론가)의 주도 아래 시작된 드라마센터 극작워크숍은 대개 신춘문예를 통해 등단한 신인 극작가들의 재교육의 장으로 그 위상을 확립해 나갔다. 시와 소설과는 차별화된 극문학으로서의 희곡 쓰기의 탐구와 실제적인 작품 토론으로 이어지는 극작워크숍의 독특한 운영은 그 시작과 함께 현재까지 한국 극작계를 이끌어가고 있는 우수한 작가들을 대거 배출해 왔다. 92년도부터는 전원 신춘문예 출신자들로 결성되어 운영되어 왔으며 7기까지 작품집 11권이 출간되었다.

◈ 한국극작워크숍의 필요성 ◈

한상철 (연극평론가, 한림대 교수)

극작가로서의 생애가 결코 화려하거나 행복하다고 할 수 없는 한국의 연극 환경 속에서 극작의 길을 걷고 있거나 걸으려는 사람들의 뜻과 인내는 아무리 큰 어려움 속에서도 '연극은 결코 죽지 않는다' 는 의지의 상징처럼 보인다.

찬바람이 부는 허공중에 비록 찢기긴 했지만 여전히 줄기차게 휘날리고 있는 그들의 깃발을 볼 때 오히려 고고함마저 보인다.

희곡 작품을 창작극, 번안극으로 구분하고 창작극이 마치 번역극의 상대 개념 내지 서자인양 취급되는 오늘의 상황에서 창작극은 마땅히 한국 연극을 대표하고 한국 연극하면 곧 창작극을 의미하는 올바른 인식에 도달할 날이 빨리 와야겠고, 그 날을 단축시키는 역할을 해낼 사람이 바로 극작가 자신들이라는 점에서 그들의 정진과 현실의 기대함을 염치없는 짓으로 돌리지 않기를 바라는 마음 간절하다.

그간 우리나라 극계는 생산된 작품이나 작가를 유효적절하게 활용하는 노력을 기울였다고는 보기 어렵다. 가뜩이나 적은 이 귀중한 연극적 자원을 낭비함으로써 한국 연극의 올바른 발전을 위해서 많은 손실이 있었음을 부인할 수 없다.

　그래서 극작 워크숍은 내년부터라도 비록 현재는 불완전한 작품이지만 이를 실제 상연을 통해 보완하고 수정해서 보다 완성된 작품을 만들어가는 작업을 병행해 볼 계획이다. 대한민국 연극제가 발표되면 그제서야 부랴부랴 작품을 찾아다니는 누년의 폐단에서 이제는 벗어나야 할 때가 되었다고 본다. 그런 점에서 극작워크숍이 병행되는 일은 긴요하다.

　연극의 제반 여건이 좋지 않기 때문에 반드시 좋은 희곡이 산출되지 않는 것은 아니다. 오히려 연극 여건을 개선시키는데 극작가의 몫이 상당히 크다고 하지 않을 수 없다. 최소한 볼 만한 작품이 없어 연극을 보러 가지 않는다는 관객의 불만은 듣지 않게 돼야 한다. 또한 한두 작품으로 좋은 작품을 기대할 수는 없다. 우선 작품 양을 늘리지 않으면 안 된다. 극작 워크숍은 작가들로 하여금 부지런히 작품 생산 양을 늘리도록 독려할 것이다.

◆ 한국극작워크숍 초대의 글 ◆

여석기 (연극평론가)

　창작이란 어디까지나 작가 개인의 창의적 소산이지 여러 사람이 모여서 '공부' 하는 결과로서 기대되는 것은 아니다. 그럼에도 불구하고 '워크숍' 이란 모임을 가져서 작품을 쓰는 공부를 하는데 의미가 주어질 수 있다면 거기에는 몇 가지 전제가 성립되어야 할 것이다.

　그 첫째는 모이는 사람들끼리 각자가 써 온 작품을 격의 없이 터놓고 비평하는 과정에서 창작의욕과 비평의 안목을 키우는 일이다. 따라서 어느 누구 것의 모방은 있을 수 없고 자기 것에의 지나친 고집은 그리 도움이 되지 않는다.

　둘째로 워크숍 방식에서는 의무적으로 작품이 제출되어야 한다. 쓰지 않고서 희곡에 대한 공부를 하겠다는 태도는 애초부터 배제되는 것이고 처음부터 완성된 작품을 내어놓는 것보다 토의와 비평, 그리고 충고를 통해 보다 나은 작품으로 손질되는데 중점이 주어진다. 왜냐하면 그런 과정을 거쳐야만 비로소 창작교실에서의 '공부'라는 의미가 살 수 있기 때문이다.

다른 장르에서도 대동소이하겠으나 특히 희곡을 쓰는데 있어서는 꾸준히 작품에 손을 대는 노력은 필수적 과정이라고 생각되기 때문에 워크숍 방식이 극작 워크숍에 그칠 것이 아니라 연극 워크숍 방식에 의해 작품이 무대에 올라가기까지의 전 과정을 거쳐 가는 일이 매우 바람직한 것이라고 생각된다.

셋째로 워크숍 방식에서는 적당주의가 통해서는 안 된다. 1965년에 현 '한국 극작워크숍'의 전신인 드라마센터 극작워크숍의 〈단막극전집〉을 내놓으면서 나는 다음과 서문을 적은 일이 있다.

"이들이 매년 한 번씩 모여서 각자의 작품을 놓고 기탄없이, 그리고 활발하게 논의를 하는데 때로는 겨냥을 못 맞춘 의견도 나오고 度를 넘기는 주문도 한다. 그러나 한 가지 확실한 것은 작품과 적당히 타협해 버리는 기풍을 일제 배격한다는 점이다. 서로들 좋다좋다 하면서 슬그머니 자기기만을 하는 따위는 결코 용납되지 않는다."

다행히도 이 점은 현재 잘 지켜지고 있는 것 같다. 지금 워크숍에 참가하고 있는 동인은 15명가량이나 개중에는 군에 복무하거나 병으로 쉬고 있는 사람도 있고 해서 10명 정도가 꾸준히 작품을 쓰고 있다. 그 중 신춘문예 등의 관문을 이미 통과한 사람들도 많으나 그것이 가입의 전제요건은 결코 아니다.

우리가 바라는 바는 오히려 아직은 潛在적인 가능성밖에 없는 전혀 무명의 젊은 극작지망생들이다. 이들에게 문호를 널리 개방해서 우리가 싹만 보인다고 판단되면 얼마든지 환영한다.

한국연극의 지반이 튼튼하다고는 아무도 자신하지 못하는 마당에 창작극을 해야겠다는 당위와 현실이 다 같이 크게 요망되고 있는 이즈음에 작가와 작품의 긍지를 누구나 실감하고 있다.

우리는 희곡쓰기가 다른 무엇보다도 더 '창의적인' 작업이라고 믿기 때문에 이런 노력이 충분히 정당화될 수 있다고 믿으면서, 금년에 다시 시작된 우리의 극작워크숍의 첫선을 여기 보이는 바이다. 일정한 수업량도 졸업도 없이 이 모임에서 오직 하나 졸업장이나 소개장이 있을 수 있다면 그것은 여기를 거쳐 나가는 사람이 좋은 작품을 써서 오늘과 내일의 한국연극을 살찌게 해주는 소지와 능역을 갖추게 되는 것뿐이다.

_발췌 『한국극작워크숍 제1집 단막극 선집』 머리말 부분, 1974.10

◈ 한국극작워크숍 후기 ◈

박조열 (극작가)

극작워크숍의 구체적인 운영방식에 대해서 자주 질문을 받는다. '한국극작워크숍'은 신인 극작가들이 서로의 작품을 놓고 토론하는 모임이다. 이 토론은 다음과 같은 과정을 거쳐서 이루어지진다.

회원들이 창작계획을 종합하여 작품의 토의예정계획을 수립하고, 豫定計劇順位에 따라 해당 회원은 2주일 전까지 작품을 제출하고 제출된 작품은 토의 예정일 1주일 전까지 프린트하여 회원들에게 배부하며, 회원들은 배부된 작품을 精讀, 자기 의견을 메모하고 討論은 매우 '가혹'하게 진행된다. 토론을 통해서 그 결함이 지적된 작품은 작자에 의해 완성되어 다시 프린트되고 토론에 붙여진다. 이 '討論과 補完과 再提出'은 때로 한 작품을 두고 4회, 5회까지도 되풀이된다.

위와 같은 극작워크숍의 운용방식이 참가 회원들의 능력을 伸張시켜 주는데 얼마나 成果的인가는 이미 1965년부터 1969년까지 동일한 운용방식으로 실시되었던 [드라마센타극작워크숍](여석기 교수)의 성과로 미루어 알 수 있다.

65년 이후, 극계에서 주목할 만한 활동을 하고 있는 젊은 극작가들의 대부분이 그때의 그 극작워크숍에서 성장했던 것이다. 극작워크숍을 통해서 수여회원들이 얻을 수 있는 가장 큰 眼科는 아마도 각기 개성이 다른 회원들의 세계와 드라마투르기를 접촉함으로써 자기를 擴大할 수 있다는 것, 그리고 작품에 대한 批評眼을 키워 준다는 것으로 요약할 수 있을 것이다.

그리고 극작워크숍에 수여함으로써 창작의욕이 계속 觸發될 뿐 아니라 '작품을 제출해야 한다'는 의무로 해서 꾸준히 '써야 한다'는 것도 빼놓을 수 없는 眼科로 꼽아야 할 것이다. 작가에게 있어서 창작행위의 계속은 성장의 의미도 지닌다. 이 成長을 우리는 차후에 볼 수 있으리라 믿는다.

_발췌 『한국극작워크숍 제2집 단막극 선집』 후기 부분, 1975.05

◈ 한국극작워크숍 내력 ◈

이강백 (극작가)

내가 희곡을 쓰는데 있어서 가장 크게 도움을 받은 것 두 가지가 있다.

그 하나는 신춘문예 당선 이후 극단 〈가교〉에 입단하여 실제적인 극장 경험을 가질 수 있었던 것과 또 하나는 〈극작워크숍〉에 들어가 본격적인 희곡쓰기를 배우고, 익혔던 일이다. 이 두 가지의 도움이 없었더라면 나는 과연 지금까지 희곡을 계속해서 쓸 수 있었겠는가 의문이다.

〈극작워크숍〉의 시작은 1965년부터라고 하니까 무려 30년 전의 일이다. 여석기 선생님께서 시작하신 〈극작워크숍〉은 1965년에서 69년 동안 우리나라의 기라성 같은 극작가들을 배출해냈다. 오태석, 윤대성, 노경식, 이재현 등이 바로 그들이다.

드라마센터에서 진행되었던 〈극작워크숍〉은 연극인 회관(지금은 없음)에서 진행되었다. 이때가 여석기 선생님, 한상철 선생님, 박조열 선생님, 세 분이 〈극작워크숍〉을 지도했다. 대개 신춘문예를 통해 데뷔한 이들은 혼자 책상에서 희곡을 쓰는 버릇을 갖고 있었다. 소설과 시는 책상의 작품일 수 있으나, 희곡은 무대의 작품이라는 점에서 여러 사람들의 토론에 붙여 볼 필요가 있다.

제2기의 〈극작워크숍〉은 매주 화요일마다 모였는데, 토론은 소위 봐주기가 없는 혹독한 것이었다. 이러한 과정을 거쳐 강추자, 김영무, 이하륜, 오태영, 김병준 등이 극작가로서 성장할 수 있었다.

제2기는 1976년에 마감하였고, 그 뒤에 한상철 선생님을 중심으로 제3기가 이어졌다. 내가 듣기로는 제5기까지인가 6기까지 이어졌다고 하는데, 우리나라의 극작가라면 〈극작워크숍〉을 거쳐 가지 않은 사람이 없으리라.

이와 같은 오랜 전통의 〈극작워크숍〉이 몇 해 동안 단절되었던 것은 모일 장소도 없고 재정 지원도 없는, 지극히 열악한 형편 때문이었다. 극작가들이 부족하다든가, 정작 희곡이 드물다든가 그런 말들은 많으면서도 〈극작워크숍〉 같은 프로그램은 관심을 갖지 않는다는 것이 이상하게 생각된 정도였다.

제7기의 〈극작워크숍〉을 부활시킨 것은 김창화 씨의 공로가 컸다. 독일의 뮌헨 대학에서 연극 박사학위를 받고 돌아온 그는, 한상철 선생님과 나에게 〈극작워크숍〉을 계속 하자고 제안을 하였다.

김창화 씨 역시 〈극작워크숍〉의 참여자로서, 그 중요성을 누구보다 잘 알고 있었기 때문이다. 김창화 씨의 제안을 한상철 선생님이 흔쾌히 받아주셔서, 오랫동안 맥이 끊어졌던 〈극작워크숍〉이 되살아났다. 김창화씨는 드라마 트루기 같은 극작 이론을, 나는 실제 창작 경험을, 한상철 선생님은 그 양쪽을 통합하는 좀 더 포괄적인 입장에서 〈극작워크숍〉을 지도해 나갔다.

제7기의 과정 중에, 김창화 씨는 개인적인 사정에 의해 그만 두었고, 이재명 선생이 그 자리를 채워주었다. 제7기의 〈극작워크숍〉은 1992년에 시작해서 3년 동안 지속되다가 1994년 말에 끝을 맺었는데, 여기 참여한 극작가로서는 오은희, 조광화, 장원범, 김윤미, 남병주, 전대현, 이주영, 서진아, 최용근, 하양자, 김대현 등이었다. 그들이 격주마다 모여서 2편의 희곡을 내놓았으므로 3년 동안의 희곡 수효가 얼마나 많았는지 생각하기 어렵지 않은 것이다.

확실한 한 가지 사실은 〈극작워크숍〉을 통해서 갈고 닦여진 극작가들이 우리나라 연극계에 혜성처럼 빛을 내고 있다는 점이다. 오은희, 김윤미, 조광화 등은 본인의 재능과 노력도 있겠지만 〈극작워크숍〉이 30년이 지나는 동안 사람들은 바뀌고 있으나, 정신만은 변하지 않고 있다.

그 정신이 무엇인지는 여석기 선생님의 말씀을 인용하고자 한다. 여석기 선생님 제1기 〈극작워크숍〉 멤버들이 쓴 희곡으로 『단막극 선집』을 출간하면서, 그

서문에 다음과 같은 말씀을 하셨다.

"극작워크숍에 참여한 이들이 매주 한 번씩 모여서 각자의 작품을 놓고 기탄없이, 그리고 활발하게 논의를 하는데 때로는 겨냥을 못 맞춘 의견도 나오고 도를 넘는 주문도 한다. 그러나 한 가지 확실한 것은 작품과 적당히 타협해 버리는 기풍을 일체 배격한다는 점이다. 서로들 좋다좋다 하면서 슬그머니 자기기만 따위는 결코 용납되지 않는다."

바로 이러한 〈극작워크숍〉의 정신이 계속 이어져 나간다면 우리나라 희곡은 반드시 르네상스를 맞이할 것이다.

_발췌 『한국극작워크숍 희곡집』, 1995.11

◈ 한국극작워크숍에 대한 기록 I ◈

여석기 (연극평론가)

입센은 평생을 두고 극작에만 전념했고 그의 전성기에는 거의 기계적이다시피 2년에 한 편 꼴로 작품을 발표한 사람이지만 그 한 편 한 편을 쓰는데 퇴고의 괴로움이 언제나 뒤따랐다고 한다. 초고를 고쳐 쓰고 그것을 다시 고쳐 쓰는 힘겨운 과정을 밟아서 비로소 세상에 내놓았다.

그는 무슨 워크숍이니 하고 標榜한 일은 하나도 없지만 그의 고된 극작의 과정은 우리가 워크숍을 통해 추구하고자 하는 것과 크게 다를 바 없다. 다만 우리는 동인들이 모여서 서로 비평을 주고받는데, 그럼으로 해서 각자에게 자극이 되고 공부를 하자는데 뜻을 강조할 따름이다.

그러나 고쳐 쓰는 과정이 매우 중요하다는 것을 우리는 한시도 잊지 않지만, 그동안의 경험에 비추어 볼 때 단순히 고쳐 쓰는 과정을 되풀이해서만 좋은 작품이 나올 수 있다는 보장이 결코 없음을 알았다.

작가가 평소의 정진은 물론이거니와 그에게 절실히 필요한 시기에 결정적 순간이 찾아와야 한다. 그 시기가 곧 작가로서의 開眼을 뜻하는 것이고 그것을 바탕으로 해서 새로운 세계를 이룩할 수 있는 것이다. 한 작가에게 있어 가장 귀중한 순간이 될 이런 기회가 어떻게 마련될 수 있는가가 우리 극작워크숍 활동의 중요한 과제이다.

너무 많은 욕심을 부리지 않고서 착실하게, 그러나 이와 같은 순간을 각자에게 주는데 얼마간이라도 도움이 될 수 있는 길을 앞으로는 추구해야겠다고 느낀다. 그래야만 여러 가지 어려운 조건 아래서 한 사람의 올바른 극작가가 되고자 노력하고 있는 이 젊은이들의 눈에 반짝이는 광채를 찾아낼 수 있을 것이다.

_발췌『한국극작워크숍 제3집 단막극 선집』머리말 부분, 1975.10

◈ 한국극작워크숍에 대한 기록 II ◈

여석기 (연극평론가)

이번에 〈단막극선집〉의 제 2집을 세상에 내게 되었다. 일년에 두 번이라는 예정에 따른 것인데 그 약속을 지킬 수 있었다는 것이 반가운 한편 좀 더 충실한 내용이 못되어 섭섭하다는 자기반성도 없지 않다.

워크숍 동인 가운데 여기 빠진 사람이 있어서 서운하고 욕심대로 하면 주옥같은 작품을 記錄했어야 할 터인데 반드시 그렇지 못한다는 것이 못내 아쉽다.

그러나 본 극작워크숍의 성과임에는 틀림없고 이 한 편 한 편을 쓰기 위해서 세 번 네 번 고쳐 쓰거나 동인들끼리의 상당히 혹독한 작품비평까지도 마다하지 않으면 안 되는 과정을 거쳐 온 작품들임에 틀림없다. 나 개인으로서는 오히려 그 작업의 과정 자체를 중요시하는 입장이기 때문에 작품 속에 나타나 있는 瑕疵가 많을수록 그것이 피맺힌 창작의 상처자국을 말해주는 것으로 보고자 하는 것이다.

사실이지 여남은 명의 젊은 극작가들이 모여서 워크숍을 조리 있게 꾸려 나간다는 것 자체가 우리로서는 새로운 경험이 아닐 수 없는데 자기 작품이 무자비하게 난도질당하는 것은 결코 견뎌내기 쉬운 일이 아니다. 거기다 작품을 일정한 날짜 안에 내야하는 義務感에서 오는 심리적 압박도 무시할 수 없다.

이들의 대부분은 자기와 경우에 따라서는 가족의 부양까지도 책임지지 않을 수 없는 처지에 놓여 있기 때문에 때로는 쓰는 시간조차 하루의 스물네 시간 내외에서 꾸려내야 할 형편에 놓인다.

그렇게 하면서도 '한 사람의 극작가'가 된다는 보장을 어느 누구도 주지 못한다. 극작워크숍에 증여한다는 것은 그 당자의 오직 한 가지 가능성을 시사해 줄 뿐이다.

그러나 이 가능성 하나만이라도 우리는 키워나가지 않으면 안 되겠다. 우선은 좀 더 많은 사람에게 극작에의 정열을 키워 주어야겠다. 그 길로 향하는 도로표지판 구실이라도 해야겠다는 것이 본 워크숍의 중요한 존재이유이다.

따라서 우리 워크숍의 문은 언제나 열려 있다는 점을 거듭 밝혀 두고자 한다. 연극을 순수하게 사랑하고 어느 만큼 극작에의 소질을 나타내 주는 사람에게는 언제나 출입이 자유롭다.

최소한도의 요건은 그들이 써놓은 한두 작품의 습작을 우리에게 미리 제시해 주는 일이다. 본 워크숍은 연극의 ABC를 교실에서처럼 가르치는 곳이 아니라 곧 바로 공방이요 실습장이기 때문에 최소한 위의 조건은 필수적이다.

이 말이 나왔으니 말이지 본 〈극작워크숍〉은 앞으로 몇 작품을 샵 형태의 實踐을 가질 예정으로 있다. 즉, 한 작가가 공연에 이르는 전 과정에 관여하면서 작품을 손질해 나가는 역할을 통해서 그의 역할을 강조해 보자는 것이다. 물론 우리에게 주어진 여건이 이러한 실천을 지극히 제한된 범위 내에서만 가능케 할 것이나 아무튼 필요한 여러분들의 고통을 요청하여 최선을 다해 볼 작정이다.

_발췌 『한국극작워크숍 제2집 단막극선집』 머리말 부분, 1975.05

한국극작워크숍 동문 명단

(기별 가나다순)

■ 1 기 · 1965~1970 · 대표 : 여석기

김세중, 노경식, 박조열, 이일훈, 이재현, 이종남, 임충실, 윤대성, 오재호, 오태석 (이상 10명)

■ 2 기 · 1971~1973 · 대표 : 여석기

강추자, 김병준, 김영무, 이강백, 이언호, 이하륜, 오태영 (이상 7명)

■ 3 기 · 1974~1975 · 대표 : 여석기

김철진, 신용삼, 이병원, 유종원, 윤한수, 차지현 (이상 6명)

■ 4 기 · 1976~1978 · 대표 : 여석기

김정율, 김정자, 김현주, 노유순, 이광복, 이기영, 이상훈, 엄한얼, 예수정, 장두이 (이상 10명)

■ 5 기 · 1979~1983 · 대표 : 한상철

강능원, 강숙인, 김갑수, 김광만, 김병종, 김정빈, 김창화, 김한영, 이병도, 이창현, 윤홍식, 정순모, 최인석, 최영찬, 홍미엽 (이상 15명)

■ 6 기 · 1984~1988 · 대표 : 한상철

김 선, 배봉기, 배일수, 백영수, 서동성, 오태리, 장범순, 전기주, 최정근, 홍도미 (이상 10명)

■ 7 기 · 1992~1994 · 대표 : 한상철 · 지도강사 : 이강백, 김창화, 이재명

김대현, 김윤미, 남병주, 서진아, 이주영, 오은희, 장원범, 전대현, 조광

화, 최용근, 하양자 (이상 11명)

■ 8 기 · 1996~1999 · 대표 : 한상철 · 지도강사 : 김창화, 이재명
고선웅, 고옥화, 고향갑, 김소라, 김수미, 명혜순, 선욱현, 신철욱, 이은
주, 정형진, 차근호 (이상 11명)

■ 9 기 · 2000~2003
강석현, 강석호, 김나영, 김정훈, 서인경, 안은영, 이미정 (이상 7명)

■ 10기 · 2007~2010 · 총무 : 정범철 · 지도강사 : 이재명
최원종, 이시원, 김숙종, 정범철, 김원 (이상 5명)

■ 11기 · 2010~2012 · 총무 : 박찬규 · 지도강사 : 이재명
이난영, 이진경, 임나진, 김나정, 김란이, 이철, 이주영, 박찬규 (이상 8명)

2018한국극작워크숍 작품집

초판 1쇄 인쇄일   2019년 1월 16일
초판 1쇄 발행일   2019년 1월 25일

지 은 이   김도경 · 김성진 · 이민구 · 이현
           주수철 · 최고나 · 최세아
만 든 이   이정옥
만 든 곳   평민사
           서울시 은평구 수색동 317-9 동일빌딩 202
           전화: (02)375-8571(代) 팩스: (02)375-8573

           평민사 모든 자료를 한눈에 −
           http://blog.naver.com/pyung1976
           이메일: pyung1976@naver.com

등록번호   제251-2015-000102호

정 가   17,800원

※ 이 책은 사단법인 한국극작가협회가 한국문화예술위
   2019년 제2회 극작엑스포 지원금을 받아 출간하였습니다.